講談社文庫

新装版

京まんだら（上）

瀬戸内寂聴

講談社

目次

京まんだら

（上）

浄夜

「ほ、聞いとおみやす」

次の間から声がした。座敷の客たちはいっせいにことばを切った。

「ほら……鳴りはじめましたえ、聞えてきますやろ」

この宿の女将（おかみ）の雪村芙佐（ゆきむらふさ）が、階段を上ってきたばかりの、入口の屏風（びょうぶ）の前で足を止め、それを知らせている。両手で胸の前にかかえた盆の上に、新しいヘネシーとオールドパーの瓶（びん）が載っている。まるい顎（あご）をややつきだすようにして、小首をかしげ、廊下をめぐってたてまわされている雨戸の外に響くものに、耳を澄ませている表情だった。

「ほんと、聞えてる」

「あら、二つ聞えているじゃない、ちがうお寺のかしら」

「しいっ」

口々につぶやいた声を自分たちで制しあって、座敷の女たちはまた静になった。

鐘の音はゆっくりと、尾を引きながら、無限の夜を泳いでくる。この家の雨戸に達するまでには音の響きの輪は次第に大きくひらききり、波紋はやがて家を包みこむようにせまってきた。たしかにふたつの音色のちがう鐘の音が、ほんの少しのずれをみせて二重奏をかなでていた。

女将のあとから氷入れと水差しを持ってきた女中が、すぐ気をきかせて、雨戸を繰りにいった。雨戸が一枚開いただけで、鐘の声は、急に身近になり、二つの音色の差も、きわだってきた。

「よろしゅうおしたな、やっぱり、おけら詣りからうちへまっすぐ帰らはってて」

客たちが無言で、荘重な、如何にも年を送るにふさわしい鐘の声に、しんとうたれている間に、女将は、いつのまにか、座敷の方へ移っている。

十畳の部屋の真中に、千羽鶴の友禅縮緬の蒲団をかけた電気ごたつがしつらえてあり、女客が四人、それを華やかに取り囲んでいた。

一人だけ目立って若く、他の三人は似たりよったりの中年だった。四人の中で一番化粧が濃く派手な色の服を着ている植田敏子だけが、女将の芙佐にはなじみの客で、他の三人は今日の大晦日の昼すぎ、はじめて敏子から紹介されこの「ゆきむら」に泊り客として迎えたばかりだった。

部屋へ入るなり、真直床の間へ進み、宝船の軸を見上げて

「抱一ですか」

とつぶやいたのが、随筆家の菊池恭子だった。南部の紫根染めの絞りに、白っぽいつづれの帯をあわせ、床の間を背にしている。薔薇を根じめにした松が飾られている床の間には、すでに新春が迎えられていた。

恭子と向いあっている白いスーツ姿が、カメラマンの関なおみ。襖に背をむけているのが敏子の姪の律子で、出版社の社長をしている敏子の秘書をしていると紹介された。パンタロンにセーターというみなりと、畳にとどくほどの髪のゆたかさが、化粧気のない律子の若さをいっそうきわだたせている。

化粧や衣裳の好みがコケティッシュなほど派手好みなのに、中身は男よりもさっぱりとしている植田敏子は、仕事で京都を訪れると、必ず「ゆきむら」を常宿にしていたし、芙佐の祇園のお茶屋「竹乃家」の常客でもあった。

戦後は祇園にも女客が上るようになったが、まだ、女が主人役で、人を招待することはあまり例がない。そんな中で、敏子はいつでも、男の客を案内してきて、爽やかに遊んでいく。芸者や舞妓たちにも何人も馴染みが出来ている。

敏子の訪れる前には、いつでも、二、三日前か、遅くとも前夜に東京から電話が入

る。「ゆきむら」に部屋はあいているか、何日の夜「竹乃家」でお客が出来るかという問い合せだった。

祇園町の「竹乃家」の方は、時間さえずらせてもらうと、何とかなったが、「ゆきむら」は三部屋しか客用には使っていないので、稀には敏子を迎えられないこともある。

「は、せんせどすか。長いことどす。お変りございまへんどしたやろか。へ、つい、きのうどしたか、ほれ、新聞に、せんせとこの御本の広告が、えろう派手に出てましたやろ、あれ拝見して、夢子さんやみゆきさんと、せんどせんせのお噂してましてん、せんせ、くしゃみしやはらしまへんどしたやろか」

低い、ややしゃがれた声で、蚕の糸を繰るように、芙佐がとめどもなくゆるゆる喋りはじめると、京ことばというのは、相手が口をはさみこむ区ぎりがみつからない。

いうだけいわせておいて、芙佐が一息ついた瞬間に、敏子は用件に入る。泊りは何日、祇園での客の数は何人、自分との関係はどういうものか、手短かに話す片端から、芙佐は回転の速い頭でびしびしと受けとめ、記憶の壁に万事灼きこんでおいて、声だけは相変らず、まるで冬の日ざしのようなのどやかさを乱さず、答えをよこす。

「へえ、そうどすなあ、竹乃家の方はお時間通り、丁度座敷も都合よういてますけど、えろうすんまへんどす、ゆきむらが生憎どすねん。どうしてもお断りでけしまへんお客さんがおいやすねんどす。三日のうち、おしまいの夜だけは、ひと組お発ちやすのんどすけど、一晩くらいやったら、かえってせんせの方で面倒どっしゃろなあ、どないしまひょう。ホテルとっときまひょうか、それとも、津川を訊いてみまひょか」

「そうね。それじゃ、今度はホテルにお願いしようかな、じゃ、よろしくね」

「へえ、よろしおす。早速、ホテルの方、お部屋とらせていただきます。九日から三日間どすな。ほなら、お待ちしてますえ、お早うお越しやす。うれしいわあ、お久しぶりどんなあ、またゆっくりお話でけますなあ。へえ、もう、たんと、聞いていただきたいことがたまってますねん。ほならごきげんよう、へえ、さいなら」

いつでも似たような同じ事務的な電話だけれど、芙佐と電話で話をすると、まるで恋人との電話のあとのように、情緒が心にからみついて、しばらく、京都の町や川や、山のたたずまいが瞼をよぎり、まるで郷愁のように、一刻も早く、京都へ発ちたいという気持に敏子はせかされるのだった。

小さくとも、一応は成功した女実業家として、世渡りしている以上、たいていのお世辞には馴れきっている敏子も、芙佐のおよそ抑揚のない低い声を聞いているうち、仕事で荒ぶった神経が、いつのまにかなだめられ、揉(も)みほぐされている。天性のものか、職業でそのように鍛えたものか、敏子にはまだ芙佐の語り口の不思議の秘密が見ぬけていない。

今度のことは、もう半年も前から予約してあったので、「ゆきむら」の部屋の心配はなかった。以前から企画していた「古都旅愁」という豪華本の打ち合せを兼ね、京都でそのメンバーで揃って越年をしようというのが目的であった。もちろん、費用は敏子が振舞うことになっていた。

京都のことを書いた本や、写した本はすでに数えきれないくらい出ていたが、敏子は自分の企画に七分の自信を持っていた。あとの三分は、どんな出版でも賭(かけ)であろう。

紀行文を書かせては独特の筆を持つ菊池恭子に縦横の筆を振わせ、風景の捕え方に、これも個性的な角度を発見している関なおみに、これまで誰も捕えていない古都のあらゆる表情を撮らせ、一冊、二、三万円の豪華限定本をつくろうというのが、敏子の今度の計画だった。

七年前死んだ亡夫の遺産で、出版を思いたった時、ここまでのびるとは考えてもいなかった。手記物ばかりを四、五点出すうち、十六歳で死んだ少女の日記が、思いがけないベストセラーになり、百万を突破したことから五つに二つは当るようになり、植田書房の名は、出版界に頭角をあらわしてきた。次に、一世一代の道楽のつもりでだした着物の豪華本が、予想以上の売れ行きを示し、敏子自身も全く思いがけない大成功を収めたのだった。当り外れはあったが、その後もつとめて豪華本を扱い、今では手記物やハウツー物であてた植田書房からは、すっかりイメージ・アップしている。

　よきにつけあしきにつけ、男より大胆な商法だと、仲間うちでは評判されているが、敏子は結構自分を石橋叩いて渡る方だと考えていた。柳の下にどじょうは一匹でなく二匹はいること、しかし三匹はいないことを悟っているだけだ。一つの企画で成功した時、敏子はもう次の企画を探している。人の心ほど移り易く、日本人ほど新しい物好きな人種はいないことも識(し)っているつもりだった。

　耳を澄ますと、除夜の鐘は二つではなく、遠くから近くから、無数の音へ波紋が拡がり、互いにやさしく、あるいは猛々(たけだけ)しく、時には鋭く、からみあい、もつれあい、おおどかな交響曲をかなでている。荘厳なその高まりが宇宙に風をおこし、今、ゆるやかに新しい年にむかって地球を廻しているような想いがしてくる。
鐘の音が空気にとけこんでしまい、百八つが鳴り終るまでには、座敷にはいつともなく談笑がかえっていた。

芙佐のついでまわったウイスキーやブランデーがそれぞれの客の前に置かれ、琥珀(こはく)色の液体を灯にきらめかせている。

どの女もみんな酒のたしなめる口だった。

「頼もしおすなあ」

芙佐におだてられて水割りをもうお代りしている律子に、敏子が目顔でたしなめた。

「いいじゃない、除夜の鐘聞きながら酔っぱらうなんて最高よ、ねえ」

律子は横の関なおみに甘えかかるようにいう。

「大丈夫よ、律子ちゃんはうわばみなんだから」

関なおみが、あまり表情の動かない冷いほど端正な顔でいう。声は顔だちに似ず、はっとするほど甘かった。

「やあだ。うわばみは誰かさんでしょうだ」

律子は、浮き浮きした声でいいながら、しなだれかかるようになおみの背を叩いた。

「この中でどなたが一番お強うおす」

「そりゃ、関さんね」

　敏子も女にしては決して弱い方ではなかったが、即座にいった。

「へえ、そうどすか、見かけによらしまへんなあ。なんやこうしてみてますと、植田せんせが一番、お強いように見えますけどなあ」

「あたしと菊池さんがどっこいどっこいってとこね、律子なんか、だめよ。お酒の味なんかわかってるんじゃなくて、ただ酔えばいいんだもの、修行がたりてませんよ」

「関さんはそんなにお強いの」

　菊池恭子が一重瞼の仏像のような目をまっすぐ関なおみの顔にあてていう。

　やや、浅黒いなめらかな皮膚を灯に輝かせ、なおみは顎をひいてくくっと咽喉(のど)で笑った。

「伝説ですわ、そんなにのめやしません。律子ちゃんくらいの時はあたしもずいぶん無茶しましたけど、もう年ですから」

「あら、いやね、年のことなんか」

　敏子が華やかに打ちけした。

「そういえば、今、この鐘の鳴り終ったとこで、またひとつ、年とりましてんなあ。わたしら、やっぱり旧弊どすねんか、やっぱりお正月さん迎える毎に、年ひとつとったと思う気持から、まだぬけられしまへんねん」

「女将さん、数えでいくつになったわけ」

「五十二どっしゃろか、今流にいえばまだ五十どすか。昔なら、もう人生終ったいうところですなあ」

「まだまだ」

敏子が芙佐のブランデーグラスをみたしてやりながらいう。

「そう色っぽいと、とても人生終らせてなんかくれませんよ。まだ、その帯の間に例の恋文の束いれてるんでしょ」

敏子がそれを一座に披露するようにいう。

「へえ、おおきに」

芙佐が右手でゆたかな胸を押え、軽く頭を下げたので、みんながいっせいに吹きだした。

恋文を持っているだろうといわれて、どうして有難いとお礼をいうのか。笑いながら、敏子がからかうと、芙佐はいっそう大真面目な顔をしてぬけぬけと答える。

「そやかて、せんせが、たったいっぺんしかわたしの話さへんことまで、そない、よう覚えてておくれやしたということが、もったいのうて有難いことどっせ。人一倍おいそがしいお方で、仰山考えごともおありやろ思いますのに、わたしなんかの旧い恋文の心配までおかけしてたか思うと、罰が当りそうやおへんか」

「恋文ってなあに、おやすくない話ね」

菊池恭子が興味をそそられたように訊く。

「この女将さんはね、昔の恋人の恋文を白絹に包んで帯板がわりにいつでも胸に抱いているのよ。あたしは一度、見せてもらったことがあるんだから」

「へえ、今時、純情な話ね」

「わあ、恥し、どないしまひょう。穴があったら入りとうおすわ」

「ね、ね、それ、初恋の人？」

律子も興に乗った弾んだ声を出す。

「さあ、あれが初恋いうんでっしゃろかなあ。何せ、わたしは十三の年から、もう祇園町に奉公に出てましたさかい、ゆっくり恋など味わうひまもおへんどしたからなあ」

「じゃ、それ、いくつでもらったものなの」

律子が遠慮のない早口で喰い下る。

「十七から十八にかけてどす」

「ええ年頃でんなあ」

それを律子が怪しげなアクセントでいったので、みんなが吹き出してしまった。

芙佐は年より地味な草木染の小紋の着物を、小肥りの軀にゆったりとまきつけ、玉虫色に光る紫の西陣の袋帯で締めていた。その帯と乳房の間に、むっちりした片掌をさしいれ、糸切歯を出して笑み崩れる。笑うと、厚い上唇がいたずらっ子のようにめくれ上り、下ぶくれの童顔が、いっそう無邪気に稚っぽくみえた。

「相手は役者さん？」

菊池恭子が物書きらしい訊き上手さで、さりげなくいう。

「いえ、役者はんやおへん」

「それがねえ、ドラマティックな人物なのよ」

敏子がそそるように口をはさむ。

「ね、女将さん、もういってもいいでしょう」

「へえ、かましまへん」

「甘粕大尉なのよ」

敏子がちょっと声を張った。

「甘粕大尉って、あの、大杉栄を殺した、憲兵のあれ？」

菊池恭子が思わず肩を乗りだすようにした。

「ええ、そう、大震災のどさくさの時、連れていって、大杉の奥さんの野枝と、甥の小っちゃな子供まで締め殺したあの男よ」

「なるほどね、たしかにドラマティックな人物ね」

敏子の話に、菊池恭子がいっそう興をそそられた表情になった。

「律子さんは知らないでしょう。甘粕だの、大杉だのって」

そう訊いたのは、それまでだまっていた関なおみだった。

「ううん、大杉栄と、伊藤野枝（いとうのえ）は知ってる。本でも読んだし、映画もあったし」

「ああ、神近（かみちか）さんのモデル問題でもめたあれね」

「あたしたち、若い女は大杉栄って好きよ。フリーラブの先駆者でしょ。次々女の人をものにしていくんでしょ。きっと魅力あったのよね。でも甘粕大尉ってのは忘れてたわ」

「いつ頃なの、女将さんと甘粕さんの恋の季節っていうのは」

菊池恭子がいう。

「へえ、あのお方が満州時代のことどす。えろう羽振りのいい全盛時代どした。わたしはお茶屋の女中どしたから、あのお方がどういう方やら、それまで何して来られた方やら何も知りまへんどした。ただもうやさしい、親切な、りっぱなお方やとばかり思うて、夢中どした」

「水揚げされたのが彼なんですか」

「女中どすから、舞妓さんや芸子（げいこ）はんみたいに水揚げとはいいしまへんけど、実質的にはそうどした。わたしにとっては、はじめての男はんどす」

次の間に足音がして、襖が静にあけられた。敷居際に、朱色の大矢羽根の絣（かすり）の御召に、麻の葉絞りの帯をしめた少女がかしこまっていた。

「今晩は」

「あ、わか子ちゃん、いらっしゃい」

敏子が声をかける。

「娘のわか子どす。よろしゅうお願いします」

女将の芙佐の声にあわせて、少女が行儀のいいお辞儀をした。やせっぽちで有名なイギリスのファッションモデルに似た軀つきは、タオルをしぼりあげたようにか細くて、まだ色気もない。小麦色の頬がすき透るように清潔で、切れ長なやや吊（つ）り上った目や、細い指が、シャム猫を連想させる。ほどけば、たぶん律子ほどある髪を、ひきつめて頭の上に固い髷にして結んでいた。リボンも花も何ひとつつけていないのが、若さをいっそう目立たせていた。

「わか子ちゃんてかわいい名前ねどんな字」

親しそうにふりむいていったのは律子だった。

「稚いいう字です。幼稚園の稚です」

「ああ、お稚子(ちご)さんの稚ね」

「そうどす」

若いふたりはうなずきあって、すぐ心を通いあわせた。

「稚子ちゃんは大学？」

「いえ、まだ高校です。一年落第して、二年です」

「稚子ちゃんの前では、女将さんのラブレターの御披露はできないわね」

敏子がいうのを、稚子が燐(りん)の燃えているような目をはっきりとみひらいて打ち消した。

「何でどす。おかあちゃんの恋物語って、うち、正式に一度も聞かしてもろたことないんどす。この際、聞かしてほしいわ」

「わあ、かなわんわあ、どうどっしゃろ、このひと、いつのまにこんなませたこというようなったんどっしゃろ」

芙佐の声はいつもより華やいで、自分の娘を、一瞬、珍しいものでもみるように、肩をひいて、つくづく眺めた。

「稚ちゃんは、こんなに可愛らしいのに舞妓さんには出さないんですか」

何でも知りたがる菊池恭子がまた質問する。

「へえ、祇園町のお茶屋はんは、家の娘を出さはらしまへんねえ。そういうしきたりどす。先斗町は、お茶屋はんで、娘さんがあったらどんどん出さはりますなあ。それも、どうということのうて、昔からそういうしきたりでっしゃろか。うちのこの子なんかは、子供の頃舞妓さんが好きで、どうでも出たいいうてましたけど、高校に入った年の夏休みに、英語の家庭教師の先生がアメリカへお嫁にいかはったら、その方について一年もアメリカへいてしもて、はらはらさせられたんどっせ」

「へええ、すてきねえ」

誰よりも感嘆したのは律子だった。

「そいでアメリカで一年間、何してらしたの」

「メイドみたいなもんですわ。うちの先生がむこうへつくとまもなく赤ちゃん生まはりましたからお守りしたり、台所手伝うたり」

「何でまたいってしまったの」

「うち、放浪癖がありますねん、小さい時からすぐふらふらっとどこまででも歩いていてしまうんどす」

「ほんまにそうどっせ」

と、芙佐がことばを受けついだ。

「幼稚園にあがる前も、八瀬(やせ)の花売りの娘はんの後しとおうて、迷い子になってさんざん心配させられましてん。出町(でまち)の方の交番に保護されていて、助かりましたけど、何ぼうか心配させられたかわかりまへんのどす」

「小学校の時も、淡路(あわじ)まで行ってしもうたわね」

「そうそう」

「それじゃアメリカ行きも、そのつづきみたいなもの？」

「へえ、そうどす。もっと、いたかったのですけど、おかあちゃんが、仮病使うて、呼びもどさはったんどす」

芙佐がまるい肩をすくめた。

「でも、今のところ、おかあちゃんが可哀そうやから、うちがこの商売ついだげようかな、思うてます」

稚子は、はきはきいう。

「姉ちゃんが二人いますけど、二人とも水商売大きらいやいいますから」

芙佐が自分の部屋へ引きとったのは、もう三時を廻っていた。

「ゆきむら」は三年坂に沿って縦長に敷地があり、道に面した門から玄関まで丁度三年坂の半分ほど、登り坂の小道がつづいている。その小路は石を畳み、両側は竹やつじで飾ってあるので、門をくぐれば、すぐ、どこかの寺の中へでも入ったような静けさがあった。母屋は客と女中たちの部屋にとり、芙佐は、玄関脇に二階屋を建て、そこを、三人の娘と自分の住居にしていた。

祇園にお茶屋「竹乃家」の外、四条の小路に、民芸風の構えで、しゃぶしゃぶと鉄板焼の店「おふさ」、その上、木屋町にバー「フラフラ」を経営している雪村芙佐は、ただの女将というよりは既に有能な女実業家のひとりであった。芙佐はすべてが水商売のこれらの商いの外に、三人の子供を置いて育てたかったが、そんなぜいたくは許されなかった。漸く、「ゆきむら」の入口に、家族だけの住いをつくった時の喜びは、つい昨日のように思えるのに、もう十年もの年がすぎている。

芙佐は雨戸を閉めめぐらせてある部屋の真中に立って、帯をほどいた。帯紐をとき放ち、帯あげをゆるめただけで、全身が何かに撫でさすられるようなくつろぎがあった。

毎晩、繰りかえすこの動作は、時々、思わず、その手を休めさせるほど、深い安堵を呼ぶこともあり、気をはりつめて持ちこたえてきた深いこもった酔いが、帯締をゆるめた瞬間、堰を切って全身にとどろきあふれ、思わず、膝をついてしどけなくそこにうち伏してしまうこともあった。

またの日は、次々重なる商いの上での不手際や行きちがいの屈辱や心労が、一挙にせめよせてきて、帯に掌をあてたまま、ふと、それをほどく手順も忘れ、がっくりと顎を胸に落しこんでしまう時もあった。

今夜の芙佐は、適当な酔いと、それよりやや上廻った気疲れとに加え、妙に華やいでいる心の弾みが添っていて、ようやくひとりになったこの時間が、ふしぎになつかしく思われた。

朱塗りの、もう娘たちのに似合いそうな丸鏡のついた鏡台の上に、だてじめ姿のまま、腰を落して横坐りになると、鏡の中の自分をしげしげと覗きこんだ。

色白の下ぶくれの顔のりんかくのせいか、年よりは若く見えるが、午前三時というこの時間にはかくしようのない疲れが滲んでいる。目の上や目尻には小さな皺がうかがえ、瞼の下にはふくろが出来ている。よく眠たりた朝には、後かたもなくなっているそのふくろが、十二時を越すと、どうしようもなくあらわれてくる。

芙佐は顎をつきあげ、自分の頸筋を映してみた。掌でなであげ、なでおろしてみる。まだ頸の皮膚はたるみもなく、顔よりなめらかな軀の手ざわりを伝えて、しっとりと、吸いつくようなしめりを持っていた。衿をかきひろげると、芙佐はためらいなく乳房のひとつを鏡の中にひきだした。

軀の中でどこよりも白い皮膚につつまれて、乳房は灯を吸いあつめ、照り輝いている。外見ではまろやかに張りがあり、皺ひとつうかがえない。娘の頃は、着物姿の胸元が崩れるので、さらしで巻き押えても、盛り上りあふれていたゆたかさだったのが、さすがに三人の娘に存分に吸わせただけに、握ると、つきたての餅のようななめらかさで指の間に崩れこんでくる。

それでも、乳首はそういうたちなのか、娘のように小さくて、色もほのかな赤さを残している。

芙佐は更に衿元をくつろげて、もうひとつの乳もひき出して並べた。右の方が左の方よりやや大きい。

女のからだの中のものはすべて左右に差があるといい、ほら、ここもだと、思いもかけない場所に手をとって導き、比較させたのは誰であったか。芙佐は、顎をひき、自分の乳房を両掌で珠を扱うようにすくいあげ、その間に生れる深い谷間に目を落した。そこに泉湧き、光り、あふれしたたった汗の量は、五十歳の今日までにどれほどのものがあっただろう。十四の年の乳房、十六の時のそれ、二十、二十八、三十三、四十五、そしてこの年々の乳房の重さと固さが、芙佐の掌によみがえる。その時々の大きさの宝珠をいつくしみ、あるいはさいなんでやまなかった男たち——。こうして鏡の前にいる芙佐の背後から乳房ごと抱きすくめるのが好きだった稚子の父親。女の乳房は、女の何よりの勲章だ。こんな見事な勲章をふたつも胸にかかげているのを芙佐は誇りにしていいんだよと、囁きながら、はじめての夜、何度となくやさしい口づけをしてくれた甘粕。それから……あの人は……もうひとりの人は……。芙佐は自分だけの胸に畳みこんである男たちのそれぞれちがう愛撫のしぐさや癖を思いうかべながら、鏡の中に見入りつづける。

記憶の中では、俤と愛撫の癖が、うっかりまちがっていて、ああ、それはちがう、そうするのはあの人だったのだと、あわてて記憶を訂正することもあった。

まだ胸も腹も、老醜は滲んでいなかった。

十代の時、五十歳の自分のこんな若さを空想したことがあっただろうか。

芙佐は、思わず洩れた重いため息を洩らした。

人目も、世間も、投げうっていいと思うほどの激しい恋をしたこともある。子供も、義理もふり捨てて、いっそ遠くへ駈け落ちしてもいいと思いこんだ恋もあった。義理の別れもあれば、煮えかえるような裏切りに逢ったこともある。それより以上に、自分の中の思いもかけない悪魔に躍らされて、我ながら信じ難い裏切りをしてみせた覚えもある。

そのどの夜にも、乳房の谷に汗と涙をしたたらせて、女の軀は濡れそばたれるものであった。

この一年、ついに男に触れなかった自分がいとおしく、芙佐は思いがけなく涙ぐまれてきた。

最後に大垣と夜を共にしたのは昨年の節分の日であった。いつものように「竹乃家」の最後の客を送りだしてから、芙佐は鹿ケ谷の大垣の家に向った。正門はもう閉ざされていたが、芙佐が鍵を分けられている通用門から入り、庭に廻って、大垣の居間にしている茶室造りの離れの窓を叩いた。

縁側の雨戸が内から繰られて、灯を背負った黒い影がそこに立ちふさがった。

「ごめんやす。えろうおそなりまして。今夜はうちでJCの会がありましたさかい、どないしてもぬけられしまへんのどす」

芙佐は訊かれもしないのに、しきりに遅くなった言いわけをしながら、ぬいだ草履を、縁側から身をかがめて拾いあげ、用意のビニールの風呂敷に包みこみ、縁側の隅に置く。

それから、雨戸を閉め直し、音をたてて桟を落し、はじめて座敷に入ると、またそこで丁寧に両手をついて挨拶をするのであった。

もう三年、そうしてその家に通いつめていても、芙佐が大垣の許を訪れた時の挨拶は、まるで他人行儀に折目正しかった。

「まあおあたり、外は寒かったやろ」

大垣は青い帙入りの漢書を開げていたこたつの上を片づけながらいう。

「へえ、おおきに」

芙佐は両手に下げてきた大きな風呂敷包をほどき、中から、重箱に入った料理をとりだす。

「旦さんのお好きな鴨が入りましたさかい、ちょっとでもいただいてもらおう思いまして……お酒は、何にしまひょう」

茶室造りの離れには、水屋の中にウイスキーやブランデーがびっしり並んでいる。

あの最後の晩も、芙佐は大垣の老鶴のような胸に熱い乳房を押しあてて熟睡した。

肌をあわせて眠るだけで、もう大垣との間では、男と女のことは事絶えている。

「お前もふしぎな女だな」

大垣はそういう芙佐の背をゆっくり撫でてやりながら、つぶやくのだった。

「何でどす」

「こうして三年間、毎晩のようにここへ通ってくれるけれど、わたしがお前を満足させてやれなくなってから、一年以上にもなる。今に来なくなるか、今に来なくなるかと見ているのに、相変らず訪ねてくる。金のないのはわかっているだろうし、いったいどうしてその熱意がつづくのか」

「まあ、何という情ないことといわはりますねん。旦さんのお口からそんなこと聞こうとは思うてもみまへんどした。旦さんにお逢いして、わたしはほんまに精神的に救われたんどすえ。もう何べんも申しましたけど、あの頃、わたしは生きていくのも辛いほど疲れきってたんどす。旦さんを知ってからただお話させてもらうだけでどれだけ気強うはりが生れたかしれしまへん」

あの夜はあれからずいぶん泣かされたものだと、芙佐は胸を衿の中におさめ、化粧を落し、習慣のマッサージをほとんど無意識にほどこしながら思い出しつづけていた。

一度はいうつもりだったが、つい言いそびれたといって、大垣がそれとなく別れ話をはじめたのはその後だったのだ。東京の本宅に療養中の大垣の老妻の病勢が急変したから、近日発つつもりだけれど、今度は葬式を出すだろうし、そうなれば、東京の家に帰って住むことになるだろうというのが別れ話の発端だった。

大垣が東京に居を移しても、自分が月に二、三度なら通うことが出来ると駄々をこねてもみたが、多角経営で人の三倍も働いている芙佐に、そんなゆとりが生れよう筈(はず)もない。

二十年も別居している名のみの妻でも、やはり妻という名のために臨終には夫を呼びつける権利があったのかと、改めて芙佐は、正式の夫婦の絆(きずな)の強さを目の当たりにつきつけられた想いがした。

大垣は暁方(あけがた)まで芙佐の泣く背を撫でつづけてくれたが、翌日から三日、芙佐が広島へ遠出している留守の間に東京へ発ってしまっていた。

「もうこれが最後の恋どす。こんな想いはもうしとうおへん」

泣いていった芙佐に、大垣は落着いた声でいいきかせた。

「芙佐はまだ五十になるかならずではないか。女は死ぬまで男は出来るのだ。そんな情ないことをいうものではない。わたしの方こそ、芙佐が最後の女になってしまった。十六の年から女を覚えて、盛の年頃には千人斬りなど阿呆な真似もしてみたわたしが、この年になって、ようやく悟っていうのだからまちがいない。よく聞いておくのだよ。男にとってはな、自分のはじめて寝た女よりも自分の最後になった女の方がはるかにいとしさが深いものなのだということがわかったよ。芙佐はわたしの最後の女だ。わたしが死ぬ時、神経まで老いぼれきっていなければ、最後に芙佐の名を呼びたくなるだろう。こんなに真心をつくしてくれた女もいなかった。惚れてきた女はいくらでもいたが、お前ほど報いを需めないでつくしてくれた女は、外に思いだせないよ」

「そんなこといわんといておくれやす。まるで遺言でも聞いてるようで情のうおす」

「いや、そうなるかもしれないからいっておくのだ。芙佐はこの後も、しっかりした男を見つけるがいい。いや、もしかしたら、もうお前の年では、頼りがいのある男はいなくて、年下の男しかめぐりあわないかもしれないな。それでもいいんだ。女は男がいなくなってはお終いだ。五十でも六十でも七十になっても男をつくっておけばいい。もし遺言するなら、わたしはそういいのこしておくよ。いつか、思い当ることもあるだろう」

最後に聞いた大垣のことばを昨日のように思い出しながら、芙佐はこの一年の男っ気なしの虚しかった日を一挙に胸にたぐりよせていた。

坂道

「これが三年坂です。こっちの方が二年坂いいます」

二つの坂の堺目に立って教えているのは稚子だった。昨夜とはちがって、スラックスにジャンパー姿で、髪はつれだっている律子と同じように肩から背に流している。

「ゆきむら」は二年坂と三年坂の境目を右折した道路に面している。この道もゆるい坂道になっているので、道に沿った片側町の家は、一軒毎に少しずつ軒が沈んでいて、すきまもなく並んだ家々は、坂道の下に向って、なだれこんでいるように見える。その家並のつきたところに、「ゆきむら」のかぶき門がひっそりと立っている。

二年坂はなだらかな坂道で、石畳だった。二十糎四角くらいの敷石は、すっかり磨滅していて、靴の裏にもあたりが柔かい。道の両側は、旧くからの古道具屋や陶器屋や、土産物屋が軒を並べている。どの家もひっそりとして、けばけばしい看板などはかかげず、客が来よいが来まいがどうでもいいというゆったりした構えだった。ゆるい坂道なので、坂と思わず、つい、両側の店を覗いているうちに上り下りしてしまうようだ。

三年坂はそれより急な坂に、石段がついている。一つの石段の高さは低いが、巾が普通より広く一足では上り難い。やはり二年坂の敷石のように四角な石畳の石段であった。巾が広いのに段の高さが低いので、相当な急坂がなだらかに見えるのは目の錯覚だろうか。

ここも石段をはさんだ両側には、旧めかしい店が並んでいる。陶器屋、ひょうたんや、竹細工屋、版画屋、骨董屋、呉服屋、茶店、旅館……そんな店のどれもが、二年坂の店々のように、やはりつつましやかでおっとりと構えているので、坂の界隈は妙にひっそりと静なのであった。

元旦の、まだ午前中というせいもあるだろうが、人影はほとんどなかった。

車が通らないから、この道のあたりは静なのだと稚子が説明する。

「のんきいうたら、もう気しんどいくらいでっせ。こないだも、うちのお泊りのお客さんのお供して二年坂の道具屋によったんです。ほら、ああいうふうに、道路まで品物出して並べてますやろ。そいでも店番がひとりもいやはらしまへんのどす。のんきいうたら。中に入って、いやはらしまへんか、いやはらしまへんのですかあいうてどなったかて、なかなか出てきやはらしまへん」

律子はくっくっと、笑いだした。

「そんなだったら、一つ二つ盗まれたってわからないわね」

「そうやろ思います」

昨夜遅かったので、今朝は眠りたいだけ眠ろうという約束だったが、若い律子は、稚子とこっそり打ちあわせ、まだみんなの起きてこない前に、近所を歩いて来ようということになった。

「あら、雪が降ってきた」

律子が高い声を弾ませた。両掌をさしだして首をあげるその顔に、白い淡い雪が舞い落ちてきた。空はまだ青く冷く晴れ渡っている。

「雪の新年なんてすばらしいわ」

「瑞祥（ずいしょう）でっしゃろ」

「稚子ちゃん、むつかしいことば知ってるのね」

「うちのボーイフレンド、今、お坊さん志願ですねん」

稚子の返事は打てばひびくように爽やかで小気味がいい。

「お坊さん？」

律子が目をまるくすると、稚子は首をすくめて舌を出し

「嘘やあ」

と律子の背を打った。

「いいところね、このあたり」

「ええ、京都の中でもこのあたりは、ほんまに歩くのにいいとこです。この坂の下を高台寺（こうだいじ）下まで行くとまたよろしおすけど」

律子は清水寺（きよみずでら）へ行ってみたいという。

三年坂を上りはじめると、雪がますます濃くなり、石段の上はたちまちしっとりと濡れてくる。まつ毛にかかると、なかなかとけないのに、石段に落ちた雪はたちまち姿を消してしまうのだった。

二人はマフラーをだして頭をつつみ、ひっかえす気はさらにない。雪に見舞われて、かえって弾みのついた足どりで、足早に坂を上りつめる。

「気いつけとくれやす。この坂でころぶと三年後に死ぬいういいつたえがあるんどっせ」

「えっ」

律子の足が思わずすくんだ。

それで三年坂ともいうのだとか。その縁起なおしに、転んでも死なないというまじないのひょうたんを売る店が出ているのだという。

「そやけど、和同三年にこの坂が出けたから三年坂というんだという人もいやはるし、産寧坂がほんまや、清水さんの子安塔への近道なので産寧坂いうのやという説もあるそうです」

「稚子ちゃんは名ガイドね」

「お客さんを何べんか案内してるうちに、同じこと訊かれるんでつい、覚えてしまいました。この石段、何段あるかわかりますか？」

「さあ」

二人は上りつめたところで下を見下した。

「三十段くらい？」

「四十六段」

稚子はそこでまたくすくす笑っていう。

「うちのおかあちゃんいうたら、三年坂の石段の数でうちの年は上りや、それ以上お座敷ではとらんことにしようって、きめてますのや」

「あら、昨夜は多くいったわ」

「女ばっかりのお座敷ですもの、つい気がゆるんだのとちがいますか」

清水の坂道へ出ると、そこはたちまち世界が一変してしまう。道の両側にひしめき並ぶ土産物屋は、どの店も、派手な看板をかかげ、毒々しい色の土産物を並べ、ウインドウを光らせ、温泉場のメインストリートのようであった。三年坂の上り口に七味とうがらしの店があって、そこが清水坂の中心になり、そこから上下に、坂は急勾配でのびていた。

その坂道は、ひっそりした三年坂とはちがって、清水への初詣りの人で賑っていた。

歩き難いほどの人出で道が埋まっている。

「わあ、すごいのね」

「平安朝からの観音さんですさかい」

「稚子ちゃんも信心してる？」

「試験の時だけ」

稚子はまた首をすくめてちろっと桃色の舌を出す。二人はたちまち人の流れの中にまきこまれていく。

雪は濃くなったり薄くなったりして、まだ人の流れの上に紗幕(しゃまく)のように揺れていた。

両側の土産物屋は、清水焼の陶器屋や、京人形、置物、陶器と何でも並べた店などがびっしり軒を並べ、元旦から店開きしている。

結構、客も入っている。土産物屋というのは、どうしてこう、温泉町みたいな雰囲気になるのだろうと思いながら、それでも律子はつい珍しさに足がおくれ店構えの中を覗きこんでしまう。

坂道がつきると、いきなり視界が開け、目の前にどっしりした山門が聳えていた。門前は広場になっているのでせまい坂道をたどってきた効果があがり、もうそこへ着いただけで、気分が爽やかになる。門は更に石段の上に建っているのでいっそう荘重にみえる。

門をくぐると線香の匂いがただよいはじめ、風は急に冷くなる。本堂は暗く広く、奥深い。形通りに蠟燭をあげ、律子も稚子も殊勝げに並んで掌をあわせた。祭壇の前の床が広く、大広間という感じがするのを見ていると、律子は王朝の美女たちが、そこに参籠した姿まで想像されて、目の奥が華やいでくる。見上げると本堂の軒下に白い大きな額がかかげられていて、観音経の一部が書かれていた。

「衆生困厄を被って、無量の苦、身を逼んに、観音の妙智の力、能世間の苦を救う。神通力を具足し、広く智の方便を修して、十方の諸の国土に、刹として身を現ぜざる事なし。種種の諸の悪趣地獄鬼畜生、生老病死の苦以て漸く悉く滅せしむ、真観清浄観、広大智慧観、悲観及び慈観あり、常に願い常に瞻仰すべし」

律子は口の中ですらすらとそれを誦してみた。するとすぐ

「むくしょうじょうのひかりあって、えにちもろもろのやみをはし……」

という次の経文の句が口をついて出た。七年前死んだ祖母が、朝晩あげていた観音経を、小さな律子は祖母の口真似をしていつのまにか覚えてしまったのだ。浅草の観音へ、毎月、一日と十八日に詣るのが祖母の楽しみであり、いつでも腰巾着で祖母の秘蔵っ子の律子は、帰りに雷門で買ってくれる玩具やお菓子が目当て、いつでも祖母のお伴をしていたものだった。祖母が死んでから絶えて口にしたこともないのに、今、突然、記憶のひだの中からあふれだしてきた経文の句に、律子自身が愕かされた。

清水の舞台には、見物の人がすでに欄干にびっしりしがみついて、はるか下方に拡がる京都の市街を見下していた。

丁度、舞台からの眺望の真中に、京都タワーの白い塔がそびえている。

「あのタワーも、最初はずいぶんとけったいなものが建ちよったと気しょくが悪かったけど、こうしてみると、いつのまにやら景色の中にとけこんできたなあ、これも年月かいなあ」

「そいでも、やっぱり何やら品がのうてしっくりしいしまへん。わたしはきらいどすわ」

律子は自分の前に立っている老夫婦の話にそれとなく耳をかたむけていた。宗匠頭巾をかぶり、ウールの道行のコートを着た老人によりそっている小柄な老女は髪が見事な銀髪だった。

「あのちいそうみえてるあの塔は何だす」

老女が甘えるようなやさしい口調で訊く。

「あれは東寺の塔にきまってる」

「へえ、そやかて、東寺の塔があない小そうおますやろか。昔はもっともっとどっしりしてえしまへんどしたやろか」

「まわりに高いビルがいっぱい建ちよったからなあ、京都もやっぱり変っていくよ」

「そうどっしゃろか。そやけど、この清水さんのあたりは、あんまりかわりまへんなあ、ここから見る山の眺めも音羽の滝も……はじめてきた時と……」

「もう大方五十年も昔のことや」

舞台は高い脚組の懸崖の上に建っているので、欄干から見下すと、山の緑が深い渓をつくってはるか目の下に沈んでいる。鳥辺山と西大谷のなだらかな山のあわいから広がる五条から七条へかけての町の上にも淡い雪がかかり、パステル画のように柔かな風景になっている。

「あの頃だったかな、夜もようここへ来たなあ」

「ええ、常夜灯がともってましたなあ。あたりはくらかったけど、ほんまに静でよろしおましたなあ」

稚子は律子をうながして舞台をおり、音羽の滝の下を通りぬけ、山道をたどり、子安の塔の前につれていった。こぢんまりとした三重の塔はいかにも子供をさずからしてほしいと祈るにふさわしいようなごやかな表情を持っている。丁度子安の塔のあたりから見ると、舞台が真正面に見え、雄大な脚げたが樹々の間に浮び本堂は空中に漂っているように見える。

「さっき舞台にきれいな年よりの夫婦がいたでしょう」

律子は子安の塔の前にある石に腰をおろして休みながら、稚子に話しかけた。

「あたしは独身主義なんだけど、あんな感じの夫婦になれるなら結婚も悪くないなと思ったわ」

「恋人がいやはりますの？」

稚子がかわいらしく小首をかしげて訊く。

「ボーイフレンドならね」

「うちは結婚したいわ、三十くらいになったら。でもなんでおたくは独身主義やいうてがんばってはりますの」

がんばってるという表現がおかしくて、律子はふきだした。

「今の男の子はちょっとつきあうとすぐ結婚したがるから、面倒くさいの、それに、ほら、叔母だって、菊池さんだって関さんだって、みんな独身でしょ。結構楽しそうじゃないの」

「ふうん、そやけど、あのお方たち、みなさんいっぺんも結婚しやはらしまへんのどすか」

「うちの叔母は未亡人よ。菊池さんはたしか離婚よ、関さんは未婚じゃないかなあ」

「あんなきれいな方が」

「そうね、不思議ね」

「レズとちゃいますの」

「そんなことなくってよ。でも、結婚してなくったって、恋人はいるかもね」

「そら、そうどっしゃろ、うち、関さん大好き、弟子にしてもらおうかしら」

「えっ、稚子ちゃんカメラマンになりたいの」

「いえ、うちはおかあちゃんのあとつぎます。そやけど趣味でカメラくらい覚えるのもよろしおますやろ」

「なるほどね」

「うち、何でもやりとうおすねん。気が多いんでっしゃろ、千手観音さんみたいに手がぎょうさんあったら、どない便利でっしゃろなあ」

「エネルギッシュなのはたぶんおかあさん似なのね」

「律子さん、あのねえ、ボーイフレンドと恋人とはうんとちがいますか」

「ちがうって、どういうこと？」

「いえ、そのう、うち、恋人っていうのは、やっぱり、逢った瞬間、ぱあっと、両方でインスピレーションみたいなものがあって、必ず、この人こそうちの相手やわって、直観的にわかるんやないかと思うんです。ね、そうとちがいますやろか」

「私はまだそんなインスピレーションに逢ったことがないからわからないなあ。でも、友だちのつもりでつきあっていたのに、気がついたら恋人になってたなんて例は、やっぱりありそうに思うなあ」

「ふうん、うち、やっぱり、熱烈な恋がしてみたいわあ」

稚子は胸に手を組んでうっとりした表情になる。

「おませ」

「あら、うち、もう十七やわ、鳥辺山心中のお染は十七で、半九郎は二十一でしてん、うちかてもうりっぱな恋愛適齢期やわ」

「鳥辺山心中は創作でしょう」

「いえ、鳥辺山のお寺の中に比翼墓がありますねん。ほんまの話があって、それから歌やら、芝居やらが残ったんとちがいますか」

「へえ、そうなの、しらなかった」

「うち、やっぱり恋愛の中でも一番美しいのは心中や思いますねん。ぱあっと燃えつきて、いっしょに死んだら最高に幸福やろ思います。そやけど、いっしょに死にたいような男の子、めったにいいしまへん」

「そうめったにいたら、命がいくつあってもたりないじゃないの、それにしても稚子ちゃんて案外ロマンティストなのね、見直したわ」

　菊池恭子が目をさました時は、もう隣の蒲団はたたまれて壁ぎわに片づけてあった。関なおみとふたりでこの部屋に、植田敏子と律子が隣の部屋にわかれて眠ったのだ。

家の中は静で、まだ何の物音も聞えない。時計を見ると、もう九時をとうに廻っていた。

雨戸がしめたままなので、夜と朝のけじめもつかない。

恭子が起きて鏡台の前で櫛をつかっていると、関なおみが入ってきた。

「お早うございます。おさきに初風呂をいただきましたのよ。いいお湯ですわ、お入りになりません」

濡れ手拭いをひろげて、黒塗りの手拭いかけにほしながら、関なおみが素顔のさっぱりした表情でいう。

「こちらの女将さんがわたしたちのために、風呂場の簀子からあげ蓋まですっかり新しくしたんですって、檜の匂いがぷんぷんして、そりゃ気持がいいんですよ」

「そう、それじゃ、わたしも一風呂いただきましょう」

恭子が鏡台の前の席を関なおみにゆずった時、女中のまきが、茶を運んできた。

「お早うございます。ようお休みにならはりましたか」

「お早う、昨夜はおそくまで御苦労さん」

「何おっしゃいますやら。あんなのは早い方だす」

「植田さんたちは」

「社長さんは十時までに帰ってきやはるおっしゃって、もうお年賀に出かけられました」

「お年賀？　こんなに早く？」

恭子がおどろいた声をだした。

「へえ、もうあのお方のお元気なのにはかないまへんなあ。何でも南禅寺の方に、今年御本書いておもらいやすえらい先生が住んではるとかで、お玄関まで御年賀にいってくるいわはって出かけられましてん、十時いうたら、きっかり十時までにはもどはるお方どすさかい、十時から昨夜のお部屋でお祝いにしようういうて女将さんに申しつかっとります」

「やっぱり、社長にはなれないわね、大変なのね植田さんも」

「そらもう、えらいお方どっせ、わたしら、なんぼうもおえらいお客さんに御ひいきにしてもろてますけど、一流におなりやすお方は、やっぱり、人さんの何倍か、よう気がつかはるし、人さんの何倍かよう働かれてますわ、つくづく神さんはよう見てはるなあ思いまっせ、わてら常人にはとても真似でけしまへん」

まきの予言通り、恭子が風呂に入り、化粧を終える頃には、律子たちも、敏子も帰ってきた。

昨夜の二階の広間には二月堂をいくつもあわせて、卓が広々とつくられており、その上に重箱が重ねられていた。重箱のまわりには、各人の名前を書いた祝箸が出ている。

「みなさん、あけましておめでとうさんでございます」

部屋の入口で扇子を膝前に置き、芙佐が折目だった挨拶をして入ってきた。ひわ色の紋付に西陣の有職文様の袋帯を締め、昨夜のうちとけた姿とはうってかわって貫禄のある女将ぶりであった。

敏子も、用意してきた紫地の訪問着に佐賀錦の帯をあわせている。洋服より数段女ぶりがあがるのを承知で、普段は仕事のため洋服を着ていることが多いのだ。他の女たちも、昨夜とはちがって改まった着物や服に身をつつんでいるせいで晴れやかに見える。

「何もございまへんけど、どうぞ祝うておくれやす」

「いい二月堂ですね、どちらの」

菊池恭子が黒地に赤い斑の入った二月堂の表を撫でながらいう。脚が黒塗りでまるいのも変っていて、どこかモダンな味がする。

「へえ、ありがとうさん、象彦さんのどす」

「旧いものでしょう」

「へえ、もう何十年も昔のもので、わたしがお商売はじめるよりずっと以前のもので、あるお方が持ってはったものを祝うてもらいましたんどす」

「いいわねえ、こんなの、仕事机にしたいわねえ」

恭子は、まるで机が生き物ででもあるように撫でつづけている。

「あたしはこれよ。このお重、前から狙ってるのよ、初瀬川でしたね、これ」

「へえ、そうどす」

敏子がいうのに芙佐がうなずく。梨地に、金と銀と重めの重箱は、華やかな中にも重厚な品があってそれ自体でりっぱな芸術品だった。敏子が重箱を一段ずつおろしていくと、中は目のさめるようなおせち料理が一段毎につまっていた。

「見事ねえ」

いっせいに客たちの口から出た。いずれ名の通った料理屋の仕出しなのだろう。

箸をつけるのが惜しいようなつめ方にみとれている間に芙佐が屠蘇をついで廻る。

さっきあがっていた雪がまた舞いはじめたようだ。

まきが雑煮の椀を運んできた。白味噌仕立ての京風雑煮を、律子が一番喜んだ。

芙佐はこれから祇園の竹乃家へ舞妓や芸子の年賀の挨拶を受けに行かなければなら

ないという。

「昔はお正月は舞妓はんも芸子はんもみな黒紋付の裾をひいて、お茶屋廻りをしたもんどす。その頃は元旦からお客さんもあったもんどすけど、近頃はもうとんとあらしまへん。芸子はんたちかて、お正月まで働くいう人がのうなりました。昔は正月からお茶屋遊び出来るのは、仕事が隆盛な証拠、今年も元旦からお茶屋で遊べるくらい景気がいいと縁起を祝いはったもんどす。へえ、もう、今時、そんな、自分は来れなくてもなじみの舞妓や芸子に三日のお花だけはつけてやるというような粋なお客はとんと、のうなりました」

「このごろ、舞妓さんも芸者さんも新年には鳥米の簪さしているようね。あれは昔からあった祇園の風習？」

敏子が訊く。

「いいえ、あれは東京からきたもんどっしゃろなあ、祇園町では昔は鳥米の簪はささはらしまへんどしたなあ、あれは、いつ頃からさすようになりましたやろか」

「ね、鳥米の簪ってなあに？」

律子が興味ありげに身をのりだす。そうしながら、ついと、す速く鴨の煮つけを口へ入れている。

「ほら、浅草の仲店の小間物屋なんかでよく見かけるじゃない、稲穂に小さな鳥のついた玩具みたいな簪があるでしょう」

「ああ、知ってる。いつかおばあちゃまに買ってもらったわ」

「あれよ。あれは取り込め取り込めって縁起かついで東京の色町の人が新年にさしたものだって聞いたけど」

「へえ、およそロマンティックじゃないのね」

いつのまにか中振袖に着かえた稚子が部屋の入口に来て手をついていた。

「みなさん、おめでとうさんでございます」

口々からおめでとうを浴びてから、稚子はその位置を動かず芙佐に向っていった。

「おかあちゃん、ほな、うちいかしてもらいます」

「あ、あんまりおそならんうちに、お早うおかえり」

その言葉の終りは、客たちへむけて
「学校の友だちのうちで新年宴会しやはるんだそうどす。ほんまに、この頃の学生はんは一人前のことばかり真似して」

口でけなすほど心には思っていないらしく娘の晴着姿を目を細めて眺め
「ちょっと、おいない」

と娘を手招く。稚子がお茶を仕込まれた足さばきで近づいてやんわり膝をつくと、その肩に手をかけ、くるっと後むきにさせ、着物と襦袢(じゅばん)の衿のずれをついと直し、帯の型をちょっといじる。それだけで、稚子の背姿が、きりっとひきしまってきた。

稚子はもう一度きれいなお辞儀をして出ていった。

間もなく芙佐も、竹乃家へ出るからと退き、律子が挨拶にくる舞妓を見たいと、芙佐にくっついて行った後、三人の女客たちでゆっくり朝昼兼用の食事を終えてから、それぞれ町へ出かけることになった。

上賀茂(かみがも)へ行きたいと菊池恭子がいうのに敏子が同行することに決り、関なおみだけは、自由行動をとりたいという。

「ちょっと、約束してある所へ午後から出かけますから」

関なおみが遠慮しながら申し出たのを、敏子は気さくに受けとめた。

「どうぞ、どうぞ、晩御はんはどうなさる?」

「今夜はおそくなると思いますから、すまして帰ります」

「お泊りになってもいいことよ」

「あら、帰ってきますわ」

関なおみが、たちまち耳まで染めあげ、むきになっていったので、敏子の方がどきっとした表情でうろたえた。

「冗談よ。でも、関さんがおデートして、私たちみんなをすっぽかしてくれると、すこしはこの旅行も華やいでくるのにね。女が四人も集まって、何ひとつ事件もおこらないじゃつまらないわ」

「あんなわがままいって、あなたでしょう。正月くらい、結婚していない女にとって虚しい時間はないって、いつも嘆いていたのは。旅行に出ただけでもいいじゃありませんか」

恭子が口をはさむ。

「そりゃそうですよ。あたしが男とけんか別れする時、一番かあっと、頭にくるのは、元旦の朝をひとりで迎える時の淋しさと虚しさだったわ。そういう経験おありでしょう、おふたりだって」

ふたりの女は苦笑して答えない。

「日頃はどんな甘いことといっている男も、元旦は何とかかとか理屈をつけて家で迎えるものでしたよ。あたしはひとりの正月がいやでたまらず、いつでも暮から正月へかけては旅に出ることにきめていたわ」

「女ひとりが大晦日を宿屋ですごすと大変よ、わたしも覚えがあるけど、番頭や女中がかわるがわる挨拶に来るのね。はじめはわけがわからなかったけれど、自殺するんじゃないかと思ってるのよ。正月にひとりで山の温泉になんかいく女は、どこか淋しそうにうらぶれてみえるんでしょうね」

「ほらね、菊池さんだって覚えがあるでしょう。だから、あたし、今更結婚なんかしたくないけど、正月だけはひとりでいるのがいやになるんですよ」

「でも、この頃は、若い人なんか正月はたいてい、スキーなんかにいって、いないんじゃないかしら」

「そうですよ。だからあたしも、ここ、二、三年は毎年外国で正月を迎えることに決めてるんです。久しぶりなんですよ。日本で、しかも京都で正月をするなんて」

敏子は屠蘇が廻ったらしく、舌がなめらかになっている。

元旦の京都はタクシーが絶対拾えないというので、芙佐が気をきかせ、ハイヤーを二台チャーターしてあった。

関なおみは、まだ支度に時間がかかるという二人を残し、ひとりで先に車に乗った。

まきが門まで見送りに出て

「お早うおかえりやす」

と挨拶をする。

「どちらでっか」

運転手が訊く。

「嵯峨へ……」

「嵯峨はどちらへ」

「野の宮へやってちょうだい」

「へえ」

髪に白いもののまじる運転手はおだやかに返事をかえし、ひとりごとのようにつぶやく。

「今頃は嵯峨も静どす」

車が駆けぬけていく町は、昨日までの繁華さはどこへ消えたのか、ひっそりと静まりかえっている。それでも市中へ出ると、車がいくらか目立ってきた。

時々、タクシーを待っているらしい晴着の娘が、コートも着ずに、長い袂を華やかに風になぶらせて町角に立っていたりする。

「静ねえ」

関なおみはひとりごとのようにつぶやいた。

「へえ、そいでも正月はよその車が多うなってかないまへんわ」

「よその車？」

「へえ、名古屋や東京や、中国あたりのが仰山入ってますやろ、ほれ、今、そこへいくのは、横浜のですわ」

「なるほどねえ、車で京都の正月をしにくるのね」

「だんだんお客さんも智慧がつかはりますなあ、春と秋しか観光客の入らんかった頃の京都は、真夏と真冬に来やはるお客さんいうのは、よほどのつうでしたけどなあ、今頃はもう、よう知ってはりますわ」

「でも、やっぱり、春や秋にくらべたら、観光客は少ないでしょう」

「そら、そうどすなあ、今、一番、人の少い時は十一月のうんと末から、十二月いっぱいでっしゃろなあ、それから七月の末から、八月のはじめもちょっと穴でっしゃろ。十一月は紅葉がおしまいになってからやと静ですわ」

「私も、真冬と真夏の京都が、昔から好きですよ」

「昔からって、お客さん、まだお若いやおまへんか」

人の好さそうな運転手はバックミラーの中にちらと目をやっていう。

「さあ、どうですか」

「お客さん、失礼ですが絵かきさんでっか」

「いいえ」

「そやけど、何かしてはるお方でっしゃろなあ」

「普通の奥さんに見えへんなあ、絵かきさんでなかったらバレーの先生でっか」

「バレー？」

「ほら、つま先でくるくる踊るあれですわ」

関なおみは思わず低い笑い声をあげた。

「どうして？」

「ちゃいますか。ふうん、何やら、すっきりしてはるから踊りのせんせかと思いましたわ」

話好きらしい運転手にこれ以上相槌を打つときりがないと思われ、なおみは窓外を見るふりをして黙りこんだ。

曇っていた空が、いつのまにかすっかり晴れ、五条の大橋を渡る時、川上を眺めると雪をいただいた北山がくっきりと青空をきりさき、鴨川は滔々と水があふれて目を拭われるようなすがすがしい眺めだった。

野の宮

長沢明(ながさわあきら)に場所はどこでと訊かれた時、なぜとっさに、「ののみや」と答えてしまったのか。

その瞬間、受話器の中に、長沢明の声がと絶え、互いの沈黙が声より確かなことばになって通いあった。

「野(の)の宮(みや)ね、いいでしょう、正月だからまさか人もいないだろうし」

長沢明が、自分にいい聞かすような口調でいった。時間をもう一度念を押してから、彼の方から電話を切った。その電話の切り方に別れていた歳月が逆転して、とっさに四年前にひきもどされ、関なおみは思わず目をとじた。それから、ゆっくり受話器を戻した。その間あいも、受話器を戻してからの心のときめきも、四年前と寸分たがわないのに愕かされていた。五日前のことなのだ。

あれから、一度も連絡していないから、あの時の約束のままでいいのか。その後、長沢明に具合の悪い都合が生じていないとも限らない。一応昔とは変っている住所の電話だけは教えておいたが、留守が多かったので、連絡がとれなかったかもしれない。

なおみは車の中で、五日前の長沢の声を反芻(はんすう)していた。自分の声を聞いたとたん
「あ、どうしてる」

と、いきなり昔のままの声がもどってきた。

「あたし、わかって？」

「わかるさ、そりゃ」

「変ってないのね、ちっとも」

「お互いさまだよ、四年や五年でそう変っちゃ困るよ」

「お元気だった？」

「まあ、まあね、そっちこそどうしてた」

「まあまあよ」

「真似しなさんな、結婚してる？」

「いいえ」

「まだ？」

「ええ」

「ふうん、そうか」

長沢明の声がちょっととだえたのでなおみはあわてて早口にいった。

「気にしないで、あなたのせいじゃないわ」

「そりゃ、そうだろう。だって、逃げたのはそっちなんだからな」

「お正月京都へ行くんだけど」

「ほう」

「お逢いしてはいけないかしら」

「どうして」

長沢の声があまり晴れ晴れとしていたのでなおみは口ごもった。

「ただし、正月の二日、三日と人が来たり、訪ねたりでざわざわするんだな」

「こっちが突然なんですもの、無理はいえないわ」

「一日はどう」

「いいわ」

とっさにいってしまって、なおみは胸がさわいだ。今度の旅は一応取材をかねているし、費用は植田書房持ちなのだから、勝手な自由行動は気がひけるところであった。しかし、長沢の声を聞いているうちに、四年の歳月のがまんが何の効も奏していないことを悟らされた。

　バックミラーに自分の顔が入るよう、軀をずらせてみて、なおみは思いがけない近さに見える自分の顔に目を注いだ。

　毎日見馴れている自分の顔は、四年前からそう年をとっているとは見えない。人もいつでも年よりは若いといってくれている。しかし、長沢明の目には果して自分が四年前に比べてどう映るかと想像してみただけで、全く自信がなかった。

　四年前、長沢明と別れる決心をした時には、もう生涯逢わないでおこうと心に決めたものだった。あれからの自分は習慣的に化粧をしたり、服をつくったりしてはいるけれど、そのどちらにもなげやりで通り一遍なのを認めないわけにはいかない。

　あの頃は、長沢明が、ちょっと目をそばだてただけで、眉が濃すぎたのかと気を病んだり、服の色が似合わなかったのかとあわてたりしたものだったが、逢う男もいなくなってしまってからは、すべてに情熱がこもらなくなってしまった。

　その後も、男にいいよられたことは何度かあったし、自分でもいっそ、新しい恋人をつくった方が、運命が開けるかと心がけてみたこともあったが、いざという時になると、長沢明とのすべてが思いだされ、一向に心が弾んでこないのだった。

　一年たち、二年すぎ、ようやく三年、四年と歳月を見送るうちには、旧い心の痕はいく分薄らいできたが、まだ新しい生活への切りかえは心身ともにふみきろうという勇気がわいて来なかった。別れてみて、なおみは改めて、自分にしみこんでいた長沢明の影響の強さを思いしらされた。

雨の日や、風の日には、窓硝子が鳴る音だけで、昔の習慣がよみがえり、はっと、腰が上がってしまう。長沢明が訪れていた頃、どんなかすかな風の気配も、つい、男の足音かと胸が高鳴ったなごりが、こんなに根強く自分の中に残っていたのかと、自分でも愕かされた。

何度、自分から、さりげない手紙を出してみようかと迷ったかしれない。その度、なおみの想いをせきとめたのは、自殺未遂した長沢明の妻の、自分あての激しい手紙の文面だった。

長沢明の妻が、あれから一年ほどたって、やはり、離婚したということは、風の便りに聞いていたが、それは、なおみに何の喜びももたらさなかった。

長沢明と、妻が別れようが別れまいが、長沢明の妻から一度もらった手紙にこめられた呪いや毒気が、自分の中から消え去ることはないと思われた。

長沢明に、彼等夫妻のそんな結末を自分が知っていると手紙を出すのもためらわれ、なおみはいっそう、自分の心の中の彼との想い出を抹殺することだけにつとめていたような気がする。

野の宮だけでなく、嵯峨野のあたりには、あの当時以来、つとめて足をむけまいとしてきた。

嵯峨野の美しさや、野の宮のありかを教えてくれたのは長沢明だった。

その頃、なおみは世の中のすべての風物を長沢明の目を通して眺めるようになっていた。

それはおよそ、三年ばかりの歳月だっただろうか、陽の光りがこれほど明るさと暗さを同時に宿していることも、樹の葉といってもその一枚々々に、どれほど無数の線の複雑さがこめられているかということも、風景とは見る者の心次第で万華鏡のようにくるくると変化に富んでみせることも、すべてその頃の長沢の目を通してみたなおみの新しい発見であった。

長沢明はその当時、新しく準備中だった美術館の資料研究のため、ほとんど京都に暮していた。下鴨の静な路地の奥のしもたやの二階に部屋借りしていて、東京へ帰るのは、月にせいぜい三、四度の割り合いだった。

長沢明が、新しい仕事のため、京都暮しが多くなったのをきっかけに、この先行きの明るくない恋から足を洗った方がいいのだと、なおみの理性は訴えていたが、彼が家庭を離れたのをしおに、なおみの情熱の方はとめどもなく燃え上り、週に一度は、京都通いをして、逢いつづけ、抜きさしならない恋の淵に落ちこんでいった。

嵯峨野に美しい竹藪がまだいくつも残っていることや、大きな寺院のある背後の山路をたどると、そんな竹藪をぬけて、思いもかけない道にぽっかりと抜けでることや、人家がもうつきたのかと思う山あいの中に、夢のようにしゃれた山荘がかくれていたりすることも、長沢明が教えてくれた。

畑の横の道端にうずくまっている石仏たちの、目も鼻もおぼろにかすんでしまった表情のなごやかさと、その仏たちの思いがけない人肌めいたあたたかさを、掌を導いて教えてくれたのも彼だった。

「雪はあがってしまったわね」

なおみは運転手の背に向って声をかけた。

「へえ、今日はつもるかなあと思いましたけどなあ」

降ってくれた方がいいのにという想いは胸の中にたたみこんで黙っていた。

長沢明と最後に野の宮を訪れた時は、雪の日で、いつもは観光客の多い渡月橋のあたりにもほとんど人影がなかった。

その前日はなおみの泊っているホテルでふたりで過し、目が覚めたら、一夜のうちに雪で世界が清められていた。

「まあ、きれい」

なおみがホテルの窓から銀一色の街を見下していった時、長沢明が背後から肩を抱いていった。

「雪の野の宮をみたいといっただろう、今から行ってみよう」

「今から？」

「ああ、かえってこんな日は人がいない」

長沢の提案で、わざと、車をやめ、その日、ふたりは電車で嵐山に行った。

四条大宮から乗った電車の中も、気恥しいほど乗客がいなかった。車窓に降りつける雪を見ていると、自分たちが二度と帰って来られない遠い旅の途上にいるような気がしてくるのだった。

「かたびらのつじ」などという駅名も、物語りめいて、なおみは思わず車窓から目を凝らして読みなおした。

なおみが野の宮に憧れを抱くようになったのは、源氏物語を読んで以来だった。徒然草にも野の宮のことは書かれていて
「斎王の野の宮におわしますありさまこそ、やさしくおもしろきことのかぎりとはお

ぼえしか。経仏など忌みて、なかごそめ紙などいうなるもおかし。すべて神の社こそ、捨てがたくなまめかしきものなれや。ものふりたる森の景色もただならぬに、玉垣しわたして、榊にゆうかけたるなどいみじからぬかは」

というくだりは、学生時代暗誦したのをまだ覚えているが、野の宮の、もののあわれが、身にしみて想像されたのは、何といっても源氏物語の「さかき」の巻を読んだ時からであった。

なおみは自分流に源氏を読んで、物語の中にあらわれる女たちの中では六条御息所に最も親愛を感じていた。高貴の身分であるばかりでなく、六条御息所は天性誇りの高い理智的な女性であった。その上、その智性でも統御しかねる火のような情熱を生れつきあわせ持っていた。智と情のせめぎあう矛盾相剋が彼女を生霊にしてまで、恋しい男の周辺にさまよわせる。情熱の烈しさは源氏をつなぎ止めることにはならず、かえって、源氏にうとましさと怖れを抱かせる。

六条御息所が断ち難い源氏への執着を無理に断ち切ろうとして、娘の斎宮について伊勢へ下り、源氏のいる京都から遠く離れて住みたいと思う心根は、読んでいてあわれで涙があふれてきた。

少女の頃読んだ時は、何気なく読みすごした箇所が、自分もまた恋を知り、しかも相手に妻子があるという立場になってみて、昔とはちがう深い感じで捕えられるのであった。

なおみは自分のような気の弱い人間は、とても生霊などになれる筈はないと思いながら、生霊になるほどの情熱の烈しさを持ちあわせる女が羨ましいと思う。なおみが六条御息所に惹かれるのは、愛しながらも、自分の恋を自分から断ち切ろうと決心し、行動するそのけなげな決断力だった。

源氏物語の「さかき」の巻の書きだしは、斎宮と共に、野の宮にこもり、身を潔めている六条御息所の許へ、今更ながら、みれんを覚えた源氏が訪ねていく場面からはじまっている。

みはるかす嵯峨野の秋草の花はもうみな、おとろえてしまって、枯れ枯れの浅茅が原に虫の音と風の声がとけまじり、その中に、何の曲とも聞きわけ難いような音楽の音色が、野の宮の方から聞えてくる。

その趣き深い秋の嵯峨野を、美しくやつした源氏が、十数人の随身をしたがえてふみわけて行く姿は絵のようになおみの目にも思い描かれるのであった。

さて、源氏の訪れた野の宮は、つつましい小柴垣で境内をとりめぐらせ、中には、あちこちに板ぶきの家が、ほんのかりそめに建っていて物わびしい。黒木の鳥居などは、如何にも簡素だけれど、さすがにどことなく神々（こうごう）しく仰がれて、恋の訪いなどは気がひけるような感じだと描写してある。

なおみが長沢明に案内されて、はじめて野の宮を訪れた日は、その黒木の鳥居にも雪がこんもりと降りつもっていて、いっそう神々しい雰囲気につつまれていた。駅前から、渡月橋と反対の方向に歩いてまもなく、左へ曲る小路をたどり、竹藪の道をたどると、右側に野の宮はひっそりと、人目からかくれるような社のたたずまいであった。

鳥居前の小さな社務所にも人の気配はなく、絵葉書やお守りや小さな絵馬が、まるで持っていってくれといわぬばかりに、ほんの少し並べてある。

鳥居をくぐると、広くもない境内に質素な小ぢんまりした社が建っていた。まばらに樹がのび、その樹の枯枝にも雪の華が咲いて明るかった。

秋の冴えた月光に濡れながら、簀子にいざり上った源氏が、暁（あかつき）まで昔の恋人に簾（すだれ）ごしに恋を語りつづけたというなまめかしさなどは、白銀一色の野の宮では想像も出来なかった。

感動のあまり口もきけないでいたなおみの肩を背後から抱き、長沢明が自分の方にふりむかせた。右から左、左から右へと、なおみの目の中をまじまじと覗きこんだ後で、長沢明がその目をひとつずつ唇でふさいだ。素直にまつ毛を伏せながら、なおみはこみあげてくる嗚咽を噛みしめた。

「どうして、泣くの」

長沢明が長い接吻からなおみを離して訊いた。

「どうしてだか、わからない」

ふいにふたりの背後で音をたてて雪が樹の枝からくずれ落ちた。

鳥影が、樹の枝から社の屋根を越え、竹藪の方へ消えていった。

こういう幸せはつづかないような気がする。心に湧いていた気持を正直にいいかねて、なおみは黙りこんだまま、立ちつくしていた。

あの時の不吉な予感は当ったのだと、なおみは思い出す。その旅から帰ったのを待ちかまえていたように、長沢明の妻の激しい遺書が、なおみの許に舞いこんできたのだった。

「やっぱり人が噓みたいに少のうおすなあ」

運転手の声に、なおみは追憶からよびもどされた。

車は桂川の左岸を渡月橋に向って走っていた。長い渡月橋の上を三、四人の人影が渡っている外、たしかにあたりには珍しく人の気配もない。

「なおみさん」

背後から声をかけられて、なおみは足をすくませた。思いがけない身近さで長沢明が立っていた。黒の、流行おくれの長いオーバーを着こみ、手に黒いこうもりを下げている。目は昔のままだったが、一瞬、別人かと思った。老けたのだと思った時、灯がともったような顔をして長沢明が笑いかけた。昔と変らないその笑顔が、たちまち、長沢明の姿を暈(かさ)のように包んでいた老けた感じをかき消してしまった。

「ああ、びっくりした」

なおみは自分が、この頃ではもうめったに出さなくなっている弾みのついた声を出したのに愕いた。

「そこの茶店で見張ってたんだよ。車が通りすぎた時、気がついて飛びだしたんだけど、もう走っていて」

野の宮への細道の入口で、なおみは車を乗り捨てたのだ。よほど急いで追ってきたとみえ、長沢明の気ぜわしく吐く息が、白い煙のように顔の前でたゆたっている。

ふたりはすぐ肩を並べて藪かげの道を歩きだした。そうすると、別れていた歳月が信じられないほど、互いの間に自然な親愛がよみがえってくる。

「変らないね、ちっとも」

長沢明がおだやかな声でいう。

「前より若くなったようだ」

「うそ」

なおみは蓮っぱに聞えるくらいの声でいい、男の顔を見上げて笑った。

「信じられないみたい。こうして今、いっしょに歩いてることが」

「ぼくはもう結婚しているのかなと思っていた」

「まあ、どうして」

なおみはなじるような口調でいう。

「だって、あれっきり、さっぱり消息がしれないし」

なおみはちょっとことばに詰った。彼の知っていたアパートからは、あの後、間もなく引越して、移転先は何度も迷ったあげく、知らせないことに決めたのだった。

「手紙だしたんだよ」

「すみません」

「東京へ帰った時、訪ねてもみたんだ」

「………」

「もっと、仕事先まで訊いてまわれば、つきとめられないことはないと思ったけれど、きみの気持がそこまで行ってしまっているなら悪いと思って引き下ったんだ」

長沢明の口調は別に恨みごとをいっているとも聞えない。淡々として、昔語りをしているようなその口調の中にはおよそ情熱めいたものも感じられない。

「悪かったかしら」

「何が？」

「今頃、勝手な時に幽霊みたいにあらわれたりして」

それには答えないで、長沢明はいきなりなおみの腕をとって強く引きよせた。

「危い、ほれ」

とびのいたなおみの足許に、雪どけらしい水たまりが鈍く空をうつしていた。

野の宮から長い袂の晴着を着た娘が二人仲よくつれだって出てきた。

「やっぱりお正月ね、こういうところにも初詣に来ているのね」

なおみは京娘の暮しのゆかしさを見せられたように思って、思わずふたりの娘をふりかえった。

積るほどの雪でなかったせいで、野の宮はしっとりと土も樹も濡れてはいたが、何年か前に来た時とは見ちがえるように、どことなくけばけばしくなっていた。

「どうしたのかしら、以前はもっと簡素な感じだったのに」

なおみが失望をかくしきれないでつぶやく。

「どこもこうさ、どこへいっても観光客が多くなって、そうなると、たちまち、ごてごて飾りたててしまう。嵯峨野の好さというものを、嵯峨の人がちっともわかっていないのだ。昔はどこへいってもひっそりとしていて、物さびて、そこに歴史が光っていたのに……いつか二尊院へいっただろう、覚えている？」

「ええ、覚えているわ。森閑としたお寺、楓だか紅葉だかの美しい……上の方にお墓のたくさんある」

「ああ、よく覚えているね。あそこ、あんなによかったのに、今じゃ、茶店なんか出来て、むやみに金をとるんだ。もうおよそ俗っぽくなってしまった。二尊院ばかりじゃない。寺という寺がそうなるんだよ。今に京都の好さなんか何もかもなくなってしまうさ」

「どうしたらいいのかしら」

「日本人がだめなんだよ。自分の国の本当の美しさを知らないし、歴史の尊さを感じない。何でも便利で賑やかにすればいいと思っている。二言めには、食えないじゃないかという。みんなが心をあわせて、国からこんな宝のような町を守る予算をとればいいのだ。ぼくはしかしまだ京都はこれでもましな方だと思ってるんだよ。奈良をみてごらん。奈良のあの町の俗悪になったことといったら……行く度泣きたくなるよ」

なおみは、長沢明の熱っぽい声を聞きながら、この人はこんなに怒りっぽかったかしらと、その表情を見直した。

「でも、東京から来れば、やはり京都はいいわ、第一、人間がまるで少ないんですもの」

「そうかもしれないね」

ふたりは野の宮を出て、落柿舎（らくししゃ）の方へ歩いていく。このあたりにくるとまるで人影はなく、ひっそりとしていた。

「あなたは、今、どうやって暮してらっしゃるの」

なおみはとうとうそのことを口にした。

「下宿してる。京都にはまだぼくのような人間を下宿させてくれる家があるんだよ」

「お食事つき？」

「うん、子供がみんな出ていってしまった老人夫婦でね、おばあちゃんが野菜の煮つけなんかとてもうまいんだ」

「そう……あたしも、もうあなたは結婚してらっしゃるのかなと思ってた」

「結婚はもうこりたよ」

長沢明はさらりといったつもりらしいが、やはりそのことばはなおみの耳には重く聞えた。

なおみは長沢明の別れた妻の消息も聞きたいと思ったが黙っていた。

「あなたが美術往来にお書きになったものを偶然みつけたら、何だか急になつかしくなってしまって。今まで何のためにこんなにがまんしてきたのかしら」

「やっぱり、時間がかかる運命だったんだろうね」

「こうやってごいっしょに歩いていると、あの頃のつづきのような気がする」

「つづきにしてはいけないのかな」

なおみは立ち止った。長沢明も立ちどまった。ふたりの瞳の中に、互いの小さな顔をみとめあうと、なおみはなつかしさに心がなごみ、久しく忘れていたやさしさがからだじゅうにあふれるように思った。

藪かげの小径だった。つと、前後を見て、長沢明はなおみの肩を抱きよせた。埃っぽい外套の胸に顔をよせると、胸が急に高なってくる。外套の奥の、見かけよりは厚い、頼りになる男の胸の固さが記憶の底からよみがえってくる。男の胸に全身をあずけられるということは何という心のなごむことだろう。ひとりで、肩肘はって、世間の風にさからってきたこの四、五年の切なさと疲れが、今急にどっとあふれだすように思った。

　長沢明が、片掌でなおみの顎を持ちあげ、唇をあわせにきた。

　長い接吻のあと、なおみは軽いため息をついた。そのため息がおかしいといって長沢明が笑った。

「だって、何だか、長い旅をしてきたような気がするんですもの、急にがっくりした感じ」

　なおみは長沢明の腕に手をかけると、ゆっくり歩きだした。

「こんなところの竹藪のかげに小さな庵をつくって、ひっそり暮したいなあ」

「まだ、きみの年じゃ若すぎるよ」

「年をとってからでもいいわ。その時、あなたはいっしょにいてくれる?」

「いやだね、年をとってからのなおみのお守りなんか」

「ずいぶん冷いのね」

「どうして、今、世間の塵の中でもいっしょに暮そうといってくれないんだろう」

　なおみは、男の腕にかけた手を心もちひきしめたが黙っていた。

　今、何かいえば、涙があふれそうな気がしてくる。

　何かの鳥が鋭い声をあげて、頭上を渡っていった。

どこからか、ふいに赤ん坊の泣き声が聞えてくる。この静な藪の奥にも人の生活がひっそりと営まれているらしい。

いつも竹乃家に出入りしている芸者や舞妓たちが一通り挨拶に来終った後へ、四条の鉄板焼の店「おふさ」をまかしている土倉(とくら)夫婦が、バー「フラフラ」を預っているマダムの玲子(れいこ)とつれだって挨拶に来た。

土倉はダークスーツに白いネクタイを締め、改まった服装をすると、肉を焼くより、バーでシェーカーを振る方が似合うような粋(いき)な男ぶりになる。やせた土倉と対照的にまるまると肥えた土倉の妻の和子(かずこ)も、「おふさ」を手伝っている。一まわりも年の若い妻を娘のように可愛いがるかと思うと、一ヵ月に一度か、二ヵ月に一度くらいに猛烈な夫婦げんかをして芙佐がとりなさなければならない。

「土倉はんのちわげんかは趣味みたいなもんやさかい、女将さん、ええかげんにしときやしたらよろしますのに」

というのは、竹乃家の女中頭の悦子(えつこ)だったが、芙佐はやっぱり、いつまでたっても少女くささのぬけない和子に泣きこまれると、土倉を年甲斐(としがい)もないとたしなめに出むくのであった。

和子も今日は新調の晴着に身をかざり、つい十日ほど前、片目をお岩のようにはらして泣き込んできたことなどけろりと忘れた顔で、世にも幸福そうに夫によりそっている。

玲子はこれも新調のミンクのストールを持って、いつもより晴れやかな顔付であった。

「さあ、うちの身内がそろったところで、女将さん奥でお祝いにしまひょか」

この家では芙佐よりも女主人らしく万事心得顔の悦子がいう。

「用意は出来てますのか」

「へえ、そら、もうとうに」

悦子が白いつきたての餅のような頬をうなずかせる。

奥の間は八畳の二間つづきで、床の間のある部屋に、いつもはこたつがつくってあって、親しい客なら、すぐそこへ通すのだが、さすがに新年なので、今日はこたつはとりはらってあった。

「おめでとうさん」

「本年もよろしゅうお願い申します」

改まった挨拶のあとで、これも悦子が用意してあった屠蘇で祝いあうと、芙佐はしんみりした口調で一人一人の顔を見廻して、頭をさげた。

「ほんまにありがとう。あんたたちが、ようやってくれてるおかげで、今年もどうやらさいさきのええ年を迎えました。ほんまにうちは幸せや思うてます」

「何おっしゃるやら、わてらこそ、女将さんのおかげで、こんなええ正月迎えさせてもらいました。こいつにもよういうて聞かせてますねん。一昨年あたりから、おふさも客が入りきらんくらいはやってきましたけど、店をあけて三年ばかりの間の、あのきつかったこと忘れられしまへん。たいていの経営者やったら、二年めあたりでとうに音をあげてまっさ。女将さんやからこそ、何もいわず持ちこたえさせてくれたんどす」

　土倉のいう通り「おふさ」は店の内装に凝りすぎ設備投資に金がかかった割に、最初の二年程は赤字もいいところであった。肉の質を下げようかという土倉の弱気も出たが、芙佐は、そういう時は不思議に胆の坐る方で、一言で土倉をたしなめた。

「あきまへん。一たん、高いかわりにええ肉やでというて売り出した以上は、それで押し通さんことには意地が立ちまへん。働いても働いても、どうせ税金に持っていかれるのに、それでも店を増やすいうのは、うちの生き甲斐でやってることだす。土倉はんかて、楽で、ええ給料とろう思えば、もっとましな旧い店がなんぼでもありまっしゃろ。あんたがおふさをやってくれてるのは、小そうても一国一城の主で、店をまかされてる生き甲斐からやおまへんか。ほなら、石にかじりついてでもおふさの質を落さずに、客に来させるようやり通さな男が立たしまへんやろ」

「へえ、恐れいります。そやけど、こう赤字がつづいては、何ぼういうても女将さんに相すまんことで」

「何いうてはるねん、三年赤字がつづいたら、あとの三年で三倍とりかえしたらよろしおます。四年赤字がつづいたら、あとの四年で四倍とりかえしたらよろしおます」

そんな会話のあとで、土倉は二度と弱音をはかなかった。月末にはだまって帳簿をさしだし、芙佐も黙って赤字を埋めていった。

京都で高い食物屋ははやらんという定石を破って、たしかに他所よりは高い「おふさ」に客がつきだしたのは、東京の客の間に口コミで名が覚えられはじめたからであった。もちろん、芙佐が「ゆきむら」の客に抜目のない宣伝をおこたらなかったことはいうまでもない。

「おふさがようなってきたら、フラフラが下向きやわ、うち肩身がせもうてかなわんわ」

玲子が口ほども悲観していない明るい表情でいう。

「どこともバーは下向きでっせ、うちだけやおまへん、それでも、うちは女の子の出入りがよそみたいにはげしいことないだけでも上出来だす」

芙佐は従業員をおだてて使うこつがうまかった。自分が長い奉公時代に、いやというほど屈辱や不当な叱責(しっせき)を浴びてきただけに、奉公人の気持の心の襞(ひだ)の中まで手にとるようにわかっていた。気がつかないのではなく、何でも見通していて、きめ手だけはぴしりと、とどめをさすかわり、たいていのことは大目に見のがしている。

客から、従業員への非難でも聞こうものなら、平身低頭して自分がひたすらあやまっておく。

「すんまへん。うちがゆきとどかしまへんさかい、しつけが出来てえしまへんのどす。せいぜい気いつけさせますさかい、かんにんどっせ、ほんまにかんにんしとくれやす。あれでようやってくれてますのんどす」

その一方、自分の情事も、不始末も、このメンバーにはあえてかくそうとしないから、彼等の方でも、世間に対しては女将をかばい通そうとする。

ひとしきりなごやかに談笑したあとで、土倉たちはまだお客さんのところへ挨拶が残ってますさかいと引きあげていった。

芙佐は昨日からの寝不足の疲れが出て、今は誰に気がねもない竹乃家でひとりで横になりたくなった。ゆきむらが本来の住いなのに、芙佐は何故か、竹乃家にいる時が、最も自分を解放出来るような気がする。

「ゆきむら」も、「おふさ」も「フラフラ」も、「竹乃家」あってのことだと思うからだろう。万一、将来、自分の仕事を縮小しなければならない時が来たら、芙佐は、次々蛸の足を切るように自分の店を閉めたところで、最後には「竹乃家」だけは残しておくだろうと思う。「竹乃家」の柱には芙佐の三十年の血と汗がしみ通っている。

「女将さん、離れにお蒲団しいてありますさかい、いつでもお休みやす」

気の廻る悦子が、いつのまにかそんな用意をしていて敷居際に片手をついている。

「おおきに、悦子はん、年賀状はどこへ」

「へえ、それも、離れの枕元に置いてあります」

「ああ、そうか」

三十三になる悦子は二十三の年から「竹乃家」に来て以来、芙佐の心を読みつけているので、芙佐が、ことばを出す前に、その目色をみただけで、たいていのことは察してしまう。自分の若い時を見るようで、芙佐はそういう悦子の利発さをいとしがり便利としながらも、女はもう少し、なんどりして、抜けたところのあった方が幸せになれるのにと、不憫な気持もする。自分の影を見るように思いながら、悦子と自分のちがいは、自分はすぐ情に足をすくわれるもろさがあるが、悦子にはとっさの場合、自衛本能の方が強く、めったなことで情に流されないという点かもしれないと思う。

離れは四畳半で、茶室づくりだった。一人か、二人の客の時は、この部屋に通す。この部屋でなければ落着かないという馴染の客も少なくなかった。

帯を解きかけて、芙佐は枕元の小盆にのせてある賀状の束の一番上の文字に、おやっと、目をひきつけられた。

平凡な鶴の絵の印刷の賀状に、達筆の毛筆が走っている。竹乃家様御内、雪村芙佐殿という文字癖を忘れる筈がなかった。

解きかけただて巻をひきずったまま、芙佐はその場に思わず膝をついてしまった。

「謹賀新年
あなたをはじめ皆々様御壮健の御事と拝察します。小生もとにかく生きています。先日、テレビで思いがけずお目にかかり感慨無量でした」

差出人の名はなかった。テレビとはクリスマスの前頃、京ことばの番組で、舞妓と芸子を一人ずつつれ上京して、出演したことをさしているのだ。芙佐は稚子の父親の字を両掌に挟み、胸に抱きよせた。

川のほとり

京の川……………………………………菊池恭子

川のある町はなつかしい。

川のある町はうつくしい。

川のある町はゆかしい。そして川のある町の女もまたなつかしく、うつくしく、ゆかしい。私は川が流れているから京都がこよなく好きなのだと思っている。

鴨川の美しさはいうまでもないが、京都は、あてどもなく足まかせに道を歩いていくと、必ず、どこかで川にめぐりあう。どんなささやかな川にも橋がかかっていて、その橋のひとつひとつに歴史がしみこんでいる。

川は昔より広く深く豊になっているのもあれば、昔よりはやせおとろえ、水量も乏しくなっているのもある。友禅の染料に染って真黒に流れているのもあれば、両岸の雑草におおわれて、枯れ枯れにわずかな水を流しているのもある。あるいはまたは、両側の岸に立ち並ぶビルからのネオンを浮べて、七色に輝いている川もある。

祇園の家並の軒下を、ひそかに美しい妓たちのため息や涙をとかしこんだまま、そしらぬ冷さで流れつづけている昏い川もある。罪人を送った川、恋人どうしを運んだ川、花嫁を嫁がせた川、恋に破れた女を抱き沈めた川。それぞれの川の想い出は川床に秘め刻み、どの川も、まるで千古の昔から同じ表情を保っているといわぬばかりに、物静に淡々と流れつづけている。

私は京の町を流れるどの川も好きだけれど、たったひとつ選べといわれたら、上賀茂の神社の境内を流れて、東流し、社の外へ出ては、昔、神官たちの家居だったという社家町の土塀に沿って流れつづける明神川をあげたいと思う。

上賀茂神社の境内のこの川の流れは、如何にも神域の穢れを清める川にふさわしく、底深く澄みわたり、塵ひとつ浮べていない。水量はゆたかで、流れているというよりいずみ湧いているような感じが深い。川のほとりにたって水の面を覗きこむと、境内の樹々の緑や紅葉が、季節々々の色を落して、流れを鏡に染めあげている。

神具を洗うのだというこの川はまた、五月十五日の葵祭には、選ばれた斎王が、古式通りにここへ来てみそぎをする川でもあるそうな。

千古の昔の風習を伝えて、清らかな青若葉のような乙女を選み、王朝の十二単をまとわせて、神域の川にみそぎさせるというのは、何という美しい光景だろうか。私は花に飾られ、牛車に乗った斎王の行列を、目近に見送ったことがあったが、若い斎王がみそぎをする場面はまだ見たことがない。青若葉の影をとかして、いっそう澄んでみえる神の水が、どのようなしきたりをふんで、若い乙女をきよめるのであろうか。

その流れが一度社の外へ出て、社家町を走る時は、全く趣きのちがう川の表情になっている。

どの家も白い土塀をめぐらせていて、土塀の下を川が流れ、道からそれぞれの家の門までには、この流れの上に石橋がかけわたされている。

川底は浅いが、流れは速く、いつでもさざなみ立ちながら、澄んだ水がよどみなく淙々と流れつづけている。白壁の奥から、どの家も、杉や楓やさるすべりなど、様々の老樹が生い育ち、ほしいままに枝をのばし、川の流れの上に影を落している。

私は偶然、通りすがりに、この石橋に立っているまだ若い白川女を見たことがあった。おそらく母の代からの得意先なのであろう。今、花を届けた帰りなのか、白川女は、頭の上に花籠をのせたまま、石橋の上に立ちどまり、流れの中に目を落している。紺絣に、赤襷、白い手甲、脚絆といういでたちが甲斐々々しく、手拭のかげになった両頰が清らかで、思わずこちらも歩をとめてしまった。様々な折々に、京の町で白川女には行き逢っているが、私はこの社家町の川のほとりにたたずんだ白川女くらい、しっくりと風景にとけこんだのを見たことはない。

上賀茂名物のすぐきの桶がこの流れにひたされているのもよく見かける。

今、この川に沿った道は、車の往来が多くなったが、車の通らなかった昔は、この川の水の囁きが道ゆく人の耳に絶えず話しかけていたのではないだろうか。

京都の川は、小さい川ほど流れがはやく、いそいで走る川はみなどれも、硝子をとかしたように清らかに澄みきっている。

社家町の川に桶がつかっていたように、奥嵯峨の民家の前を流れるせまい溝のような川で、ざるにつけたまま青菜がひたされているのを見たことがある。春のたけた頃であっただろうか、その川にはどこからともなく桜の花びらが散りこんでいて、流れのはやさを示していた。

紅殻格子の家の中は昼でも暗く、どの家も人がいるのかいないのかわからない静かさにとざされていたが、ざるの中の青菜のさみどりの鮮かさに、人の暮しのつつましい喜びがあふれていて、私は立ちどまり見惚れてしまった。手をつけたら、おそらく、しみるように冷い水なのであろう。この水は嵯峨の奥の清滝川から流れてきているのだろう。山の奥の新緑も花も、鶯の声もとかしこんでいるからこそ、このように澄んでいるのだろう。その水も耳をすませば、ひそやかにちろちろと土鈴を振るような流れの音をたてていた。

川の声といえば、淡雪の降る夜の御所の庭で、ふいに淙々と走る水の音に足をとめさせられたことがある。長い御所の土塀が夜目にも白く浮びでたその裾を、細い流れが洗っていて、その水音が、爽やかに音をあげていたのだった。

淡雪がはらはらと夜の流れに散りかかり、たちまちとけて流れ去る。夜の御所の森には、およそ水の声以外の物音といってはなかった。

「ごめんやす、せんせ、お茶がはいりましたけど、お邪魔でっか」

襖の外で芙佐の声がする。

「ありがとう。ちょうどいいきりですから、いただきます」

「そうですか、ほなら、ごめんやす」

ようやく襖があいて芙佐が顔を出した。根来(ねごろ)の茶盆に茶の用意をして、菊池恭子の好きな御池せんべいが菓子皿にのっている。

三日前から、恭子は「ゆきむら」に投宿して仕事をしていた。正月とはちがって、今度はひとりなので、階下の一番静かな六畳を仕事場にしている。

「古都旅愁」のノートをとりはじめているので、恭子はよくひとりで出歩いては、帰ってきてしきりにペンを走らせていた。

芙佐は部屋に入ってくるとガスストーブの加減をたしかめてから、茶をついで恭子の方へさしだした。

「よう御精が出ますなあ」

「仕事だから」

恭子は湯呑みを両手ではさみながら笑った。

「わたしら、葉書一枚書くのでもそらもうなんぎどっせ、なんぼう御仕事かて、ほんまによう書かはりますわ」

「女将さんがどんなお客さんとでもうまく話があわせられて、満足させるのと同じよ」

「はあ、そんなもんどっしゃろか」

芙佐は笑うと若々しくなる笑顔を崩れさせ、恭子の気分のなごみを充分おしはかってから、さりげなくいった。

「あの、ちょっと、せんせに見ていただきたいものがございますねんけど」

「はあ、いいですよ、何でしょう」

「お邪魔やおへんやろか」

「いいえ」

恭子は答えながら、着物か、陶器か、軸物かと、頭の中でせわしく考えた。

芙佐はその間に襖の向うへ身をねじって声をかける。

「せんせがお手すきの間にちょっと見ておもらいやす」

かさばった衣(きぬ)ずれの音がしたと思うと、襖ぎわに、いきなり大輪の牡丹(ぼたん)を投げだしたように、華やかな舞妓が両手をついてお辞儀をしていた。

艶(あで)やかな髪に花簪のびらびらがゆれて、そこからふくいくと花の匂いがただよってくるようであった。美弥子(みやこ)だろうか、桐葉(きりは)だろうか……それとも千代鶴(ちよづる)か……恭子は正月に来た時、植田敏子が招んでくれて、名前を覚えたばっかりの美しい舞妓たちの顔をひとりずつ思い浮べてみた。

「お邪魔いたします」

座敷なら、当然、こんばんはというところを、まだ明るい三時すぎのことではあるし、舞妓はそんな挨拶をした。

「いらっしゃい」

恭子は早く顔がたしかめたいように思って声をかけた。すると、濃く背中まで塗りあげた肩をゆすって、顔を伏せたまま、舞妓はくっとしのび笑いをした。

笑いながら、ぱっと顔をあげた舞妓を見て、恭子は思わず声をあげた。

「まあ、稚子ちゃん!」

「いやあ、うち恥しいわ、どないしょう」

舞妓になった稚子は長い袂を扱って、そのかげに顔をかくすようにする。

「稚子ちゃん、いつ舞妓さんに出たの」

お茶屋の娘は祇園ではあまり舞妓に出さないと、芙佐から聞いたことばを思いだし、恭子は何がなしに胸が騒いで訊いてみた。

「今日からどす」

稚子は笑いながらいう。頭が重いのか、何かいう度、人より細い長いきゃしゃな首が折れそうにかしぐのが、如何にも新米の舞妓らしくて可憐で初々しい。

「何て名前?」

「さあ」

稚子は、くっと肩に首をすくめ、母親の方へす速く流し目を送ると、すましていう。

「せんせにつけていただきます」

「えっ、だって、名前はきめてからおひろめでしょう」

恭子がこれも、正月に来た時得たほやほやの知識を頼りに訊くと、稚子はこらえきれないように、畳にうつっ伏しそうになって笑いだした。

「ああ、おかし、とうとう、せんせを化かしてしもうたわ」

「何のこと?」

「今日はお化けでっせ」

芙佐も笑顔でいう。

「お化け?」

「へえ、今夜は節分どっしゃろ、せんせのお郷里の方ではしやはらしまへんか、節分の日には、女たちがお化けいうて、いろんなものにやつして遊びまっしゃろ」

「ああ、あれね、子供の時、しましたよ」

「祇園町でも毎年やらはります。うちらかて、もちいっと若い頃は化けましたけど、もう照れくそうて。今年はこの子がどうしても舞妓ちゃんになりたいいうので、衣裳借りて化けさせてもらいましてん」

「よく似合いますよ。立って見せてちょうだい」

「はい」

素直な返辞をして稚子はゆらっと立ち上った。立つと、洋服の時よりずっとかさだかになった軀は、堂々としてあたりを圧(お)してくる。濃い紫の地に紅梅と白梅を咲き乱れさせたのは夜の梅のつもりの図柄なのだろう。

帯は金と緑の子持亀甲だった。

われしのぶに結いあげた髪も、自分のだと、稚子は自慢する。

「写真をとらなきゃね」

「へえ、もうさっき、とってもらいました」

「今夜はお遊びの日でっさかい、お座敷にも、ちょっと顔出してみようかなどいうて、手古(てこ)ずってますねん」

芙佐は稚子のみごとな舞妓ぶりが満更でもない顔で顎をひいて、眺め廻している。

「これから、裏千家さんへ御挨拶にいてきます。まずせんせに一番最初に見ておもらいしましたんえ」

稚子と芙佐が去っていった後、恭子はまたしばらく仕事をつづけた。

京都の川について書けば、まだまだ書きたりないことばかりであった。

市中を離れた川なら、どうしても貴船川について書きたいし、天然の川ではなくても、天然の川以上に流れの美しい疏水についても書かなくてはならないだろう。若王子から銀閣寺までの疏水べりの桜の美しさにひかされて、恭子は何度も春の京都を訪れてきている。

何といっても疏水の最も美しい時は春の終り、逝く春の挽歌のように疏水べりの桜の老樹から、風もないのに花が絶えまもなく散りそそいで、疏水の面が落花で雪のようにおおわれている時であった。花びらを浮べたまま水は流れつづけているので、疏水のほとりにたちどまっていると、自分の足元の花の川は一刻も同じ花をとどめてはいない。

恭子はそうした流れつづける花の川を見下しながら、悲しみのあまり、涙で花が一面に雪のようにかすんだ時のことを想いだす。

人に別れた後で、誰に慰められることも出来ない悲しみを抱いたまま、歩きつづけ、気がついたら、疏水のほとりの老樹の下にたたずんでいたのだった。

晴れては見舞うことの出来ない愛人が京都の病院で眼の手術を受けたのを、ひそかに見舞いに来たことがあった。もう十年も昔になるその想い出は、少なくはない辛い想い出の中でも、心にこたえてきびしかったので、恭子はつとめて想い出すまいと心がけてきていた。

その頃、恭子も、随筆家としてようやく個性が認められてきた頃であったし、相手は恭子よりもはるかに世間に名の知られた作家だったので、ふたりの恋は文字通り秘めごととして必死にかくし守られていた。

恭子の方は、浮名の立つことなど、一向に恐れないほどの若さが残っていたし、その恋のためなら、身をほろぼしてもいいというほど燃えていたが、男は世間をはばかっていたし、家庭にもいたわりをたぶんに持っていた。

若かった恭子はそういう男の態度を卑怯とかずるさとかは解さず、ひたすら、男の生活の平安のために、自分の恋を秘しつづける努力をおこたらなかった。

男が突然、失明しそうな眼病におかされ、京都の病院に移されたのは、男の妻の血縁の医師が、その眼病の手術では名医の名が高いからだと聞かされた。

恭子は、男が訪れなくなった日から三ヵ月めに、ようやく京都の病院へ訪ねていった。内臓の病気なら、看護の目を盗んで、恭子に連絡のはがきぐらい書けるかもしれないが、男は発病以来、失明同様で、生活のすべてを妻の手にゆだねているのだから、事実上、恭子との仲は切れたも同然になっていた。

病院の近くの宿に部屋をとり、恭子は男の病室の灯を道から見守りつづけて三日たった。

濃いサングラスをかけ、恭子が思いきって入院患者の病棟を訪ねた時は午後一時すぎだった。

着いたその日に、恭子は電話で、男の病室のナンバーをたしかめており、病院に寝泊りしている付添婦に近づき、その部屋がどの窓か教えてもらっていた。

「川妻(かわづま)さんなら、わてのついてる患者はんの三つ隣でっせ。おつれしまひょか」

話好きらしい中年の付添婦の好奇心にみちたまなざしをさけながら恭子は曖昧(あいまい)にことばをにごし、とっさの賭(かけ)で、女の手に金を握らせた。

「事情があって、ちょっと見舞えないんです。様子聞かせてくれませんか」

女は大仰(おおぎょう)にこんなものはいらないと口だけでいいながら、恭子が誘うと、そのままついてきて、道端のうどんやに入った。

陶器の招き猫とお多福の人形が並んでいる棚の下のテーブルに向いあって腰をおろ

すと、女は恭子に訊かれて、もみ手をしながら
「すんまへんなあ、ほなら、けつねもらいます」

という。きつねうどんが二つ運ばれてくる間に、恭子はお喋りの女から目的の大半は訊きだしていた。

男はまだほとんど身動きもしないで寝たっきりだということ。面会謝絶の札がかかりっぱなしで、見舞客はほとんど病院の応接間で、男の妻がさばいていること。その応接間は普通患者は使用出来ないのだが、男の妻が病院と深い関係があるらしく特別扱いらしいこと。

「ええ、ほら、よう気のつく奥さんですわ。そやけど、やっぱり病人の看病は、専門家にかぎりますわなあ、何ぼ奥さんかて、馴れてはらしまへんやろ、よう病人が苛立って、一時は荒い声もたてってはりましたけどなあ」

女は運ばれたうどんをすすりあげて、ちらっと、湯気の中から恭子の顔をうかがった。

「奥さんは、御病人の、御親類どすか」

正面から訊かれて恭子は答えにつまった。

「ええ、まあ……ちょっと、親類どうしのもめ事で見舞い難い事情がありまして」

「へえ、へえ、そらもう、どこにでもようあることですわ。あの奥さん、しっかりしてはるだけに、何や、怖うおすなあ」

そういうことばが恭子の気持におもねることを計算ずみで囁かれると、恭子は吐気をもよおしそうになったが、やはり、もう少しくわしく訊きだしたい気持から、目を伏せた。

付添もいたことがあったが、結局、病人が気難しいのと、絶対安静の厳格さが、他の病人の場合とは、格別の差があるため、付添がつづかないこと、そのため、病人の妻は一日のうち何時間かは、病室を留守にすることもある様子だということなど、女はうどんをすする合間にいくらでも喋りつづける。

「へえ、そうどすなあ、お昼のごはんたべさせはってから、小一時間ばかりは、よう奥さんが病室を空けてられますわなあ。そら、いつでもというわけやおへんけど」

もう、この女に訊くことは充分だった。

万一、あの付添婦に廊下で出逢ったら、どうしようと思いながら、恭子はさも勝手知った様子をして、廊下をすいすい歩いていった。看護婦や、寝巻姿の患者に何人か出逢ったけれど、白い薔薇の花束を持った恭子は見るからに見舞客然としているので、誰もすれちがう時に気にもかけていないようであった。

恭子は緊張して、左側の病室の扉口にかけられた名札をす速く読みとっていった。さっき階下のロビーで気長に待ちつづけ、男の妻が出かけていったのを見届けてあるから気持は安らいでいた。

万一、看護婦か誰かがいたところで、彼の妻以外なら、怖いこともなかった。ノックをせず、そっとノブを廻すと、簡単に扉が開いた。

カーテンをひきまわし、暗くした部屋の中の壁ぎわにベッドがあり、病人がその上に仰臥(ぎょうが)している。

「何だ帰ったのか」

男がひくい声でいった。三ヵ月めに聞く男の肉声に、恭子はあやうく声をあげそうになった。だまって、二、三歩ベッドに近づいていった。

「どうした、忘れ物か」

恭子はまだ声が出せなかった。両眼の上に黒い眼帯をかけたままなので、男に恭子の見える筈はなかった。頬骨がとがり、顎も細くなっている。唇の艶(つや)が失せている。

毛布の端をつかんだ指の爪が短く剪(き)りとられているのが恭子の目をひきつけた。

その指が、見ている間にこまかく震えはじめた。

毛布から指が離れ、恐怖にひき吊(つ)ったように空に泳いだ。

「誰だ、そこにいるのは」

「あたしよ」

自分の声とも思えない細い声をだした。

男にも、すぐには恭子の声と聞きわけられなかったらしく、乾いた唇がけいれんしている。

「あたしよ、すぐ帰ります」

恭子はつとめて声を落して囁いた。

「いつ……きた」

男の声もかすれていた。

「今……お留守をみとどけて……でも一目でも逢えたから気がすんだわ、辛いでしょう、それじゃ」

「早く帰った方がいい」

「わかってます」

「どうしようもないじゃないか」

怒ったような声を、恭子は冷いと聞いた。

「治ったら、連絡するから、でも、治らないかもしれない」

「いいのよ、あたしは、もう」

男はそれには答えなかった。

「早く帰ってくれ」

恭子はせめて男の手を握りたかったが、ふたたび毛布をつかんだ男の指は、それを拒否しているように見えた。

恭子は後じさりに部屋の外へ出た。誰かにぶつかりそうになり、後をも見ずに、階段をかけ下りていた。

気がついたら疏水べりの道に立っていた。有名な割に人の歩いていることが少ないその道では、女がひとり、川のほとりで泣いていても、誰も見とがめる者はいなかった。身を投げるような深さも速さもない川のせいか、川をみつめて涙をこぼしていても、よそ目には、流れる花の白さに見惚れているとでもうつるのであろう。

恭子は重そうに流れる花の川を見つめながら、自分の切なかった恋をこの白い川に葬（ほうむ）る決心がついた。

久しぶりに逢った恭子へのなつかしさを感じる前に、その場を妻に見られる脅（おび）えに指をわななかせた男の気の弱りが気の毒で浅ましく、恭子は自分の恋を葬ることにむしろ、いさぎよさを感じていた。病室へ置いてくることも忘れた白い薔薇の花束を流れの中に投げた。

その後、男はどうにか視力を回復した模様だったが、以前のように仕事は出来ず、いつのまにか、次第に世間から名前を忘れられていった。

恭子は忘れてしまうわけはなかったが、つとめて自分の想い出の中から抹殺しようとした。男のおもかげがふいに目の裏によみがえるような時は、あわててゆるやかに流れていく白い花の川を招きよせていた。するとあの日の自分の淋しさと虚しさが昨日のようになまなましくよみがえってきて、辛い情事の想い出から救い出されるのを感じるのであった。

疏水といえば、南禅寺の水路閣の上の流れも忘れられない。

南禅寺の境内の東南隅に赤煉瓦造りの巨大な橋のような建物がそびえている。アーチをいくつもつないだようなその異国風な建造物は、それだけみると、古代ローマかギリシャの遺跡でも見ているような気がする。幽寂でさびた禅宗の古刹の一画には如何にもちぐはぐなその洋風の煉瓦造りも、八十年という歳月の足跡をしみつかせて、煉瓦の色もしっとりとくすみ、壁面には苔や、風に運ばれて根づいた雑草が育ち、如何にも廃墟めいた妖しい雰囲気をただよわせている。

歌舞伎の舞台でも馴染みになっている壮大な山門を見てきた目にも、その異国風の水路閣がいつのまにかしっくりと、何の抵抗もなくとけこむようになっている。琵琶湖の水をこの橋の上を通して京都の市中へ運ぶために建てられたこの建物の上を、水は相変らず淙々と音をたてながら流れつづけている。

この疏水の流れは今では造られた当時の水車動力の工業用としてはどれ程の役目を果しているのかしらないが、京都の風物詩のひとつとしての役目は予想以上に今も果しているのではないだろうか。

若王子から銀閣寺までのいわゆる哲学の小道という名で呼ばれている桜並木の疏水の美しさを知っている旅人のうちにも、南禅寺の水路閣の上を走りつづけている水の清冽さを目にした人は少ないのではないだろうか。

その流れの美しさへ案内してくれたのは、街でゆきずりに逢った大学生だった。寺町の旧道具屋で、古伊万里（こいまり）の小皿をみつけて、桜の模様の図柄の可憐さと藍（あい）の色の好さにひかれ、買おうか、どうしようかと迷っていた時

「いいですね、その色」

と背後から声をかけ、決心をうながしてくれたのが、その学生だった。

大学生というだけで、どこの学校とも訊かなかったが、ふたりとも大して目的のない旅人どうしとは互いに何となく察しがつき、つれだって店を出て、いつからともな

く肩を並べていた。

「京都はよくいらっしゃるの」

恭子は相手が学生だということに気を許し、自分から話しかけた。

「ええ、よくというほどでもないけど、時々……」

「旅が好きなの」

「ええ、でも、この頃の旅行は、金がかかりますね」

学生ズボンにポロシャツ、ズックの袋を一つぶらさげただけのいでたちだった。

「ひとり旅？」

「旅はひとりにかぎりますね」

「あたしもひとり旅が好きだわ」

「京都の人かとはじめ思った」

「どうして」

「着物が似合ってたし、どこか、のんびり見えたから」

「どうして、旅行者だと思ったの」

「あの店の人に、荷物がまたふえるからといっていたでしょう」

「ああ、あの時ね。あの店へは、時々、京都に来るとよるんですよ。何でもないもので、ちょっとほしくなるものがあるから」

歩きながら、咽喉がかわいたと恭子がいうと、若者は、すぐ横町の小さな喫茶店につれていった。

「ここの生ジュースいけますよ」

「よく知ってるのね」

「安くてうまいものなら、鼻がきくんだ」

笑うと目尻が下ってふいに子供っぽくなる。

その若者が、いいところへ案内しようとつれていってくれたのが、水路閣の上だった。

山道を上っていくと、古風な鐘楼（しょうろう）があり、その前に水路閣の水道が一筋、樹立（こだち）の奥からあらわれて樹立の中へ消えていた。思いがけない速さで、溝の中を清らかな水が満々とあふれ走りつづけていた。

「まあ、きれいな水」

恭子は息をのんで、緑をとかしこんだ水の美しさと、よどみのない速さに声をあげた。

「で、しょう、ちょっと手をつけてごらんなさい」

若者にいわれて、恭子は腰を落し流れに手をひたした。身震いするような冷さが指先から伝ってきた。流れに、恭子の顔が映り、その上に若者の顔が浮んでいた。若者の目が恭子の水の上の顔を見つめていることを感じ、いっそう水の冷さが指にしみとおった。

「ここを識ってるのは京都通の中にもざらにいないな」

若者は得意そうに声を張った。

「あなたはどうして識ったの」

「子供に教えてもらったんです」

「子供？」

「ええ、去年の夏ね、やっぱり南禅寺へ来たんですよ。蟬をとってる子供がいて、樹の高いところの蟬に捕虫網が届かないんだな、ぼくが手伝ってやってそれを捕ったんです。それで仲よしになって、暑いねえっていったら、泳ぎにいこうかと、その子がいうんですよ。川へかいっていったら、まあついて来いって、いばってんだ。小学二、三年でしょうね。それで坊主に案内されてやってきたのがここなんです」

「えっ、ここで泳いだの」

恭子が呆れた声をだした。

「ふふ、ま、そういうことで」

「あきれた。人にみつからなかったの」

「子供が三人くらい泳いでましたよ、とても水がきれいだけれど流れが速くて、ちょっと危険なんだ。でも、底がしれてるし、溺れ死することはないしね。ま、いつも水が清らかなプールと思えばいい」

「それから二度めなの、今日は」

「ええ、そういうわけです。この奥に誰かの御陵（ごりょう）がありますよ」

「あら、そう、ちっともしらなかった」

「ぼくは割合穴場狙いなんだ。人のあまりいかないところ探すのがうまいんだ」

「ほかにどういうところがあって」

「そうは易々（やすやす）教えられないな」

その日一日、恭子は若者と行動を共にした。

流れがみたいというのでタクシーを拾い、貴船まで行ってみた。

若者は貴船ははじめてだといって、川床（かわどこ）の食事を珍しがった。

流れが清冽で、流れに紅葉が散りしくと、目が洗われるように鮮やかなのだ。

「ここも、昔はずいぶん淋しいところで、もっとよかったのよ」

「昔っていつです」

「さあ」

恭子は笑って答えなかった。冬の貴船、真夏の貴船、雨の貴船、恭子にはそれぞれの思い出があったがだまっていた。

「和泉式部が夫婦げんかして、ここへこもってしまったのよ。昔の女は、そういう形での抵抗がせいいっぱいだったのね」

「でも、夫が迎えに来たじゃありませんか」

「あら、あなた知ってるのその話？」

恭子が不思議そうに目をみはった。

「それくらい知ってますよ」

若者は馬鹿にされたと思ってか口をとがらせた。その表情がまた子供っぽく見えて恭子はのどかに笑った。

貴船をおりる時はもう川ぞいの宿にすっかり灯が濃くなっていた。

冬ともしび

大阪のホテルの宴会に、舞妓をつれて勤めて祇園に帰ってくると、もう十一時をまわっていた。

芙佐が竹乃家の格子戸をあけてただいまと声をかけると、玄関のすぐ脇の三畳から声が迎えた。

「おかえりやあす」

舌がまき上ったような呂律（ろれつ）のあやしい声は鼻にもかかり、ようやっとことばになっているという感じである。

「何や、えん子さんきてはったのか」

芙佐は玄関から三畳の間にかけてあるのれんをくぐり入っていった。

「おかえりやす」

奥の部屋の片づけにいっていたらしい悦子が出迎えにきた。

ガスストーブを置き、電話台兼用の小机を置き、小さな戸棚を置いたら、もうその三畳は三人の女が入るといっぱいになる。

えん子は、紫地に雪持笹を染めた年より地味な座敷着の上に、悦子が手なぐさみに編んだ三角ショールを肩にかけ、膝の前の盆には、ウイスキーの瓶を置いて手酌での
んでいた。

「風邪はもうようならはったんか」

芙佐はハンドバッグやショールを座敷のすみに置くと、えん子の酔いでうるんだ目をみつめた。

祇園町でも、目の美しさならえん子をおいて右に出るものはないといわれている。はりのある大きな二重瞼は、酒が入ると、陶器のように艶を帯び、えん子の舌が今のようにまき上ってくる頃には、黒い瞳が据って、白目はいっそう青みをまし、凄艶にまなじりが切れ上ってくるのだった。

目に凄味が出ると、えん子のことばが舌たらずになって、甘ったれた子供の片ことのようになるので、そのちぐはぐな感じは不思議な可愛らしさを人に与える。

「えん子は酔い美人や」

と客にからかわれると

「ほならうち、酔うてな、美人やおまへんのか」

とからみつく。酔ってしまってからのえん子のからみは他愛がなく、口が悪くなったところで、毒もないので客はかえって面白がり、えん子を酔わせたがる。

一年に、一、二回、突然、思いたったように、禁酒宣言をするけれど、一ヵ月とつづいたためしはなく、えん子がうち、禁酒や、といいはると、いっそう座は弾んで、根が酒好きのえん子がどうしてものみたくなるような趣向をこらし、客はえん子の禁酒を破らせたがる。

芙佐はつい、一昨日、座敷をかけたが、風邪で寝こんでいると断られたことを思いだしてえん子の顔を見直した。

三十をこえたとは見えないふっくらした頬が、心もちやつれて、酔った目がすでにややつりあがり、えん子の一番美しい表情になっている。

「女将さん、呑む？　呑んでえ、いっしょに」

えん子は幼女のように甘えたことばで芙佐にしなだれかかるようにいう。いいながら、ウイスキーの瓶を胸に片手で抱きしめて
「これ、うちの恋人や、もうこれだけでええ、なあ、うちの恋人、いとしいいとしい恋人よう」

終りは歌の調子になってウイスキー瓶に頬ずりする。

「さあ、奥へいきまひょ、向うが片づいたようやから」

芙佐はえん子の腕に手を通し、抱きかかえて立たせた。

「らいじょぶ、らいじょぶ、まら、うちは酔うてなんかいいしまへんて」

えん子はゆらっと立ちあがると、ふいにしゃんと背をのばしてみせた。祇園町の舞妓や芸子は、井上（いのうえ）流の京舞いをびっしり叩きこまれている。中でも、えん子は舞いならまず指を折られる中に入る名手だった。こんな酔態の時でも、足をふみしめて立つ姿には筋金が入り、ぴしっと腰が決まる。

「わかった、わかった。えん子さんは酔うてなんかいいしまへんて」

芙佐は赤子をあやすように相槌を打ってやりながら、奥のこたつのある部屋にえん子をつれていこうとする。

「何やてえ、え、女将さん、今、何ていうたあ、えん子さんは酔うてなんかいいしまへんて……ふん、うちはな、酔うてるんや、もうぐでんぐでんに酔うてるんや、見ればわかるらろ、え、女将さん、やい、お芙佐さんえ、おめえの目玉は節穴かあえ」

あとは芝居もどきの口調になって芙佐にからみはじめる。

「わかった、わかった、ええ、ええ、えん子さんは酔うてはりはります、たんと酔うてはる」

「何やて、こらあ、じゅんさいなことばかりいうて、そいでも女将は正気なんかあ」

勝手なことを出まかせにいい並べながらも、えん子の神経はどこかで覚めているのか、ことばの辻褄が合おうとする。

奥の部屋に落ちつくと、急にえん子は水をほしがり、芙佐がついでやったコップの水をまたたくまにたてつづけに二杯ものみほしてしまった。

それからまたふらりと立って手洗いにいっていたと思ったら、しばらくして座敷にもどった時は、蒼白い顔をすきとおらせ、目のうるみが消えて、凄いような美しさに瞳がすみきっていた。

「すっとしはったか」

芙佐がふりかえっていうと、襖をしめて敷居際にぺたんと坐りこんだえん子が
「すんまへん、女将さんかんにんどっせ」

と両手をついて神妙に頭を下げる。たっぷりの髪を今日結いあげた洋髪がほんの少し乱れて、ほつれ毛がこめかみにおちかかっているのがなまめかしく、芙佐はやはり、今更ながら、えん子は祇園町のサラブレッドと誇るだけの価値はあると見直すのであった。

祇園町に数ある芸者の中でも、祇園町で生れ、祇園町で育ち、舞妓からあがって衿

替えし、芸者になったという生えぬきの芸者はもう数えるほどしかなくなっている。

「は、××はんどすか、へえ、あのお人は祇園の芸子いうたかて、生えぬきのお人やおへん」、祇園町の人気芸者の噂話をする時、よく祇園の人間はそういういい方をする。のらりくらりした口調の、どこに芯があるともみえないことばの中に、ちゃんと針も毒もふくめられている。

祇園で最も誇りを持って胸を張れるのは、いわゆるサラブレッドと自称する、親の代から祇園町で棲みついてきて、祇園以外の世界では一度も暮したことのない人間たちであった。

戦前の一頃、芸者や舞妓が数百人もいたという時代でも、サラブレッドは威張っていられたが、戦後、次第に彼女たちの数が減り、野暮な法律のおかげで、中学という義務教育を終えなければ、舞妓に出られなくなった現在では、舞妓のなりてを鉦や太鼓で探し集めなければならない。

苦しい苦労をして、きびしい芸事をしこまれ、見習茶屋の女将や姉芸者たちにさんざん行儀作法でしごかれた上、座敷に出るには鎧のように重くて苦しい衣裳にしめつけられ、座敷にでても、まず人形のように行儀よくしていなければならない舞妓などになるより、今日出たその日の夜から、何もしゃべらず、何の芸もみせず、ただ坐っているだけで金になるバーのホステスになる方が、よっぽど気がきいているというのが、今時の若い娘かたぎだった。

貧乏のため、娘を売るような親も少なくなったなら、貧乏のため売られてだまって従うような娘もいなくなってしまった。

昔は男衆が、舞妓の下地をあまるほど探してきたものだが、その男衆の数も、戦後は嘘のように減っている。

「時代やなあ」

誰の胸にもそういうつぶやきがあって、祇園町には年とともにサラブレッドが姿を消していく今日この頃であった。

客の方でも、昔とちがい、どの舞妓が昔の何という芸者の子で、あの舞妓の父親と、誰それが、恋のたてひきをしたなどという話を覚えていたり、面白がったりするようなのはほとんどいなくなってしまった。

今成金の、札束さえつめばいいと思っているような不粋な客は、座敷に舞妓が入ってきて、傍に坐るなり
「おい、あんた、くにはどこ?」

などと、バーやキャバレーで女の子をくどくように訊いてしまったりする。

「へえ、うち、祇園町どす」

舞妓たちは白塗りの、御所人形のように艶のある頬に笑い皺ひとつつくらず、真紅に光る小さな唇で可愛らしく答えるのだ。

「うちは四国どす」とか「うちは東北どす」とかいう答えはかえって来ない。

昔も今も、祇園町の客は一げんさんはお断りというのを看板で通してはいる。

地方の色町でも格式のあるお茶屋や料亭は一見(いちげん)の客はあげないが、祇園町では特にその制度がきびしい。

馴染みの客が一度案内してきて、そのお茶屋にあがってからなら、その客が次にひとりで出かけても、女中や仲居は顔を見まちがえたり、名前を忘れていたりすることは決してないのだ。二度めからならもうあげてくれるが、一見の客はどんなに金をつんでも断るのがしきたりになっている。

終戦後、終戦成金が祇園の名前にあこがれて、ボストンバッグ一杯に札束をつめこみ、祇園のお茶屋の玄関で、その札束をつかみだしてみせ、金はいくらでも出すといったが、女中が玄関にぺたんと坐りこんだまま、白い顔をにこにこさせて、何度でもお辞儀をくりかえしながら、いうことは同じであった。

「へえ、もう、すんまへん、祇園町のしきたりで、初めてのお客さんはおことわりすることになっとりますねん」

「どうしてことわるんだ。お茶屋が一見の客を断るのは、支払ってくれるかどうかわからないからなのだろう。だから、金はこれだけあると見せているじゃないか、どこが心配なんだ」

「へえ、そらもう、おっしゃるとおりどす。ほんまになあ、わざわざおこしねごうてすんまへんどすなあ、そやけど、これが祇園町のしきたりでんねん」

「しきたりといっても何も法律できめられたわけでもないだろう」

「へえ、そら、そうどす。そやけど、しきたりいうのは祇園のまあいうたら法律でんねん。祇園町で暮してて、祇園のしきたり破ったら、そらもうこの町に居られしまへんがな、なあ、そうでっしゃろ」

決してあらいことばではなく、やさしいことばで、にこやかにゆったりというだけだが、いったんいったことは、てこでもあとでがえんじることはない。

「そやから、もうお客さんにはほんまに何ぼうか悪い思うてますねんけど、ごめんやす、そんなわけでんねん、かんにんどっせ」

中にはそこまでいわれて、いっそう腹をたて、荒い見幕で悪態をつく客もいる。しかし、いくら何でも女を相手に暴力沙汰にはならない。たいてい、口汚い悪態をはいて、二度と来るものかと出ていく。

その後は、女中が波の花をまいてけろりとしている。そやから一見の客はお断りなんや、色町の作法も知らずに、金で人の面はりくさって、さっさと消えておしまい。それが客に送られる彼女たちの悪態だ。

馴染みの客が、都合でいっしょに来られなく、それでもこの客は自分が保証するからあげて遊ばせてやってくれというような場合は、お茶屋は一見でもあげることがある。しかしその時は、その客から万一支払えなかったりすると、紹介者が、その客の使ったものを支払うのが当然ということになっている。

「へえ、もう祇園町はほんまにややこしゅうおますなあ」

彼女たちはけろりといい、そのややこしさには、一向自分たちは動じていないのだ。

祇園では金のあるうちが客だが、金だけでは客面出来ないところに妙味もある。一見の客はとらないというのも、金の問題もさることながら、客の素姓が明らかなのを客の第一条件の資格に数えるからである。

名の通ったどこそこのお店のぼんやということになれば、まだ若輩の部屋住みで、遊びの金まで自由にならなくても、太っ腹の女将なら、相手の懐の中を見抜いて、それだけの範囲の中で遊ばせてやる。

「お店のぼんがこのごろ、うちを使うてくれはります」

などとは、決してお茶屋の方からはその客の親たちに洩らしたりはしない。しかし、せまい祇園町の出来事は、客から客へ伝って、必ず自然に親たちの耳に入るように仕組まれている。

親の代からの祇園の客なら、内緒で息子に遊びをしこんでくれたなどと、ねじこむような野暮なことは決していわない。

「女将、うちの息子がこのごろあんたとこでお世話になってるんやてな」

「へえ、おおきに、ぼんにも時々、使うていただいとります」

「あいつ、まだ充分金渡してえへんさかい、さぞかしけちな遊びしてるんやろ」

「そんなことおまへんで、やっぱり旦さんのぼんだけのことはありまっせ、お金やのうて、お人柄で芸子はんや舞妓ちゃんたちにもえろう人気ありまっせ」

「ほんな阿呆なことがありますかいな、あんなやつがもてるようになったら祇園町の名が泣くわい」

「あんなことようおっしゃってはる。旦さんかて、部屋住み時代に大旦那の目を盗まはって遊ばれた苦労や愉(たの)しみは身に覚えがおありでっしゃろに」

息子の肩を持たれて嫌な気になる親はいない。

「まあ、そのうち、そろそろ、遊びの作法も仕込んどかなあかん思うてたところや、女将、妙なとこで妙な女にひっかからんよう、品のええ遊び方教えといておくれやす。そのかわり、内緒ごとはあきまへんで」

「へえ、もうわかってますがな」

客が目顔で念をおした内緒ごととは、万一、息子が祇園の妓にのぼせた場合、親にしらせず取りもつことはしないでくれという意味であった。いざ、祇園の妓と出来てしまったとなれば、まさか、名の通った大店がけちな真似をさせてもおけない。のぼせあがって、ひかすのどうのとなれば、ことが面倒になる。

昔とちがって、現代風の舞妓や若い芸者は、妾の地位に甘んじる気などあまりない。正式の結婚をして早く足を洗い、堅気の奥様におさまるのが当然のように考えている者も多くなっているらしい。油断は出来ないというのが親たちの世代の心配事なのであった。

三十をいくつかこえたえん子の世代の芸者には、それでもまだ古風さが残っていた。

もっと前の世代の芸者なら、旦那と、いろを巧みにあやつって、旦那は金を払ってくれる男、いろはこっちが惚れた男と、けじめをつけていたし、いろのために旦那をしくじるような素人じみたことをする者は、阿呆かいなと、一笑に片づけられてしまった。

もちろん、中には、それでも情事に身が入りすぎ、結構な旦那をしくじって、祇園町に居られなくなり、名古屋や、大阪や、北海道あたりまで、落ちていった妓もいないではない。しかし、えん子の世代のようなことはなかった。

えん子といい、その仲間の久爾代といい、今は祇園にいない瑞葉といい、一時、祇園の舞妓の三羽烏とうたわれお花の成績を争っていた三人が三人共、旦那運がいいとはいえないのだ。

しかも三人ながらに、祇園町きってのサラブレッドなのであった。

三羽烏とか五人組とかいう呼称は、いつの代にもあったが、この三人の舞妓時代ほど、華やかな話題をまいた三羽烏時代はなかったと語り草になっている。

芸もすぐれていて、えん子は舞、久爾代は笛、瑞葉は三味線の技が一通りではなくて、衿替えしてからも、どの座敷からもひっぱりだこの売れっ妓ばかりであった。

「まあ、ここへおいない」

芙佐は、急にしゅんとしたえん子にやさしい声をかけた。

「今夜はふたあり水入らずでゆっくり朝まで呑みあかしまひょ、久しぶりやないか、えん子はんとの水入らずは」

「ふん、せやなあ」

えん子は、まだしおしおした表情で、それでも芙佐が片手で持ちあげてくれたこたつの中へ膝を入れにきた。

「何でそないに荒れてはるねん」

「もう、自分の阿呆さが、つくづくいやんなってしもうて」

えん子は、きれいな薬指でそっと眦にたまった涙を拭い、その指でついでにこめかみを押した。

桜色のマニキュアがほどこされた指は骨がないようにしなやかで、一本一本が、表情を持ち、女の芙佐の目にも思わず掌にはさんで口に運びたいように魅力がある。

祇園で生れ、祇園で育った彼女たちは、もう三歳くらいから、風呂に入る度、糠袋で全身くまなく磨きぬかれる。

風呂にいれるのは祖母だが、祖母の時代からそうしてきた通りの方法で女の子の肌は磨かれるのだ。糠に黒砂糖をいれたり鶯のふんがまざったりする時もある。

首筋から耳の裏まで、紅絹の糠袋はまんべんなくこすりあげる。

美しいなめらかな肌は、女を商品とした場合第一条件であった。顔の造作は少々いびつでも、女は着物をぬいだ時の白さやなめらかさで勝負がし直せる。

物心ついた頃から、えん子たちは茶碗ひとつ洗ったことがない。水仕事は一切させられないし、重いものは鍋ひとつ持たせられない。台所仕事などすれば指が節くれだって、太くなるというのであった。

えん子は芙佐がいれてやる氷をタンブラーに受け、その上にウイスキーをそそいでもらって、さも美味しそうに白い咽喉をそらせてのんだ。

「大丈夫でっか」

芙佐がちょっとえん子ののみっぷりに案じた声を出す。

「うん、大丈夫や」

「そいで何があったって、月岡はんのことか？」

「ふん、月岡はんなんか、何でもないいんやって、女将さんまで信じてくれへんのかしらん」

「そんなことないけど、えん子さんの本心はわてにかてわからしまへんがな、そうでっしゃろ」

芙佐のことばにはいつにない毒がこもる。

かつて、えん子に男のことで、さんざん、手古ずらされた覚えのある芙佐だけに出る声であった。

「そやろか、うちはほんまに何でもかんでも女将さんには打ちあけてまっせ」

「さあ、どうやろな、それは」

「ほんまやって、なあ、信じてえな」

えん子はふわっと、上体を崩すと、軀を芙佐の方にねじり、こたつ蒲団の中で芙佐の膝に手をのばし、軽くつねった。

「あいたたた、何でうちをつねらんならんのや」

「疑うからやないか」

「疑わんならんことせんどされてますからなあ」

「いけず」

またえん子が芙佐のむっちりした腿をつねりあげる。

芙佐は仰山に悲鳴をあげてやる。何もかもふたりの演技でそれらはすべて遊びであった。

そうやって、他愛もない口げんかでしんとしめった座敷の空気を華やかに盛りあげることに、暗黙のうちにふたりの呼吸があっているのだ。客がいなくても、それは客のいる座敷の空気の盛りあげ方と同じこつであった。

「月岡はんのことはそんなら何どす」

芙佐がとぼけた声で訊く。

「あれは浮気や」

「そうでっしゃろか、あれが浮気なら、ずいぶんと熱の入った浮気でんなあ」

「何いうてんねん、ほんまの浮気や、ほんまのこというたろか、ほんまのほんまはなあ」

えん子はにっと唇をほころばせた。犬歯と前歯の間に細い金をいれているのが、きらきら光って、普通なら厭味に見えるのに、えん子の場合は人並よりきれいな歯並びと白い歯をそれがいっそう引きたてて輝くのだ。

「ほんまのほんまは何や」

芙佐も歌う様に相槌をうってやる。

「こんだけや」

えん子が小指をぴんと立てて芙佐の鼻先につきだした。

「一回？　阿呆な、ほんなこと信じますかいな」

「ほんまやって」

　えん子は目のまわりに紅をはいたように血の色を滲ませて力んだ表情をしてみせる。

「月岡はんとは後にも先にも一回だけや、女将さんに嘘ついたかて何の得にもならへんやろ」

「そらそうやけど」

「あの人、ええかっこしいの割に、つまらんのや」

「何が」

「わかってるやないの、あっちのこと」

「ふうん、そやけど、先斗町の未香はんとは相当つづいてまっせ」

「未香はんとはあっちの相性もええのんでっしゃろ、あてはあんなの困ります」

「あんなのって、けったいな癖がおますのか」

「変態やおまへんで、まあノーマルな方でっしゃろなあ、そやけどぜえんぜん、味のうてかなわんわ」

「味のうてか、そらあきまへんなあ」

「こってりしすぎてるのもいややし、辛すぎるのも、渋すぎるのも、そうかてあんまり甘すぎるのもようはないけど、何よりようないのは味ないことでっしゃろ」

「そら、まあ、そうやなあ」

「女将さんかて、覚えがありまっしゃろ」

「忘れてしもうてます」

「嘘ばっかり、この嘘つきめ」

「そいで今夜の癪の種はその味なしが原因どすか」

「へ、おいといておくれやす。何で味なしに目を泣きはらしたりしますねん。何べんいうたらわかりますねん」

「そやから誰のことが原因かいうて、たずねてるんやないか」

「それはいわれしまへん。とにかく、うち、また失恋してしもてん」

芙佐は、

「そうかあ、そらまあ、御愁傷さまでんなあ」

冗談めかして調子をあわせてやりながら、えん子の話を話半分に聞いても、今度の相手は相当な者らしいと気をめぐらせた。

祇園では芸者や舞妓の色事は、早ければ、事のあった翌日、おそくとも三日のうちにはぱっと伝ってしまう。

ようもない。表向きは、そういうことは一切お茶屋を通して行われるから、少なくとも扱ったお茶屋では相手を識っている。

舞妓の水揚げも、芸者の旦那の取りかえも、舞妓や芸者の浮気沙汰も、一切かくし

昔なら、舞妓の水揚げの夜は、男衆が舞妓の屋形の紋を染めぬいた大風呂敷に、寝巻にする真っさらの長襦袢と、上等のきずきの四つ折をお茶屋に届けにゆくから、その姿を誰かが見れば、ああ、あの男衆の出入りしている何屋の誰が、どのお茶屋の客といよいよ話がまとまって、今夜が水揚げらしいと、たちまち察しがつくのであった。

どの舞妓にどの客が、どれほどの熱心さで通っているかは、もうそれまでには噂になっているのだから、大体の想像がついてしまう。そうなれば、翌日にはたいていの祇園の人間は昨夜の出来事を風の囁きのように耳にいれてしまう。

浮気の時さえ、お茶屋を通しておいた方が後くされがない。昔は売物買物だったから、話がはっきりしていたし、お茶屋さえ通しておけば、客が女に愛情がなくなった場合も、女が客と別れたい時も、お茶屋の女将が間に立っていい難い話をつけてくれる。

芙佐の扱った数多いまとめ話の中には、旦那になった東京の客がはじめの二ヵ月だ

けは、どうにか芸者の面子をたてて通ったが、それ以後、ぷつりと、女のところへは訪れなくなり、そのかわり、七年間、毎月の決った手当の金だけは、一月も欠かさず送り通してきた。女も大人しい性で、それを、とやかくいうわけではなく、黙って、金だけは受けとって七年間すんでしまった。

芙佐が、何かの時、ふと、そのことに気づき、女にどうしたいかと訊いてやると、女はしょんぼりした表情で

「へえ、このままでは、あんまり旦さんに相すんまへんさかい、どないしたらよろしゅうおますやろ」

という。呆れて芙佐が男に話をつけると、男は渡りに舟とばかり、手をあわさんばかりにいうのだ。

「女将、頼む、金はいくらでも出すから別れさせてくれ。可哀そうだと思うのだけど、その気になれないのだ。性質もおとなしいし、悪い妓ではないのだけど」

という。やはり、性にも相性があるのだということを芙佐はその時教えられた。その客に、家一軒買わせ、まとまった手切れ金をとって話をつけたが、それも、最初の話が、芙佐のお茶屋を通していたからのことで、その芸者が自分だけで話をつけたものなら、客は、そこまでの義理をはたしはしない。

また、客の方も、どんな嫌がらせを女の方からされても文句はいえないだろう。

お茶屋を通して話のついた色町の女が、旦那の家庭にいざこざを持ちこむなどということは決してないのがこの世界のきまりなのだ。

もちろん、お茶屋は、話がまとまる時も、別れさす時も、旦那が女に出す金の最低一割は貰う。男衆は五分が相場だ。

今は万事がお粗末になってきて、そんな大げさなことを好まない客が多くなり、話がまとまれば、ふたりで別々にホテルに入り、そこですませてしまうこともあるので、秘密は守れそうなのに、それがまた、どういうわけか、たちまち伝ってしまうのである。

芸者や舞妓が呼ばれるお茶屋は一軒ではないし、その座敷で一緒になる朋輩も、そのお茶屋によってちがうわけだから、その時、一人の舞妓が聞いたニュースは、何時間か後には、次のお茶屋で別の何人かの舞妓に伝えられる。その舞妓たちがまた次のお茶屋でそれぞれの朋輩たちに伝えるから、噂は鼠算式に拡まっていく。

昔と今では、くらべものにならないほど、お茶屋だけが噂の外にいることも多い。

芙佐のような万事抜目のない早耳でも、竹乃家の玄関脇の三畳で、くつろぎきった舞妓たちが、おなかの虫押えに、うどんなんかたべている時、寝耳に水の話を小耳にはさむことがあった。

「××はんの旦那はんてなあ、あの頭、かつらやって」

ええっと、愕く他の舞妓たちより先に、芙佐がとび上りそうに愕いたのを、さすがにさりげなく押えこみ
「××はんて、旦那きまらはったんか」

と、無造作に訊きかえす。

「あら、女将さんしらはらへんやったの、もうきまらはってるわ」

「いつのことえ」

「さあ、大方、一週間にもなるのんとちがうやろか」

そんな時は内心、腹が煮えるように思うが顔には出さない。昔はこんなことは決してなかったと思う。あれだけ日頃、ひいきにして、いい客の座敷には必ず呼んでやったのに、一ことくらい挨拶があってしかるべきではないか。まさか、その旦那はどこの誰かとまでは訊かない。しかし、そこまで聞いてしまえば、もう三十分も後には何から何まで聞きこむことは出来るのだ。

自分がそれとなく、客から気持をほのめかされていた相手だったりすると、意地になって、その舞妓よりもっといい舞妓を自分の客に世話しなければと思いこむ。

十四の年からこの世界に棲んでいる芙佐の観念の中では、舞妓や芸者が旦那を持つことは当然なのであった。

衿一本が何万円もする舞妓の衣裳は最低のものでも一揃いつくれば、数十万円はする。高いものになると帯一本が、何百万というのもあるのだ。それだけの衣裳をつけて、きれいに化粧して、美しい座敷で、最高級の客の話を聞いて、それで、普通の稼ぎでは間尺にあわないというのが芙佐の考え方なのだ。

「お嬢さんやおまへんで、舞妓いうのは、どんなきれいなべべきてたかて、売物どすわ。そやけど、今日びの舞妓はんたちは、自分の立場の認識があらしまへん。あんな下品なお客いややとか、あんな年よりごめんやとか、頭から、好きやの嫌いやのいうてます。そんな自分の好みにあうようなええ男で、金持ちで、教養のあるようなお客ばっかりが遊びに来やはりますかいな。月何十万もかかる舞妓の面倒でもみようかいう人は、ええかげんなお年よりか、今日びなら、何して金つくったかもしれへんようなお人にきまってますわ、恋愛せな寝るのかなわんなど、まるで何様の御令嬢か思うような口きく舞妓はんもいやはるけど、とんだ心得ちがいどっせ。そやけど、昔とちごうて、舞妓になるのが中学出てからどすさかい、舞妓はんも、ウエイトレスや、事務員と同じように女のひとつの職業や思うてはるんどすなあ、何せ、万事やり難うなりました。昔は衿替えは旦那持ってはじめてさせてもらいましたけど、今は自分で衿替えする舞妓も多うなって、処女の芸者はんかていやはる道理になりまっせ」

「竹乃家のおかあさんもええ人やけど、旦那はんの話になるとかなわん」

と舞妓たちが囁きあっている声も知らないではない。しかし芙佐は、あの妓も、あの妓も、私の世話でええ旦那はんの世話になって幸福におさまってるやないかという心の慰めと誇りがあった。

　家では商売の話はほとんどしないことにしているが、時たま、女中相手に、もう今の舞妓たちの心の動きについていけないと、芙佐がこぼしていたりすると、稚子がけろりとした顔で横から口をいれる。

「そら、おかあちゃんが旧いのや、舞妓ちゃんたちのいい分が当然やないの、舞妓の貞操の切り売りで、お茶屋や置屋がお金もうけの出来た時代はすぎたんよ。こないだうち、みつ豆たべに紅家へ入ったら、静香ちゃんや美弥子ちゃんたちがいて、話してたわ。舞妓処女同盟を結んで、旦那とらん相談してるんやって」

「処女同盟？　阿呆くさ、女学生やあるまいし」

「そやかて、あの人たちえろう真剣なんやもの、ええやないの、そいでも、うち、いっしょになって話聞いてて、旧くさいなあっていうてやったの、普通の娘はんたちは、今時、処女にこだわったりする人あらへんやろ」

「ええっ、何やって、それどういう意味や」

芙佐はびっくりして声をあげた。

「あのなあ、今時の娘は、処女性なんかに一々、こだわってえへんいうのよ。愛しあう人が出来たら、肉体関係に入るの当然やし、処女であろうがなかろうが、人間の値打には何の関係もないことでっしゃろ」

「そら、ちがいまっせ、どんな世の中が来たかて、処女は娘はんにとって命より大切なものに決ってます。稚子ちゃん、あんたそれ何ちゅうこといいますのや。おかあちゃんはそんな恐しい考え持つように、あんたを苦労して学校へあげてえしまへんで」

芙佐はもう早くも涙ぐんで、稚子の思いがけない危険思想におろおろしてしまう。

「何いうてんの、おかあちゃんたら、ほんまに矛盾だらけやなあ。舞妓ちゃんが、昔とちごうて、旦那の選り好みして、気随(きまま)で困るいうてるかと思うたら、処女性の尊さをうちにお説教しやはるんやもの、話にならへんわ」

「ほんなことおまへん、うちはなあ、素人はんの娘はんは、処女が大切やいうてんのや、舞妓はんは素人の娘はんと同じには考えられしまへん」

「ほんなこというたかて、そら無理やわ。今日、どの舞妓はんかて自分で、なりとうて選んだ職業のつもりでいるのやもん、ＯＬも、ホステスも、舞妓も、学校の先生も、うちらの世代は、みな職業のひとつで同じことやと考えてるわ」

稚子はいつになく、目を輝かして、母をいいまかし、後へ引こうとしない。旦那をとらないかわり、座敷は出来るだけきばって稼いで、自力で衿替えして、そのうち、芯から惚れられる相手が出来たら、芸者の足を洗って堅気の人妻になろう。それが舞妓たちの処女同盟の目的だと、稚子にさらにくわしく説明されればされるほど、芙佐は気持が白けてしまってがっくりした。

えん子なら、自分の気持はわかってくれるだろうと思う。それにしても今夜はえん子のぐちを聞いてやる夜のような気がする。案の定
「あのなあ、おかあちゃん」

えん子が急にしんみりした声でいいだした。

片肘をつき、その指先でこめかみを揉みながら、えん子は長いまつ毛にふいに涙をためた。

「うち、今日、万陽軒へ二時頃入ったらなあ。ちょっと、あそこで待合わすお客さんがあったさかい、ほしたらなあ、あの入口から左側の壁ぎわの席に黒川はんがいやはるやないの」

「へえ、そいで？」

芙佐は客の座敷にいる時のような、抜目のない呼吸で話をうながしてやった。黒川知一郎はこの三、四年来、突然、流行児にのし上った小説家で、現代物ばかり書いていた頃は一向に芽が出なかったのに、題材を時代物にとったとたん、それが受けて、テレビや映画になり、それがまたどれも大当りをとって以来、毎月新聞に黒川知一郎の名を見ないことはないという流行作家になっている。その黒川が、まだ沈んでいた頃、何かの会の流れで、大勢で竹乃家に上った時、はじめてえん子が逢ったのだった。

陽気に座が弾んでも、決して笑わない黒川が何となくえん子の気にかかり、黒川が座を立った時、ついていこうとした向う隣りの舞妓を目立たなく制して、自分がさりげなく立って、手洗いへ案内した。

廊下の外れで黒川の出てくるのを待っていたえん子を見て、蒼白い顔に血をのぼせて黒川がどもりがちにいった。

「あ、きみ、待っててくれたんですか」

「へえ、そうどす」

えん子は華やかな顔をほころばせた。

「恐縮だなあ」

「恐縮なさることおへん、これしきたりですねん」

「しきたり、へえ」

ふたりはどちらからともなく廊下に立ちどまって、手すりにもたれるようにして、空の星を仰いだ。

「サービスのひとつ？」

黒川が訊いた。

「へえ、うちら舞妓はんになると教えられました。お客さんがおうちを思い出さはったりお勘定のことを気にしやはるのはいつでもお手洗いに入った時やそうどす」

「なるほど」

黒川がはじめて笑った。

「そいで、お手洗い使うてはる間も、そんなこと思わんように、外からあどけない舞妓が旦さん、ええお月さんでっせ、見とうおみやすとか、あ、旦さん、雪が降ってきましたえとか話しかけるんどす。そうやって、お客さんが里心つかんようにつとめるのやと教えられたもんどす」

「なるほどねえ。でもきみは話しかけなかった」

「当り前どっしゃろ、こんな水洗トイレでは、そんな真似したかてグロテスクだけどすわ」

寒月

黒川はその後、時々、ひとりで京都を訪れては、祇園でえん子と逢うようになった。最初上ったのが竹乃家だったので、義理堅く、お茶屋は竹乃家しか使わない。

「ぼくは堅い家に育って、およそ粋なことは無縁で育ったから、こういうところのしきたりは何もしらないんだ。どうして遊んだらいいか、教えて下さい」

ひとりでやってきた最初の日に、仲居頭の悦子にいったのが率直で、さっぱりしていた。

「何も難しいことあらしまへんのどす。お客さんからまかしていただいたら悪いようにはせえしまへん」

芸者や舞妓の花代がいくら、チップがいくらくらいと、悦子が安心がいくように教えると、黒川はふんふんとうなずいて

「それじゃ、銀座の一流バーより少し安いくらいじゃないか」

と軽い愕きをみせた。

「へえ、ちかごろ、お客さんがようそういわはります。そやけど、バーにはバーの好さがまたありますのやろなあ、あっちも立ち、こっちも立ってよろしいのやろ、おかしなものどす、バーが不景気やいう時は祇園も不景気どす、ただ、祇園は旧いお客さんがついててくれはりますさかい、お商売が全然、なりたたんいうことはまあ、ないようどすけどなあ」

「お茶屋の代替りはしないの」

「へえ、めったにそんなこと聞いたことあらしまへん」

芸者はえん子の名前しか覚えていないと黒川がつげたから、悦子ははじめから離れの茶室へ通し、えん子が来るまで黒川の退屈しないようにさりげなく相手をつとめる。

「きみはいくつからここにいるの」

「へえ、十六の時からどす」

「何年になる」

「さあ、何年になりまっしゃろ、こんなことというたら年がわかってしまいますやないか」

つきたての餅のような白いきめのこまかな頰をゆるめて、悦子は笑う。地味だが、凝った小紋を着て、化粧をしたとも見せない素顔に近い顔は、仏像めいていて心がなごむのだった。

「いい着物だね」

黒川はお世辞にとられないような口調でいった。

「そうどすか」

「でも地味だね」

「仲居は芸者衆より派手になったらあきまへんのどす。せいぜい地味にしてもええかげんどっせ」

「そういうものかね。でも、あんたたちだって客にはくどかれるチャンスが多いだろう」

「そらまあ、中には物好きなお客さんもいやはりますさかい。ないとはいえまへんなあ」

「そんな時、どうする」

「さあ、まあおひとつくどいてみておくれやす」

黒川が洋酒の方がいいというと、悦子はすぐウイスキーを運んできた。客の好みがわかるまでは無駄に金をつかわせまいと気をつかっている。

「スコッチは？　何がある」

「へえ、何でも、お好みのものを」

えん子はまだ宴会があって、あと一時間ばかり来られないという。

「可愛らしい舞妓さんでもひとり呼びまひょか」

「ああ、いいね」

「ちょうど、今、ええ具合にうちに寄らはった人がおいやすさかい」

悦子がちょっと座をたつと、間もなく襖の外に衣ずれの音がして、襖があけられた。

「今晩は、おおきに」

敷居ぎわに両手をついてうずくまった舞妓は、咲きほこった牡丹の剪り花をそこにざくっと投げだしたように見えた。舞妓の色彩の賑やかさで灯の色まで急に明るくなったように思われる。

丸顔の目のつぶらな童顔に、おでこがまるく出ているのがあどけない。

「はじめてかなあ、この前一度ここへ来た時、舞妓さんが四人いたけど、あんたその中にいたかな」

「いいえ」

舞妓が小首をふると、簪についた銀のぴらぴらがしゃらしゃらと涼しげに鳴った。

「いてえしまへんどした。うち、お客さんにはじめてお目にかかります」

舞妓はそういいながらも、目は目ざとく黒川のグラスを見計っていて
「あの、おつぎしまひょ」

と、ほとんど空になったグラスをとりににじりよってくる。

舞妓がわずかでも動く度、せまい部屋の空気が濃くゆらいで、白粉と香料の匂いが黒川の鼻先をかすめる。部屋のすみの、風炉先屏風の前に置いたウイスキーや氷入れにむかって、舞妓が背を見せて、氷やウイスキーをいれるため、やや上体をうつむけると、思いきり抜いた衿の間から、舞妓の白塗りの背がのぞく。その衿とすれすれの高さに結んだだらりの帯の火焔太鼓が今にも音をあげそうに迫力をもって浮きあがる。

生きた人形だと、つくづく黒川は少女の後姿に目をそそいだ。

「ダブルどすか、シングルでよろしゅうますか」

「ダブルにしておくれ」

舞妓はすっと立つと、せまい茶室の中を、グラスをささげるようにして、茶の湯のような行儀のよさで、わずか数歩をすっきりと歩いて、黒川の横にきて、グラスをさしだした。

「ありがとう、あんたものめるんだろう。何でもおあがり」

「へえ、おおきに」

舞妓は行儀よく膝に手をおいて、目だけで笑った。

「えん子さん姐さんはもう間ものう見えますって、さっき、悦子さん姐さんが電話受けてはりましたさかい」

黒川の待っている人を知っているという心を見せて、それも愛想のつもりらしい。

「いいんだよ、こっちは、あの人は売れっ妓なのかい」

「えん子さん姐さんどすか、へえ、そら、もうえらいお人どすもの」

「どういうふうにえらいの」

黒川は舞妓の大真面目な表情が面白くなって訊く。

「踊りの名人どっせ」

「あんたたちは、踊りのお稽古が大変なんだってね」

黒川はこの前座敷で話題になった話を思いだしていった。

祇園の舞妓や芸者はすべて井上流の京舞を仕込まれるが、みんなからおっ師しょはんと呼ばれ畏敬されている家元の八千代の稽古が天下に聞えたきびしさで、今までの舞妓たちはみな、その稽古のきびしさに鍛えぬかれてきた。舞だけでなく、行儀作法も同時にそこではきびしく仕込まれるのであった。

稽古の時、今、町方で流行の目ばりやアイシャドウをごてごていれた化粧などした舞妓がいると、師匠は踊りをさらえる前に、その妓にいう。

「おお、怖わ、そのお目目、はよ、洗うといなはれ」

師匠にとってはどの妓がどの屋形の舞妓だなどということは考えもしない。稽古熱心で芸筋のいい妓が可愛いのであって、芸不熱心な妓はいくら座敷でお花の売り上げが高くても感心しないのだ。

必ずしも芸のたつ妓が売れるとはかぎらないのがこの世界なのだ。

井上流の稽古はきびしいものと、昔の妓たちはみんなはじめから覚悟していたが、最近の舞妓は、稽古があんまりきびしいといって、泣いてかえり、こんな苦労をするのなら、もう舞妓になるのはいややと、さっさと故郷元へ逃げ帰ってしまう。せっかく、探してきて、ようやく舞妓にしかけたお茶屋では、それでは困るので、つい、師匠の所へ、もちょっと、手加減して叱ってくれるようにと頼みこむ。

情ない時代が来たと、老鶴のような師匠は心を曇らせて嘆くのだ。

「芸事を仕込むのに、弟子の顔色見い見い、機嫌とりながら、ほんまの芸が仕込めますやろか、どうぞ何ぼでもきつうしっかり仕込んでやっておくれやすというて昔はわざわざ頼みに見えたものやったのに」

黒川はそんな話を聞いた後で、はじめて舞妓たちの踊りを見た。

「祇園小唄」を二人の舞妓が舞ったが、祇園の井上流の踊りというのに期待をかけていた黒川は、昔の流行歌にふりをつけたその踊りに期待外れを味わってがっかりした。宝塚（たからづか）じゃないかと思った。

もっと本格的な踊りがみたいと思ったが、その日は招待されていたので遠慮していたら、踊りはそれっきりだった。

黒川が踊りの名手というえん子の本格的な踊りが一度みたいものだと思いながら、煙草をとりだしたら、舞妓がす速くマッチをすって両掌で炎をつつみながらさし出してきた。

指の先まで白粉で化粧した少女の掌は薄く小さく、火の色に染った掌は、花びらの内側のようなほのあかるさをたたえていて、しみじみいとしく美しいものに見えた。

「ごめんやす」

声がして悦子が襖をあけた。

「すんまへんなあ、今、えん子さんから電話があって、どうしてもまだ三十分くらい出られしまへんのどすって、もう少しお待ちやしとくれやす」

「ぼくのこと覚えてた？」

「何いうといやす、さっきの電話で、もうえん子さん喜んでられましたがな」

黒川は悦子のきびきびした動作とは、およそちぐはぐな京都ことばの悠長さを面白いと感じた。

悦子もその場に入って、座持ちをつとめる。

舞妓の名を訊くと、帯の間から名刺入れをとりだして、爪楊枝(つまようじ)入れのような小さな短冊型の名刺をとりだしてくれる。まわりに紅(くれない)のふちどりがしてあって、緋鶴(ひづる)と、これも紅文字で染められている。

五分ほどすると、舞妓は悦子に耳うちして両手をついた。悦子は緋鶴は先約の座敷へ出る間に、ここをつとめてもらったから、もう時間だから行かせてもらいますと挨拶した。

「ごくろうさん、また逢おうね」

「へえ、おおきに、また呼んどくれやす。ほなら、いかしてもらいます、おおきに」

舞妓が去っていくと、せまい座敷が急に広く見えてくる。

「あんたは呑める口だろう」

「へえ、それが見かけほどはいただけしまへんねん」

「でも、まあつきあいなさい」

「へえ、おおきに、ほな、いただきます」

「あんたはここで寝泊りしてるの」

「へえ、もう故郷へも、六年間帰ったことおへん」

「故郷はどこ」

「九州の大分どす。今の舞妓さんも九州どっせ」

「ふたりともすっかり京都弁が身についてしまって、ぼくらには全然わからないね」

「舞妓さんはまずことばから猛練習されますさかい」

「あんたみたいにまだ若くて、こういうところで、ずっといたら、気が変にならないかな」

「さあ、どうどっしゃろ、鈍いのかしらん、何ともおへんけど。うちは実の姉が、祇園町で芸者に出てました縁で来たんどす」

「姉さんのように芸者になろうとは思わなかったの」

「人にはそれぞれみな分がおますやろ。それにわたしは、こういう仕事が性に合うとりましたんやろ、そう嫌でかなわん思うたことおへんし」

「道楽の上りは祇園の仲居だって聞いてるがねえ」

「そうどすかあ、伝説どっしゃろなあ」

「十代や二十代では、同じ年頃の人がスターになるのを見てて、まあ、こういう陰のことするのはこたえないかなあ」

「よう、そういうこと訊かれますけど、わたしら奉公したはじめから、まあ舞台裏ばかり見てきてますやろ、そやから……」

悦子はなだらかな細い眉をひらいて、ことばを探すような表情をした。

「つまり、いうたら、お座敷は芝居の舞台みたいなものや思うてます。そこで行われることはみな、お客さんと芸者や舞妓という役者が揃って、その場かぎりの芝居してる、まあいうたらきれいな幻や思うてますねん」

黒川は悦子の語りたがっていることを理解して、ことばをおぎなってやった。

「座敷のことは虚構だといいたいんだね」

「へえ、それそれ、虚構やから、あくまで華やかで、美しゅうて、現実ばなれしてるほどよろしおすねん。そやけど、それはあくまで幻どす」

「なるほど、わかるね」

「わたしらの役目はよういうたら、その虚構のお芝居のプロデューサー……というたらええ恰好どすけど、わたしは自分の役目は、あの文楽（ぶんらく）の芝居の黒衣（くろこ）や思うてますねん。なんぼう、人形が美しゅうて、人形遣いが名人かて、黒衣が居んことには、人形が動かしまへんやろ、黒衣は自分の姿も顔をかくして、明るい舞台が、一分の狂いもないように神経はりつめて、身をかがめてかけずり廻ってますわなあ、文楽観る度、何やこう、黒衣の動きに身につまされるものがおすねん」

「仲居さんになって十年くらいにはなるの」

「ほんまはもう大方、祇園町にきて二十年ちこうなりまっしゃろか」

黒川は悦子の年齢を逆算推量して、三十のなかばかと思うが、それにしては若く見えると愕いた。

この前祇園へはじめてきた時、ホテルへ帰る車の中で、祇園にくわしい招待主が、その夜の芸者たちの年を教えてくれたが、それらは、どれも黒川が推量していたよりは、はるかに若くて、たいそう愕かされたものであった。

着物のせいか髪型のせいか、芸者たちは、バーの女たちや、素人の女に比べて、実際の年よりずっと老けて見える。

そうは思わないかと黒川が悦子に訊くと、悦子は小首をかしげていった。

「そうどっしゃろか、もしそれがそうなら、たぶん、お座敷であんまり若いお客さんに逢うことがないせいかもしれまへんなあ」

「なるほど」

黒川は悦子の解釈に笑った。

大してのめないといいながら、悦子は結構いける口であった。水割の二杯目に口がついても顔色にも出ない。

「そいでもこの商売が芯から面白いなあと思いはじめたのはつい、ここ四、五年のことどっせ。今は、女の職業としては、結構ええ商売やないかと思うてます。お座敷のプロデューサーとして自分でアレンジできますやろ」

「プロデューサーとしてはまず何をやるんだい」

「お客さんの懐と好みを睨みあわせて、自由自在にお座敷という舞台の企画構成、演出をするのが仲居の第一の務めどすなあ。どのお客さんかて、一人でも仰山ええ舞妓さんや芸者さんを自分の座敷に来てもらいたいと思われますやろ」

「名ざしたら必ず来てくれるというわけではないんだね」

「へえ、今、祇園町のお茶屋は百四十三軒ありますねん」

「ほう、そんなにあるかねえ」

「へえ、それでいて、芸者さんが二百二十人あまり。舞妓さんはたったの二十二人どっせ」

「ふうん」

「やっぱり祇園いうたら舞妓さん呼ばはりますやろ、できるだけええ舞妓さんに来てもらうためには、仲居がそれだけ気いつかわななりまへん」

「仲居さんの腕の見せどころというわけだね」

「いえ、そら、やっぱり、そのお茶屋の格式と雰囲気、女将さんの人気第一どすけど」

悦子は自分のことばが自慢にひびいたのではないかとすぐ、それだけのことばをおぎなう。

悦子の頭の廻転の早い会話の面白さにひきこまれて、黒川はつい、時間のたつのを忘れていた。

「そのほか仲居の仕事としては料亭での宴会の手配、それからお客さんの名所案内することも案外多いんどす。そんな時は、いかはる場所選びから、車の手配、お弁当の用意までせななりまへん」

「そいつは便利だなあ」

「列車や飛行機の切符の手配も、奥さんやおうちへのお土産の用意も頼まれます。もちろん、お馴染みさんは駅への送り迎えもせななりまへんわなあ」

「そういえば、京都駅のプラットホームではよく舞妓さんがお客を送っているのを見るねえ」

「舞妓さんだけでいかはることはまあおへんやろ、たいてい女将さんやわたしらが一緒どす」

「集金があるだろう」

「へえへえ、それからお中元、お歳暮のおとくいさん廻り、都をどりや秋の温習会の切符のさばきと、何ぼでも仕事があります。時々は東京のパーティに舞妓さんつれて出張もせななりまへんし」

「一番肝腎なこと抜かしてる」

黒川が笑いながらいうと、悦子はふっと、のどかな表情をつくって
「へえ、何どしたやろ」

と、やんわりとぼけてみせる。

「とぼけてる」

「そうどすかあ」

「それが一番気を使う役目だろう」

「昔はなあ、うちの女将さんが仲居さんしてた頃はそうどしたと聞いてますけど」

「女将さんは仲居さん上りなのかい」

「へえ、出世頭どすやろなあ、十四の年から、祇園町にきやりはりましたんどす」

ことばを切った悦子が、ふっと耳をすます表情をした。

「ようよう来やはりました、長いことお待ちどおさんどした」

黒川にはまだ何の気配も感じられない。時計をみると、舞妓が去ってからもう小一時間がすぎていた。

悦子が襖をひいた。えん子がそこに灯をともしたような鮮やかな顔で立っていた。

黒川はそうして祇園とえん子に馴染みはじめて、ほとんど毎月少なくとも二回、多い時は毎週のように訪れるようになった。仕事の関係とかで、ホテルに部屋をとり、ほとんど東京に帰らないですごすようになったのは、大方一年も通ったあとだった。

その頃から黒川は書く物も変ってきて、何時の間にかジャーナリズムで多忙の作家のうちに数えられるようになっている。

竹乃家ともすっかり馴染みになり、悦子に頼んで東京の家へ上賀茂のなり田の漬物を送ってもらったり、芙佐に着物を見立ててもらって、自分の大島のお対をつくってもらったりもした。ウールに兵児帯しか巻いたことがないという黒川に、芙佐は紬織の角帯を着物にあわせてつくり、その結び方を教えたりした。

下賀茂の方に京都用の仕事場として、下宿を見つけ、ホテル住いをやめたとかいうことも聞いたが、芙佐や悦子には、その住所は教えられていない。

えん子との仲は、傍目にもうまく運んでいるようで、竹乃家で逢った後、芙佐や悦子を誘って、ゲイバーへいったり、「フラフラ」へよったりすることもある。

祇園町の遊び方もたちまち身につけてしまって、上七軒や、先斗町でも、黒川さんといえば、気のきいたお座敷だという定評になったようだ。

芙佐は、黒川とえん子が、何時、どう結ばれたかは聞かされていない。そこの所は竹乃家を通してないから、しかとはいえないが、ふたりがまだ他人でいるなどとは、祇園町では誰も思っていない。えん子は自前の芸者だし、恋愛して好きな相手なら、どうしようと勝手だけれど、芙佐としては、やっぱり、自分くらいには、かくかくだと打ちあけてくれてもよさそうなのにと、えん子の水臭さを怨じる気持もないではない。

いつだったか、えん子がどうしても勤めなければならない宴席があって、黒川が、今夜は女はいらないというので、芙佐とふたりで「フラフラ」を皮切りに、高瀬川ぞいのバーを、二、三軒廻った末、「ゆきむら」へつれだって帰ったことがあった。下宿へ帰るのがもう面倒だというので、「ゆきむら」で今夜は泊るという。

二階には、東京からの客があったが、階下の部屋が丁度空いていたので、黒川の部屋にした。

「念のため、えん子さんのやかたの方に黒川先生が、今夜は『ゆきむら』で泊らはるって、通しておきました。あんまり、ぐでんぐでんでなかったら、来やはりますやろ」

芙佐は気をきかして、ウイスキーの用意をして来た時、そうつげた。

「どこの客?」

黒川は指を立て、天井を指した。

「へえ、東京からどす」

「こんな部屋数でどうなりたつのかい」

「そうどすなあ、どうどっしゃろ」

芙佐はゆったり笑って、曖昧に言葉を濁す。

げた。

「もちろん、一見はないのだろうけど」

「まあ、黒川先生も一ぺんここを使うておみやす」

芙佐はやんわりいいながら、いただきますと、自分のグラスをみたして、額まであげた。

「いや、そう思ってはいるんだけど」

「あんまり、有名なお方は、ホテルや、それと決った旅館で、色事しはったら目立ちおますやろ、それで安心して、絶対秘密守ってくれるお宿が必要どすねん」

「ここはそういう決った客が幾組かいるわけ?」

「へえ、まあ、そうどす、ほんの十組にも足りまへんお客さんで、一年中、何とかまわってます」

「ほう、たったそれだけで成立つのかねえ」

「まあ、そういうことどすなあ」

「俳優なんかが多いの」

「いえ、うちは、役者はんよりむしろ、政治家や財界のお人どすなあ」

「なるほど、それじゃ、この部屋の柱がもし口をきいたら大変なものだ」

「へえ、そうどす」

芙佐はにんまり笑って美味そうにグラスに口をつける。しかしそれ以上は口を割らない。あの大臣も、あの大実業家もと、名をあげれば、その場の話が弾むのは承知の上で、それをちらとも洩らさないのが、この宿の客に信用される所だと、身を以って示しているような所がある。

「えん子さんと先生は、それでもおしのびが上手どすなあ」

「皮肉かね」

「さあ、どうどっしゃろなあ」

芙佐は相変らず、にんまり笑う。

「この際、女将に聞いておくけどね、もしね、これはたとえ話だよ。参考に教えてもらうんだから」

「へえ、何なりと、そうもったいぶらず、ずばっと訊いとくれやす」

「ははは、そう出られるとまた訊き難いけどね、たとえば、客が祇園町でね、ひとりの芸者と、仲よくなるとするね、その後でまた、別の妓と仲よくなった場合はどうなる？」

「どうなるって、何がどす？　お客さんの立場がどすか」

「うん、まあ」

「そら、そんな噂が公然と流れたら、三人とも不評判蒙りますわなあ、大体正式の旦那さんやったら、やっぱり、前の人ときちんとけじめつけて別れてから、新しい人に乗りかえるのが当り前でっしゃろ、普通の結婚の場合と同じどすわ」

「しかし、普通の結婚だって、何も一々、離縁して新しい女に乗りかえる男はそういないぜ」

「そら、そうどすわなあ、ほなら、やっぱり、あっちもこっちも、あんじょうやりくっておさめることの出来るのは、男はんの腕と器量ということになりますのやろか」

「いや、そこを訊いてるのだよ、そういうことが祇園町で可能かって」

「昔はそんなことおへんどしたなあ。一々、お茶屋を通しましたから、そんな時、間にお茶屋が入って、どっちの顔もつぶさんよう話つけましたし」

「お茶屋をねえ、なるほど」

黒川が、妙に感心した声を出す。

「せまい祇園町のことどすさかい、そういう噂はすぐ伝わりますやろ、そしたら、先の芸子さんも、後の芸子はんも意地と面子がありますわなあ、後へ引けへんようになりますやろ、旦那と別れるのは、体裁のええ話やおへんけど、旦那には芯から惚れたはれたという仲やないのもみな、わかってますさかい、別れたかて、充分のことして別れてもろたなら、面子は立ちますのや」

「充分って、どれくらいが相場なの」

「そら、旦那の世間的地位や財産にもよりますわなあ。家一軒買うてもろうた上、まとまった手切金もろた妓もおますし、月々何がしかの月賦で何年間と面倒みてもろうた人もおます」

「うかつに旦那にはなれないね」

「へえ、そうどす。そやけど、名のあるお方は、お金を惜しんで、あの人はこんなことしたいうて、いつまでもこんなところで語り草にされたらかないまへんわなあ」

「ふん、そらそうだね」

「そやから、結局は、色町のことはお茶屋を通した方が、はじめは仰山で高うつくように見えますけど、結局、長い目で考えれば安うつくのんとちがいますやろか」

「でも、この不景気なせち辛い時に、そうそう、のんきに旦那になる男もいないんじゃないのかい」

「へえ、そらもう、以前に比べたら、どんとへりました。昔は、さるお方なんかは、祇園町の水揚げ一手に引き受けてくれたもんどした」

「水揚げ一手とはどういうことなの」

「つまりどすなあ、舞妓の水揚げには、まとまったお金がかかりますやろ、その舞妓をかかえた屋形で、もう旦那持たしたい、水揚げ料で衿替えもさせたい思うても、丁度ええ旦那がいいしまへんとしますわなあ。そしたらお茶屋へ頼んで、どこぞにええ旦那はんいいしまへんやろかいいます。そしたら、お茶屋で心配して、結局丁度いい人がいいしまへん時は、そのお人、たとえば、かりにAさんとしますと、Aさんにお頼みしますねん。旦さん、こんなわけであの妓の水揚げひとつお頼もうします。うん、そうか、よっしゃ、引き受けたろ、いうことになります。もちろん、Aさんの方では、水揚げだけの旦那やいうことも承知ですねん、その時必要なお金だけぽんと出してくれはって、一ヵ月くらいは旦那いうことにして、後は、その妓の自由にさせてくれはります。もちろん、水揚げ旦那の時は、月給は決めしまへん」

「月給？」

黒川がけげんな顔をする。

「ほほほ、うちらの間の言葉どすねん。月々の、旦さんからいただくお手当のことどす」

「なるほど、それで月給なしの水揚げ料だけか」

「そんな時は、お茶屋が、Aさんを見込んでのお頼みどすさかい、それを断らはったら、Aさんのお顔がつぶれますわなあ」

「愕いたね、それで顔がつぶれるのかい？」

「そら、そうどすがな」

芙佐はけろりという。

「せんだって、もうなくならはりましたけど、大阪に住んではったある大会社の社長はんどすけど、お頼みしたら必ずよっしゃ、わかった、まかしときいわはって、必ずお引きうけくれはりましたもんどす。今になって芸者さんたちが、うちなあ、水揚げ旦那はあの方やいいますとなあ、あら、そうかあ、実はうちもあのお方や、あらっ、姐さんもそうえ、ほんまは、うちも水揚げ旦那はあのお方なんえと、口々にみながいわはって、ほんなら、いっぺん、みな水揚げきょうだいが揃ってお墓詣りにいかななりまへんなあって、大笑いしてますねん」

「水揚げ料って、いくらくらいかかるの」

「そうどすなあ、まあ、今やったら、最低五十万くらいどすやろかなあ」

「五十万か、聞いてたより安い感じだなあ」

「へえ、五十万ださはったら、一ヵ月は何ぼうでも通うてきたかてよろしおますえ」

「えっ、五十万で三十日毎晩してもいいのかい」

「ほほ、そうどす。そやけど、たいてい、水揚げ旦那はお年めしてますさかい、そんなことしたらおからだに障りますがな」

「水揚げっていうけど、お茶屋がその舞妓の処女の責任を持つのかい」

「昔はなあ、そうどした。そやけど、今はもうわかりまへんなあ、みな、自由やさかい、舞妓処女同盟やらいうて、気勢あげる妓たちもいやはるかと思うと、公休とって、さっさと、東京へおデートにいかはる人もいますしなあ、昔は、舞妓がひとりで旅に出たりすることはまあ、許されへんことどしたけど、今は御時勢どすものなあ、舞妓も職業婦人や、勤労婦人やいうて、権利主張しやはるし、そらまあ、理窟からいうたら、その通りどすわ」

「うん、いつだったか、絵描きの老大家とある大会で同席したことがあったがねえ、その時、その先生がいってた。舞妓をモデルに一夏仕事したことがあったんだって、仕事が一段落した時、どこかへつれてってやろうといったら、四、五人の舞妓がいっしょに琵琶湖へ泳ぎにつれていってくれという。それで約束して、どこかの駅で待ちあわせたんだって。大先生が翌日、約束の場所へいったら舞妓が一人もいない、きょろきょろしてたら、わっと、いって若い娘がとり囲んだ。みたらみんな老先生より背が高くて超ミニやジーンズで、まっ黒に陽やけしてぴちぴちした少女たちなんだぞうだ。よく見たら、それが舞妓たちで、腰をぬかさんばかりに愕いたって話していられたなあ」

「ようわかりますわ、お化粧したのと、せんのとではほんまにちがいますものなあ」

「ついでに訊くけど、その月給っていうのは、いくらくらいが相場なの」

「まあ、二十万ももろたらよろしいのやおへんやろか、そら、上はなんぼでもきりがおへんどすけど」

「二十万ね」

黒川は目を細め、胸算用するような顔をする。もちろん、黒川が祇園の芸者や舞妓を水揚げしたり、旦那になって囲ったりすることはないと芙佐は見抜いている。芙佐のようにこの社会で生き抜いてきた者にとっては、小説家などは、名声だけが華やかで、一応客としては看板になって、悪くはないけれど、決して、安心して頼りに出来る相手ではないと思っている。どんな職業の人間より識りたがりで、ろくに金も費わないうちに、祇園町のすべてに通暁したような顔をしたがり、性急に、あらゆることを訊きだそうとするのだ。それは何も黒川だけの性癖ではなく、芙佐が扱った小説家のほとんどがそうであった。それでも戦前、茶屋遊びをした六十代以上の小説家は、それはまた格別わかりがよくて、どんな実業家にもはりあってひけをとらない遊びの極意に達していた。芸者や舞妓を座敷でのんびり遊ばせてくれるのは、今となっては彼等くらいのものかもしれない。

芙佐の目から見れば、戦中派や戦後派の小説家は、てんで話にならないと思う。いつだったか、何かの講演会の流れとかで、主催者側に招待されてきた三人づれの四十すぎの小説家は、しばらくすると、芸者や舞妓をそっちのけにして、自分たちだけでしゃべりはじめた。

「きみ、こういうのどう、面白い？」

「いや、実はさっぱりぴんと来ないね」

「ぼくらの育った時は何しろ、こういう社会とは無縁だったからね」

「白樺派や近松秋江は結構、楽しそうに遊んでるがね、徳田秋声だって」

「だめだよ、われわれは、三味線のよさがわからないし、長唄や、小唄がさっぱりだろう」

「宇野浩二にしたって、荷風にしたって、ちゃんと、師匠について習ってるんだからね」

「彼等は歌うだけじゃなく、三味線だってひいたんだろう」

「へえ、三味線もね」

そんな話をまるで、自分たちの書斎で喋っているように自分たちだけで喋りあう。主催者側と、その会の世話人もついてきているのだが、彼等にさえ、その話題の仲間入りはさせない。みんな押しだまって、面白くもない話に聞きいっているのだ。

芸者や舞妓はなおのこと、何のことやら通じない話をぼんやり聞いていなければならない。そういう男たちにかぎって、のみものはウイスキーの水割だ。妓たちにお酌をさせるチャンスも与えないのだった。

しかし芙佐はそんな彼等にも厭な顔をみせたことはない。

客のひとり、ひとりの欲しているものを察して正確に与えることが客商売の極意だと考えているからだ。

目の前の黒川が訊きたがっている祇園の知識をとにかく与えてやればいいのだ。

「そやけど、色町のこの月給いうもんは、その金額だけでええもんとちがうんどっせ」

「えっ、どういう意味なの」

黒川は芙佐のいうことがさっぱりわからないという顔になる。

「たとえていいますとなあ、まあ、月給が二十万やとしますわなあ、そう聞いたら、何も知らはらへんお人は、あ、そうか、何や、ほれくらいでええのんか、ほな、すぐ出したるわと、こない言わはりますわなあ、そやけど、よう知ったお人は、はあ、そうか、ほなら実費はざっと四十万やなと、こうおっしゃいます」

「倍なのかい」

「へえ、そうどす。つまり二十万はそっくり女の人に渡すとしますわなあ、もちろん、その中から、屋形のおかあさんがとらはって全部渡るもんやおへんけど、その上に、旦さんから、女の人の姐さん芸者や妹分にもお小遣いやらはったり、旅行につれていってやったり」

「相手の女だけじゃなくて？」

「へえ、そうどす、たまにはなあ」

「その分がまた二十万かかるというわけね」

「そういうことどすなあ」

「やれやれ、大変だ、とても面倒見きれんよ」

芙佐はえへへへと、咽喉を柔かく鳴らして笑った。

「えん子の旦那はどうしたの」

黒川が黒目を寄せるようにして低い声でふっと訊いた。

「へえ？　先生、まだえん子さんから聞いとらはらしまへんのか」

芙佐が疑わしそうにいう。

「うん、ほんとに聞いてないんだよ。向うもいわないし、こっちも何だか、それを真向から聞くのが悪いように思われてね」

「そうどすか、まだそんな水臭い仲どしたんか」

芙佐の声はからかっているように聞える。

えん子の水揚げは芙佐の世話ではなかったが、老政治家だったその旦那が死んだ後は、芙佐が間に入って、自動車会社の社長が旦那になったことがあった。まだ六十をこえたばかりだったし、男前はよかったし、えん子の外に、大阪にも東京にも、決った女がいることだけが難だったが、金離れもきれいだし、まあ申し分のない相手だった。都をどりの衣裳も切符も、何の心配もなくまかなってくれていた。

もしかしたら、三人の女の中では、えん子が落籍されるのではないかと噂されてもいた。

ところが、えん子が魔がさしたような浮気をして、旦那をしくじってしまったのだ。

「どうしてわかったのだ、つげ口されたのか」

「ほら、もうあんまり幸せそうやったら、どの世界かて、へんねしされますやろ、えん子さんはああいう気性どすさかい、夢中になったら、もう後先考えしまへんねん。浮気やない、うちのは真剣な恋やいうて、たんか切らはったんどす。酔うていうたことどすけど、それが旦那の耳に入りましてん。浮気やったら許せるけど、本気の恋愛やったら、旦那としては面子があって許されへんいうのが、あちらさんのいい分どした。そらまあ、当り前どすわなあ」

花は紅

「ひかり」の中で、通路を向うから歩いてきた洋服の女が、よろめいて、丁度植田敏子のシートの背につかまって身を支えた。

「すんまへん」

京都弁のやわらかさに、はじめて敏子が目をあげると、すっきりと垢（あか）ぬけた顔が古典的で和服の似合うおもざしである。

「あれ、植田の社長さん」

「まあ、久爾代ちゃんじゃないの、びっくりするわね」

敏子はことばより大げさに目をみはった。えん子と仲のいい祇園の久爾代が、今はミニスカートのスーツを着こんでいる。それも渋いこげ茶にグリーンの縞というシックなものだった。カットのいい服の仕立代はさぞとられただろうと察しがつく。髪型も頬にまき毛をなびかせて洋服に合うよう工夫されていた。短いスカートからのびた脚が、そんな姿をしたがるのも無理がないほど美しい。これで幼い時から坐る躾ばかり受けてきたとは信じ難いほど、その脚はのびていた。

「お長いことどす」

祇園風の挨拶が、そのシックな洋装の久爾代から聞かれると何となくおかしい。通路隣りが空いていた所へ久爾代は腰をおろして落着いてしまった。

「今、帰るとこ？」

「へえ、ちょっと、バカンスとってましてん」

「ひとり？」

「いえ、向うの箱に、小久爾ちゃんや清香ちゃんもいやはります」

「みんな洋装なの」

「いえ、うちだけどす。どうどす、似合いまっしゃろか」

「うん、とても。はじめ全くわからなかったわ」

久爾代はひゃあ、ひやかさんといてと、頓狂な声をあげて、敏子の肩を叩いた。お座敷のしなが出た。

「食堂へいくんでしょ」

「ええ、ほなら、ちょっといてきます。咽喉が乾いてかないまへんねん」

久爾代は立ち上ると、揺れる車内で、今度は上手に腰でバランスをとりながら去っていった。

車窓のかなたに比良山脈が見えはじめた。

敏子は軽く目を閉ざした。

昨夜、つきあい麻雀で三時頃、家へ帰ったのがたたって、頭が重い。もう徹夜など出来なくなってしまった。これから後は女も衰えていくばかりだと思うと急に肩が重いように思う。

働くことは嫌いではないし、働いただけの報いも得られていて、むしろ、人からは羨まれている身分かもしれない。したいこと、ほしいこと、何でも思いのままに出来る自由も得ている。大して気の合っていたとも思えない夫に死別した後の方が確かに自分の生活は解放されてきた。しかし……。

敏子は目を閉じたまま考える。

このまま、仕事だけを生命にして働きつづけ、最後に何が残るのだろう。あの豪華な本が残るではないかと、何かが慰めるように囁く。豪華本の奥付に発行者として自分の名前が印刷されてある。男も顔負けの度胸といわれている。企画の八割は成功している。

しかし本が何だろう。本が自分の背丈の三倍になったところで自分は充たされるだろうか。ふっと、この頃、深夜風呂につかっている時とか、寝そびれて、寝床で煙草に火をつけた時とか、一度目ざめたものの、雨など降っていて憂鬱で、またぐったり寝床にのびてしまった後に、ふっと襲われる虚しさは何なのだろうか。

死んだ夫に子種がなかったのか、結婚している間避妊などしたことはないのに、一度も妊ったことがない。夫の死んだ後にもどこからも夫の子供だと名乗るような人間もあらわれなかった。友人の子供たちがそれぞれ、小学生や中学生、早いのは高校生と育っているが、その子たちを見ていると、一人くらい子供がいた方が、心におもりがつくのではないかと思う。

ふっと、何もかも厭になって、身ひとつでふらりと外国へ行ってしまいたくなることもある。いつだったか、菊池恭子とふたりで酒をのんでいた時、敏子がいく分酔ってそんなことを口にしたことがあった。

「あら、あなたのような方でも、そういうこと考えるの」

「あなたのような方とはどういう意味よ」

菊池恭子とは、出版社の社長と作家という関係を越えて、何でも話せる仲になっているので敏子は安心していた。

「だって、いつだって、普通の人のエネルギーの三倍分くらい発散して平気じゃありませんか」

「あのね、神さまは、そう不公平ではないのよ。大体、人間には同じくらいの血を与えていられるように、エネルギーの量だって同じくらい与えてられるんだと思うわね」

「そういえばそんな気もするわね」

「だから、あたしのように、日曜も祭日もなしに、のべつ幕なしに走り廻ったり頭つかってる人間は、元気そうに見えて、案外ぽくっと折れる確率も多いわけですよ」

「脅かさないで」

「だって、決められたエネルギーを早く費い果すか、ゆっくり、時間をかけて小出しに費うかのちがいでしょ」

敏子は出まかせにいっているうちに、次第に自分の考えが正しいような気分がしてきた。

「なるほどね」

聞き上手で決して相手の気持をそらさない恭子が、優しく相槌を打つ。

「エネルギーの底をついてきたって感じがするのよ、この頃」

「それはあなた、疲れてらっしゃるのよ、少し休まなきゃ。そんなことでは駄目よ」

恭子が急に真顔になって敏子の顔を見直した。

あんな話をしたのは、恭子に甘えていたのだろうと敏子は思い出す。

夫とは十年にたりない夫婦生活だったが気の合わない夫婦だったので、先だたれた後は、むしろ、さばさばして、思いがけないほど遺産をもらったのは、何だか気がひけるくらいのものだった。

金持の未亡人の自由さを満喫してこんな仕事に手を出したため、仕事に逐われて、不平や淋しさを味わう閑もなかったといえる。夫の死後、全く誘惑がなかったといえば嘘になる。そのつもりになれば、互いを傷つけず、さらりとした粋な情事のひとつやふたつ、愉しめないこともなかった。それをしなかったのは、亡夫に操を立てたわけでもなく、自己保身の計算のためでもない。たまたま、敏子が心が揺さぶられるような相手があらわれなかったのと、敏子が仕事に精力のすべてを吸いとられていた時期に当っていたせいもあった。

敏子は、自分は相当新しい思想にかぶれているつもりでいるくせに、尾骶骨には古風なものがくっついていて、妻子のある男と情事におちいるのは何だか怖しい気がした。だからといって敏子の年になれば、敏子が仮にも気を惹かれるような男にはたいてい家庭がつきものだった。

大方のことは親しく打ちあける癖にプライベートな情事については口堅く喋らない恭子も、敏子が、好ましい相手はたいてい妻子がいるしとつぶやいた時は、きっぱりといった。

「よした方がいいわ。家庭のある男は決して家庭をこわそうとはしないものよ。あたしたちを相手に、恋のひとつもしてみようかと選ぶ男は、あたしたちが、物わかりがよくて、相手の家庭にまで乗りこんだり、電話で厭がらせしたりするような野暮は、プライドにかけてしないという点に安心しているだけなのよ。あたしたちは、よくそれを、こっちを理解してくれてる相手と錯覚してしまうんじゃないかしら。泣きを見るのは独り者の女の方にきまってます」

と力んでいいきり、敏子は愕いてそんな恭子の顔を見直した。

恭子のいい方には実感がこもっていたので、恭子はもしかしたら辛い恋をしたのかもしれないと察した。

いつから、こんな疲れを急に感じ出したのだろうか。敏子は三日前の夜、服の仮縫いに行ったことを思い浮かべる。もう十年近く、彼女の服を縫ってもらっているデザイナーの所にいくと、彼女は自室で痩せるためとかいう電気ベルトにかかっていた。人にはスマートな服や、華やかな服をつくるくせに、自分はいつでもパンタロンにセーター、それも黒ずくめという彼女はがたがた凄まじい音をたてるベルトからなかなか降りて来ず、その間に敏子にパリやローマから新着の服地を勝手に選ばせておいた。

ようやくベルトから彼女が降りてきた時、敏子は六つばかり選びだした布地を示した。

「おやおや」

デザイナーの末本マリは、大げさに両手をひろげ、外人のようにちょっと肩をすくめてみせた。髪は白髪を紫や緑に染めるので年齢未詳のあやしげな妖女にみえる。

「あなた、変ったわね」

「え？」

「長い間、こういう仕事してると、丁度お医者が自分の患者の脈をとってみなくても、すぐ顔をみただけで、容体がわかるように、あたしたちだって、いつも服を縫っているお客の顔をみたり、寸法をはかり直しただけで、現在の精神状態までわかってしまうのよ」

「まさか」

敏子があいまいに笑うと、

「そら、その否定の調子が弱々しいじゃない。その次に、お客が選ぶ布地やスタイルを見れば、もうこれは、レントゲンにかけたみたいなものね」

「何とでもおっしゃい、今夜は」

「あなたは変ったわよ、それにこの選んだ布をみれば、どんぴしゃり、百パーセント、目下恋愛中ってことよ」

「わあっ、気の毒、さあ、全然、当らなかったわ、賭しておかなかったかな」

「まだ、まだ……あたしの的中率百パーセントっていったでしょ。そんな筈ないわよ」

「そんな筈なくったって、あるんですもの、恋人がなくて意気沮喪している所だわ」

「あなたはじゃ、まだ、自分の恋に自覚症状がないのね。生来鈍感なのか、永いことそれを忘れたから、感度が鈍ってるんだわ」

「相当な悪舌ね。今夜は八つ当り？」

「胸に手をあてて目をつぶってごらんなさい」

敏子はふざけて、いわれた通りにしてみた。

「どう、誰かの顔が次第に浮んでくるでしょう。池に石がなげこまれて、その水の表に次第に波の輪が拡がり、落着いてくると、その底からゆらゆら何かの形があらわれてくるように……ほうら、見えてきたでしょう」

敏子ははじめにやにや笑っていたが、次第に、そのにやにやを保ちつづけているのが困難になってきた。まさかと思った瞼の裏に確かにある俤（おもかげ）が次第に形をとって来はじめたのである。

敏子があわてて、ぱっと目をあけた時、マリの方がにやにや笑ってそんな敏子をみつめていた。

「ま、誰の顔が浮んでもいいとして。あなたの服は少し変えてみよう」

「変なこといわないで、変えてなんかくれなくていいですよ」

「いやいや、今までは、あなたの社会的立場上、威厳をもたせる意味もあったけど、あなたの中の可愛い女的要素を引きださなくちゃあ」

「よして下さいよ」

敏子はいつものペースをとりもどしていった。

「まさか、招き猫みたいに、フリルのいっぱいついた服つくるんじゃないでしょうね」

末本マリに挑発されたわけでもないだろうが、敏子は自分の中に既に芽生えていたらしい一つの感情を認めるようなはめにおちいった。

そのことも、京都で、三、四日休んで、ゆっくり考えてみようと思う。ようやくとった休みが、わずか三、四日というのは如何にもわびしいが、今の忙しさではそれでも思いきったものだった。

「はあ、ようよう着きましたなあ」

いつのまにか、久爾代が食堂から帰ってきて、さっきの席へ来て煙草に火をつけている。

「社長さん、お荷物は？」

「スーツケースひとつだけ」

「おろしまひょ」

「いいえ、自分で大丈夫。あたしの方があなたより旅馴れてますよ」

「そら、そうどすわなあ、そやけど長幼序ありでっしゃろ」

京都着を告げるチャイムが鳴りひびき、客たちが、あちこちの席で立ちはじめた。

「お宿は？　ゆきむらどすか」

「ええ、そう、そのうち逢いますよ」

「へえ、おおきに、お待ちしてますえ」

久爾代は颯爽として腰を振って向うの車へ行った。

「ゆきむら」へ着くと、もう風呂がわいていて、部屋には備前の壺に侘助がいけてあった。

芙佐は昨日から、広島へ行っているが、今夜は必ず帰るという。

「何や、お疲れみたいどすなあ」

茶を運んできた女中にいわれて、敏子は掌で頬を押えた。

「よく、いわれるのよ。気味が悪いわね、そろそろ、死ぬのかな」

「何、縁起の悪いことといわはりますねん、まだまだこれから、ええことたんとなさらなあきまへんがな」

「ええことも、そうないしね」

「先生らそんなことといわはったら栄耀の餅の皮どすがな、まあ、おやすみやす。お疲れには眠るのにかぎりまっせ、うちへ来やはるお客さんは、みなここではぼんやりして何ぼでも眠れるいわはって、そらよう休まれます。最高記録がおすねん」

「時間のこと？」

「へえ、何ぼや思わはります。十八時間どっせ、起こさんといてくれ、いわはりますから、起こさしまへんどしたけど、死なはってるんやないかいうて、おしまいには、女将さんとかわりばんこにそうっと見にいきましてん。女将さんが、鏡でお客さんの鼻息うつさはったりしましてなあ、あ、まだ息してはるわ、いうて、ほっとしましてん」

話でさんざん笑わしておいて、まず肩の凝りをほぐしてくれるつもりのようである。

「あんまはん、呼びまひょか」

「一眠りしてからにしましょう」

「へえ、その方がよろしおす」

湯かげんのいい風呂につかって、その間にとってくれてあった寝床に身を横たえると、敏子は背骨がたわむようなだるさを覚え、それをこらえているうちにひきいれられるように睡魔に襲われていた。

目が覚めたら、すうっと光りがしのびよってきた。

「あ、おめざめやしたか、せんせ」

芙佐の声がする。襖が細めに開き、その間から灯がさしこんでいるのだった。

「もう何時かしら」

「へへへ……」

芙佐が笑って答えない。

「失礼して入らしてもろてよろしおすか」

「どうぞ」

敏子は床の上に起き上った。

「もう十二時どっせ」

「十二時？　いつの」

「真夜中どすがな」

「それなら、五時から食事もせず七時間眠り通したことになる。

「ああ、愕いた。夢もみなかったから、つい二時間くらい眠ったかと思ったわ」

「そら、よろしゅうおした。すっきりしたお顔してはりまっせ」

どうせお世辞だろうと思っても、確かに頭の重さがとれていた。

「おなか、すかはりましたやろ」

「そういえばね」

敏子と芙佐は声をあげて笑った。

別の部屋に、いずうのおすしがとりよせてあった。すしやの、朱塗りの蓋つきの大きな丸重の中に、鯖（さば）ずしや雀（すずめ）ずしが入っている。

「内輪の酒宴でっせ」

寝巻の上に、縮緬（ちりめん）の半纏（はんてん）をかけてもらい、敏子は芙佐と酒をくみあった。

「女将さんはどこへいってたの」

「へえ、もう、それがいろいろありましてん」

芙佐が盃をあけ、敏子がついでやるのを受けながらいう。

「占いにいてきましてん」

「占い？」

「へえ、広島の方に、そらよう当るお人がおいやしてなあ」

敏子が笑いだした。芙佐の話し方があまり大真面目なので、何をいいだすかと思ったら占いなのだ。

「ほんまどっせ、せんせ、まあ、いっぺん、いておみやす」

「信じてるの女将さん？」

「そやかて、当るんどすもの、恐しいくらい当りますわ」

芙佐はあくまで真剣だった。

お客の奥さんと、その家の娘の縁談のことで行ったのに、ついていったのだという。京都からわざわざ広島まで、占いだけにいく人もいるのかと、敏子は呆れながら聞いていた。

「いつかお話ししましたやろ、うちの稚子のおとうちゃんのことどす」

「ええ、聞いてますよ」

「あの人から今年の正月に、便りがありましてん」

芙佐はもう、愛嬌(あいきょう)のある下り目に涙をいっぱい浮べていた。

敏子はいつか、芙佐とやはりこんなふうに二人きりでのんでいた時、稚子の父という人の話を聞かされたことがあった。芙佐のこれまでの男たちの中では、最も芙佐にたくさんの想い出を与え、最も、幸福な想いにひたらせ、最も嫉妬の苦しさを味わわせ、そして最後に、最も辛い別れを強いて去った男だということであった。

芙佐は正式の結婚をして、二人の娘を産んだ後、離婚して、二年たつと稚子の父とめぐりあったのだ。

最初の夫は、芙佐が十四の年から奉公してこの道に入るきっかけをつくった松之家(まつのや)

の女将の世話で見合いの上、一緒になった。

大阪の大きな家具専門のデパートに勤めていて、両親を早く失いほとんど身なし児同様だった。

「係累がないいうのが何よりどっせ。なんぼう本人さんが良うても、面倒見なならん係累が、仰山あったら、そらえらいことどっせ」

松之家の女将の俊（とし）は、その縁談にはじめから乗気で、有無をいわせないような話のしかただった。

「とにかく逢うてみなはれ、いっぺんにふらっとするようなええ男前やから」

俊は、すでに大阪へ出かけた時、逢ってきたのだといってすすめるのだった。縁談を持ってきたのは、俊の遠縁のせんべい屋で、武井倫郎（たけいみちろう）というその男を数年も下宿させていたという関係だった。せんべい屋が人物は保証し、俊が下見して気にいっているという以上、断われる縁談ではなかった。

芙佐にとって、その頃、俊は絶対の権威を振っていた。芙佐は朝起きて夜、眠るまで、夢の中までも、俊の顔色ばかり窺って暮していた。

その頃、女が見合いをするということは、もう相手と結婚するということで、見合いは女が見るものではなく、女が見られにゆくものであった。見合いの日までに、女はたいてい、相手方の親や親類に、こっそり下見されている。見合いで女が断わられたりすれば、それは大変な恥をかかされたことになった。芙佐は自分もいつのまにか見られているのかもしれないと思った。二十三の年で、まだ結婚を急ぐ気持もなかった。

見合いは松之家でした。芙佐は相手のいる部屋へ茶を運んでいった時、部屋を間ちがえたのかと思った。その次は本人がどこか、手洗いにでもいっているのだろうと思った。床の間を背にして、一人の男が坐っていたが、その男が見合いの相手だと信じられず、誰か介添に頼んだ人物なのだろうかと思った。それくらい、その男は美男子だった。

俊は、芙佐が写真でも見たいといった時

「こっちがほしがれば、むこうさんにも渡さんことにはなあ」

といって、曖昧にした。芙佐はその時、自分に見合用の写真などまだ用意していなかったことに気づいたが、そんなものは撮ればいいのに、女将さんは妙なことといわはると思った。

お茶を出したら、男が名乗った。

「ぼく、武井倫郎です。お初にお目にかかります」

芙佐はびっくりして、その場に雨蛙のように平伏してしまった。挨拶もしどろもどろで日頃の芙佐らしくもなかった。何しろ、武井倫郎が、あんまり美男子であっけにとられたのであった。

俊から武井が男前だとは聞いていたが、それは芙佐が美女ではないのをからかっていって、大げさな表現をしているのだととっていたからだ。

目も鼻も口も、尋常すぎて、やさ型の美男は、家具屋に勤めているというのが信じ難い。役者になってもおかしくはない。顎が細く、口が女のように小さいのが、ちょっと頼りないが、それも美男らしく見える一つの特徴であるのかもしれない。

この最初の見合いで、芙佐はまずど肝をぬかれた型で、武井の帰った後、俊にどうかと訊かれて、すぐ手を顔の前で振った。

「あきまへんがな、女将さん」

「え？　あんたいやか、あの人」

「いやも何も、あんな男前、うち、かないまへんわ」

芙佐が真赤になっていう。

「はじめから男前や、いうてるやないか」

「そやけど物には釣合いいうものがおますやろ、うち、こんなおたやんどすさかい、あんなええ男と一緒に歩かれしまへんがな」

「ふん、その外、どうや、何ぞよう話したか」

「話って別に、まあ、全体におとなしいお人どすなあ、静かな落着いたお人や思います」

「ほなら、難は、男前すぎるいうことだけやな」

「へえ、そうどす」

あれだけの男なら、二十八になるまで女気もなく一人でいたとは思われない。どうせ、向うから断ってくるだろうと思っていたのに、武井の方では気にいったから話をすすめてくれといってきたのだった。

芙佐の方でも、いやだという理由もなく、その年の暮、いっしょになった。

京都で二人は所帯を持ち、武井は、京都から大阪へ通い、芙佐は相変らず松之家へ勤めていた。

敏子は芙佐から、その見合いの話は何度か聞かされ、武井が美男だったという話もよく聞いているが、何故、二人が離婚したのかは聞かされていない。

芙佐の話では、武井はもうはるかな過去の男で、芙佐にとってはその後の男たちとの交渉がずっと重要だったようだ。中でも、稚子の父親の宮口憲吉（みやくちのりきち）のことになると、すぐ目に浮ぶほど感情がこもっていた。

「へえ、そらもう、ほんまのことというたら、かかわりのあった男はんは、一人や二人ではおへんどした。つい、ほだされたり、こっちが熱あげたり、本気の時も浮気のつもりもありましたけど、男はんとちごうて、女はやっぱり、何度か重ねて身をまかせてしまいますと情が移りますわなあ」

芙佐は、自分は情にもろいから、よほど心の紐をしめていないと、男の浮気を真にうけて泣きをみるのだと自分で自分をいましめていたが、それでも気がついたら、いつのまにか、男の浮気を本気にして、性こりもない恋の沼に足をとられているのだった。

「そらもう縁のあった男はんの中でも、一番、切ない想いして、芯から打ちこんだのは稚子のおとうちゃんどす。こんなことおかしな話どすけど、あの人ではじめて、ほんまの女の歓びいうもの味わわせてもらいました」

いつかも、芙佐が酔いなきしながら、つい感情が高ぶって、稚子の父宮口憲吉との性愛がどんなに熱烈なものだったかという話をして聞かせた時、敏子は話半分に聞いても愕いて目をみはってしまった。

芙佐のいうようなことは、敏子には想像も出来ない。

「そんなこと、人間に可能かしら」

敏子がいう。

「ええ、そら、丈夫な男はんでもあっちだけはまたちがいますさかいなあ。どなたでもというわけやおへんやろなあ、軀の大きいお人が必ず強いわけでもおへんし、見るからにいかつい、さも強そうなお人が案外どしたりなあ。あの人は、背が高うおしたけど筋肉質いうんでっしゃろか、こりこりしまった軀してはって、そら、強うおした」

敏子は夫との味気ない性愛を想いうかべた。人が想像するほどの情事は何もしていない自分が惜しまれてくる。

かくべつ品行方正ぶったわけではないが、夫との結婚生活がさして楽しくなかったので、敏子は夫の死後も、あまり男に興味がわかなかった。

仕事に熱中しだしてからはそれどころではない日がつづき、気がついたらたちまち数年はまたたくまにすぎていた。

それとわかる誘いを受けたこともあったが、妻子のある相手と、問題をおこすほどの情熱を感じさせてくれる相手には出あわなかったのだ。

「失神っていうことばがはやってますやろ、あんなのは、当り前どすわなあ、何でああ、仰山にいわななりまへんのやろ、ほんまにええ男はんに愛されたら、女は誰でも、この世の外につれだしてもらうんとちがいますやろか。そうはいうても、私はあの人とそうなるまでは、一ぺんもそういう想いはさせてもろたことおへんどしたけど」

敏子は、そんな想いはした覚えはないといった。

「へえ、先生がどすか？ 信じられまへんなあ、それはよっぽど男はんの当りが悪うおましたんどすなあ」

当りが悪いということばに敏子はふきだした。

「そやけど、こればっかりはそうどっしゃろ、今ごろ、婚前交渉いうんどすか？ お嫁にいく前しやはるのがはやっとりますそうどすなあ、あれは、ひとつ人間の智慧どっしゃろ、そらもう、あれだけはためしてみな、わからしまへんさかい」

芙佐は正式の結婚式をあげた武井倫郎には大したみれんも示さないのに、宮口憲吉のこととなると、今でも目の色が変る。

知人に誘われて広島へ出かけた時は、本気で、宮口の消息を知ろうと思っていた。

その家は、外見はごく普通のしもたやで、何の看板も出ていなかった。しかし玄関に入ると、土間いっぱいに履物が並んでいて、病院の待合室のように、八畳くらいの洋間に、先客がつめかけていた。芙佐の連れは特別に申込みがしてあったらしく、受付から早く名を呼ばれた。

芙佐もいっしょに、案内の女の後についていくと二階に通された。十畳ほどの部屋の床の間に祭壇が設けられ、白木の御堂の前に様々な供物（くもつ）や花が捧げられている。何の神様ともわからないが、芙佐は知人のする通り、まずその前にいって拝み、三宝の上に紙幣をつつんだ紙をのせた。

芙佐たちが座につくと、御簾（みす）のかげから白衣に水浅黄（みずあさぎ）色の袴（はかま）をつけた男があらわれた。

まず芙佐の知人が三十分ほど娘の縁談をみてもらう間、芙佐は隣室の控えの間で待っていた。

知人が三十分ほどして赤い上気した顔で出てきた。

「よう当りますわ。早ういておいなはれ」

芙佐は恐る恐るさっきの祭壇の間へ入っていった。

白衣の男は、痩せた血色の悪い小男だった。何でも修験者（しゅげんじゃ）で、七十日間の荒行（あらぎょう）をした後でなければ、人に逢わないのだという。

芙佐がかしこまると、男は半眼に目をとじて鳥の瞼のようなたるんだ白い瞼のかげから芙佐をじっとみつめた。

「何が伺いたいのですか」

男がおもむろに口をきいた。声は低い囁くような声だった。あんまり低いので、気をつけないと聞き落しそうになる。芙佐は思わず身をのりだした。

「はい、さっぱり消息が知れません人のことです」

「名前と生年月日を書いてみなさい」

「はい」

芙佐は出された紙に鉛筆でたどたどしく宮口の名と年を書いた。

「あなたのも書きなさい」

うながされて、その通りにした。

白衣の男はその紙を持って祭壇に向き、芙佐には聞きとれないことばで長い祝詞(のりと)ともお経ともわからないようなことを祈った。

男の躯が、突然、ぶるぶる震えだし、胸の前に合わせた掌が、はげしく上下して、声が小きざみに弾みつづけているうち、ばたっと、男の上体が前のめりに倒れた。芙佐は脅えて悲鳴をあげそうになったが、辛うじて耐えた。死んだようになっていた男がおもむろに起直ると、かっと目を開いて、芙佐を睨みつけるようにした。さっきとは全くちがったよくひびく声で喋りだした。

「今、神さまのお告げがありました。あなたが純真な人なので、神さまがお喜びになって、いつもより早く、いつもより多くお話して下さいました」

「へえ、おおきに」

芙佐は自然に膝の前の両手をついてひれ伏す形になった。

「宮口憲吉は、今、非常にあなたに逢いたがっています」

「ええっ、あの、それはどうしてわかりますか」

「みんな神さまのお告げです。私はただ、お告げをお伝えするだけだから、わかりません。神さまのおことばをあなたが聞いて、それを解釈して考えてみればわかるのです」

「へえ、おおきに」

芙佐は無闇に有難がってお辞儀ばかりしている。

「大きな石が見える」

白衣の男が喋りだす。目は芙佐の頭を越えて、どこともしれぬ所を宙に浮いて眺めている。

「岩のような石が、ひとうつ、ふたあつ、みっつ、よっつ……その石の中に男がとじこめられている。外へ出ようとしているが出られない。光りがかすかに一筋さしこんでいる。その他は闇だ。男は、石に手をかけ、爪をたてては、出られないのでがっくりしている。は、はあっ」

白衣の男が突然、ふたたびそこにがばっと上体を倒してしまった。芙佐はびっくりしてその様子を眺めていた。もしこのまま息絶えていたらどうしようと、はらはらする。男はまもなくゆっくり起きあがって、きょとんとした顔で芙佐を見つめた。

「どういうことをいいましたか」

「へえ、あの大きな岩みたいな石の中に男がとじこめられて、出られんのでもがいてはるというようなことです」

「ああ、それが神さまのお告げです。あなたのたずねてられる人は、今、何か非常に苦しい立場におちいっている。牢屋に入っているとか」

「ええっ、牢屋に」

「いや、たとえばです。借金取りにとり囲まれているとか」

「へえ、へえ」

「家族すべてに憎まれているとか、とにかく、苦しい立場にいて扶(たす)けを需(もと)めているということです」

「あの、それでは、扶けにいきたいんですけど、居所も知れしまへんねん。どないしたらみつかりますやろか」

「それはまた神さまにおうかがいをたてればわかるかもしれない」

「どうぞお願い申します」

男はまたさっきの様に神前に祈りはじめ、同じような形で、その場に倒れ、起き上って、喋りはじめた。

「海が見える。青い青い海。大きな木が風にゆれている。黒人が歩いている。花が咲き乱れている。男がいる、白い服を着ている。海、また海が見える」

また、白衣の男が倒れ、きょとんと起き上った。

芙佐は、さっきと同じように男のことばを繰りかえした。

「というわけで、あの人の消息がぼんやりわかったんどす」

敏子は芙佐から広島の占師とのてんまつを聞かされても、さっぱりわからない。

芙佐は、宮口憲吉が、どこか南方の町で、大変な逆境で苦労しているらしいといって、袖で涙をぬぐうのであった。

「どこと、はっきりわかったら、よろしおすけど」

「何だか頼りない話ね。その程度なら大道易者だって見てくれそうじゃない」

「めっそうもない。性質なんかようあてはりまっせ。この人だけやのうて、二、三人みてもらいましたけど、そらもう、よう当りますわ。私は死ぬまで男の援助者があらわれて苦労はせえしまへんけど、結婚は生涯いっぺんきりやいわれました」

芙佐は敏子に宮口の話をしているうちに、また気持が沈んできた。

正月にあんな年賀状をよこして以来、やはり宮口の消息はわからない。

あれは二月の中頃だっただろうか。十二時すぎて外から芙佐が帰り、いつものように、ことこと、音をしのんで、机の上を片づけたり、着物の手入れをしたりしていると、もう寝てしまったとばかり思っていた稚子が、いつのまにか背後に来て立っていた。寝巻の上に赤い羽織をひっかけ、稚子は子供の寝起きのようなぼんやりした表情で芙佐をみていた。

「どうしたんえ、ねらへんのか」

「ふん」

稚子は曖昧に鼻を鳴らしていい

「おかあちゃん、うちのおとうちゃん、今どうしてはるの」

と訊く。芙佐はどきっとして、思わず手にしていた箪笥の環を鳴らしてしまった。

「何で今、そんなこと急に訊かはるの」

「うち、達ちゃんに訊かれたんやわ、稚子ちゃんのおとうさんは死んだのか、生きてるのかって」

芙佐は返事をうかつには出来ない気持でじっと、稚子の出方を待った。達也というのは最近、稚子が最も親しくしている高校生だった。

「それで、あんた、何ておいいやした」

稚子が黙りこんでいるので芙佐がたまりかねて訊いた。

「生きてはるらしいけど、どうなってるのかしらん。うちは正式の娘やないからいうた」

「何でそんな妙なこといいます」

芙佐の声が高くなった。

「そやかて、その通りやないの。うちが物心ついた時からおとうちゃんは、うちと一緒に住んではらへんやったし」

芙佐はまたしても答えようがなくてだまりこんだ。おとうちゃんはお仕事の関係で、会社が大阪や名古屋にあるから、なかなか帰れへんのやというのが、芙佐の稚子へのいいわけだった。それが何歳の頃まで通用していたのかはわからない。

一度も稚子から、正面きって今のように父のことを訊かれたことはなかったのだ。

娘たち

上の二人の娘、明子（あきこ）と華枝（はなえ）は、両親の離婚したことについて、つとめて話をさけて、まともに芙佐に訊いたことはない。それでもふたりの間では、父親の話も出ていたのだろう。稚子の父の宮口憲吉は、芙佐の面倒を見るようになってからは、二人の娘も全く自分の子供のように可愛がった。

明子も華枝も、母親より父親に似て、面長（おもなが）の古風な顔立の美人だった。宮口が訪れる時は手ぶらで来たことはなく、必ず子供の絵本や玩具を忘れたことがなかった。子供たちも、すぐ宮口になついて、華枝などは教えもしないのに、おとうちゃんと呼ぶようになっていた。さすがに、上の明子は、別れた父の想い出が強く残っているのか、華枝ほどには宮口になつこうとはしなかったが、嫌うふうもみせないのだった。

華枝が小学校に上る春、芙佐は稚子を生んだが、宮口はそれ以後も、上の娘たちと稚子を区別するようなことはなかった。

芙佐と宮口の仲は十三年もつづいたが、上の娘たちと宮口の間で、いやな想い出になるようなことは一度もおこっていない。

芙佐はそのことでも宮口には深く感謝していた。

宮口が訪れる度、娘たちは口々に
「おとうちゃん、お帰りやす」

といいながら、我がちに宮口の胸にとびついていく。両手に上の娘たちの手をぶらさげると、稚子はその背にしがみつく。

芙佐はそんな形で入ってくる宮口を見ると、ふと、宮口は自分の家でもこんなふうに子供たちにまつわりつかれているのだろうかと、変な気持になった。いつかそのことをいうと、宮口は笑ってあっさり答えた。

「うちはまた、坊主ばかりだからな。女には男腹と女腹があるってほんとうだね。よく、世間では女が生まれるのは男の精が強い時というが、それが本当なら、うちではかみさんが俺より強いことになるのかな」

「そら、そうどっしゃろ」

芙佐が、むくれると、宮口はいっそう面白がっていった。

「冗談やないか。ほんとにきみは冗談もいえない女だ。よくそれで座敷がつとまるもんだな」

芙佐は、宮口に、坊ちゃんの写真みせておくれやすとねだっていたが、宮口はその度、そのうち、そのうちといって、一度も家族の写真を持ってくるようなことはしなかった。見ないと、それは不確かな存在のように思われ、芙佐は、宮口の家庭を想い描いても、ぼんやり霞んでしまい、それはあるとも思えなくなってしまった。

宮口に頼りきっている間に、娘たちは大きくなり、それぞれ、学校に進んだが、そんな時も、宮口はこの上なく頼りになる相談相手だった。

明子が、芙佐の意志にさからって、母の仕事を拒み、上級学校へ行くといいだした時、芙佐は明子とはじめて正面衝突した。

「おかあちゃんは、あんたたちを片親やからいうて肩身のせまい思いさせへんよう、一生懸命気ばってきたつもりどっせ。甘すぎるくらい甘う育てたのも、片親だと、つい、母親の気が強うなって、あんたらに辛い想いさせてるのやないかと思うて、手かげんしてきたわけどっせ。それもこれも、あんたらに、不自由なく暮してもらいたいと思うてきたからやないか。あんたらの誰かが、このお商売をついでくれるという楽しみがあって、ここまでやり通してきたんどっせ」

芙佐が涙ぐんで娘たちを前にしていった時、日頃は一番無口な明子が、濃い眉をあげて、低い声ではっきりいった。

「それは嘘や」

「えっ、何やて」

「おかあちゃんはごまかしてはる」

芙佐は明子が急に、自分より老けた海千山千の女のように見えてきた。

「ごまかしてるって、何のためにごまかさないかんのや」

「おかあちゃんは、好きでこのお商売してきたんやわ。何も、うちらのためばっかりやあらへん」

明子は一言一言、確信をもっていう。

「もし、うちらのためだけやったら、うちらのおとうちゃんと離婚せんかてよかったんや」

芙佐は何かいいかけて、言葉が出なくなった。これまで一度も、明子と華枝の父親について、子供たちと話しあったことがないだけに、この突然の明子の攻撃にはうつ手が思いつかない。

「おとうちゃんは、このお商売が嫌いやった。うちら親子だけでひっそり、つつましゅう暮したかったんや。それなのに、おかあちゃんが、小さい時からこの世界の水に染みついてしもうてて、そんなみみっちいサラリーマンの生活が出来へんかったんやないの。それだから、おかあちゃんは、おとうちゃんとお商売を天秤にかけた時、お商売の方をとって、おとうちゃんを捨てたんや」

「明子、何ちゅうことを」

芙佐は怒りのため、全身が震え、言葉が出なくなってしまった。

「何の証拠があって、そんなこと、いえますか」

「証拠？」

明子が突然、高い声をあげて笑った。

「おかあちゃんが、今までどんなにしんどい時でも一ぺんもお商売をやめようかと、考えてもみなかったことが、何よりの証拠やないの、それから、うちら子供が、このお商売を好きか嫌いか、それも考えてみてくれたこともないのが証拠やないの」

芙佐は心臓が痛くなってきた。あまりの愕きと怒りで、気を失うのではないかと思った。

「何も知らんくせして、あんたらのおとうちゃんがどんな人か、よう知りもせんくせして」

「全然、知らんことあらへんえ」

明子は、大きな、美しい目をみひらいて、正面から芙佐を見つめかえした。

「おかあちゃんよりは、少なくとも、最近のおとうちゃんのこと、うち、知ってると思うわ」

芙佐は、またしても脳天をなぐられたような想いがした。

「どういうことどす。あんたまさか、おとうちゃんと」

「ええ、逢いました」

明子は、芙佐をみつめて、けろりという。

芙佐は腸(はらわた)が煮えたつように思う。

あれだけ、別れる時、きっぱりと、子供たちとも逢わないと約束したのに、いつのまにこっそり逢っていたのだろうか。

「それであんた、おかあちゃんにすまんとは思うてへんのか」

「何でや、おかあちゃんたちが離婚したのは夫婦の縁を切ることだけど、親子の縁は切ること出来へんのとちがいますか。あの頃、うちらは、離婚がどういうことかもわかってない子供やった。片親になることがどういう意味かも、将来自分の生活にどうひびいてくるかもわからなかった。でも今はちがう。今は自分の考えで、親を選ぶこともも出来るのやわ」

「親を選ぶ？」

芙佐は二の句がつげない。

「親を選ぶって、ほならあんた、おかあちゃんよりおとうちゃんと暮したいということか」

明子はそれには答えなかった。

「おとうちゃんは、まだ再婚してはらへん」

それだけをいう。

芙佐はまた絶句した。別れた夫のことを、もう何年も思い出したこともない。憎みあって別れたというわけでもなく、互いに傷つけあったというわけでもない。子供は二人産んで、暮している間は、結構はた目にも仲よさそうにしていた。それでも、いざ別れ話が出ると、すらすらまとまってしまった。

芙佐が不満に思っていた分だけ、相手も不平をこらえていたのだった。別れられたということは、それだけの縁しかなかったのだと思っていた。

別れる時には、芙佐は十分の手切金も渡している。今更、明子たちにとやかく批難がましくいわれるわけはないと思う。

「おとうちゃんがひとりでいようが、再婚してようが、それがどないしたというんです。どっちにしたかておとうちゃんの都合でそうしてはることです。何であんたに、そんな目つきでおかあちゃんが報告されなならんのです」

「ただ、うちは、おとうちゃんがまだひとりでいてはるっていっただけよ。うちは、おとうちゃんが、アパートでひとり暮ししてる姿を見て、何やら気の毒になっただけよ」

　商売するもとでぐらいは渡してあるといいたいのをがまんして、芙佐は明子の口もとに目をそそいでいた。

「うち、おかあちゃんを立派やと思うわ。好きなお商売に打ちこんで、女でここまでやってきたの、そら、立派やと思うわ。でも、うちは、いうとくけど、おかあちゃんみたいには絶対なりとうない」

　それはどういうことかと訊きかえす気力はなくなった。

「いうとくけど……」

　明子は更に言葉をついだ。

「うちは、水商売には向かへんから、もっと勉強します。女医さんになるつもりや」

「女医さんに」

　芙佐はあっけにとられた。高校を卒業したら、京都にある短大くらいへは行かせても、竹乃家につめさせて、自分の跡がつげるように見習わせたいと思っていた矢先であった。

「東京へ出て勉強するから、うちのことあてにせんといてほしいわ」

「東京へ出て勉強するっていうたかて、お金がかかりますやろ、お医者さんになるには、普通より長いこと学校に通うたあげく、まだインターンやら何やらあって、一人前になるのに時間がうんとかかるのを知っといやすのか」

「当り前やわそのくらい」

「それでお嫁にもいきそびれてよろしいのか」

「仕方ないわ」

「その長い間の学資どないするつもりだす」

明子がむっと口をつぐんだ。

「おかあちゃんに出せというつもりどすか」

「ほなって、それはおかあちゃんの義務やないの」

「義務？　何の義務や」

「親のにきまってるわ。うちは何も産んでくれいうて頼んで産んでもろたのとちがうのやから、どうせ別れるようなおとうちゃんとの間に、うちなんか産まんとけばよかったんや」

「それが子供が親に向かっていうことばか」

芙佐はわなわな震えてきた。

「そんな考え持ってるなら、さっさとおとうちゃんの所へ行きよし。うちに居てくれんかて結構だす。女医さんになりたいなら、おとうちゃんに学資出してもろたらよろしおますやろ、親に義務があるなら、あんたのおとうちゃんかて義務がありまっしゃろ」

その日は互いにいいつのって、興奮し、けんかわかれの形になった。

やがて芙佐も大人げないと思い、明子もいいすぎたと後悔したかして、二度とあんないさかいは繰りかえさなかったものの、芙佐はその日の明子の言動から、もう明子に後継を期待する夢はきっぱりあきらめてしまった。

改めて、高校の教師に相談に行ってみると、明子の成績は芙佐の想像以上によくて、相当いい大学の医学部を受験しても大丈夫だという。好きなら、その道を歩ませるのが一番いいのかもしれないと、決断の早い芙佐は、その時から決めてしまった。

早いもので、明子も今は、どうやら医者の卵になり、母校の病院の小児科に勤めている。長い明子の医学生時代も、宮口憲吉がどれほど頼もしい相談相手になってくれたかわからない。

「大丈夫だよ、明子さんは。あの子は必ず医者になれるよ。元手はうんとかかるが、医者は食い外れがないから、財産を分けるつもりで、学資もかけておけばいい。しかし、あの子は、あれで、男にでも迷うと命とりだね」

そんな批評をしたこともある。芙佐は宮口のその批評だけは少し的が外れているように思っていた。明子は十人が十人、口にするほどの美貌でありながら、心がどこか冷く、可愛げがない。男は器量が少々悪くても、愛らしい情の深い女を好むということを、芙佐はこの商売を通して経験していた。

上京して以後の明子は、正月くらいしか帰って来たがらず、休暇でもアルバイトをしているとか無医村へサービスに出かけたとかいって、年々芙佐の生活から離れていく。もう、恋人でもつくってくれないことには、婚期を逸するのではないかと案じているけれど、芙佐には明子が最近、何を考えているのか見当もつかなくなってしまった。

明子とちがい、可憐で素直なのが取柄の華枝は、高校を出る時、やはり進学したいといってきかなかった。人当りも柔かいし、愛嬌があるし、男好きのする華枝は芙佐の自慢のひとつであったが、華枝も、芙佐の商売をつぐのは嫌だといいだし、どうしても大学へ入りたいという。

「明子姉ちゃんはいややいうし、あんたにまで嫌われたら、おかあちゃんは何のために苦労して、このお商売してるのかわからへん」

芙佐が珍しく弱気になって肩を落すと、明子とちがって、気のやさしい華枝は早くも涙ぐんでしまい、芙佐よりもっとうなだれていく。

「どこがそない嫌われるんやろ」

芙佐がため息まじりにつぶやくと、華枝はすまなそうに弱々しい声でようやく答えた。

「そら、もう、おかあちゃんが一生懸命なのはわかるし、感謝はしてるけど、水商売っていうのは、何といってもふわついたお商売やろ、うちは子供の時から、堅気の友だちのうちへいくと、羨しかったんやわ。どこのうちでも、うちがお茶屋や、バーをしてることを面と向って悪ういうところはあらへんけど、あの子はお茶屋はんの子やって、それにバーもしてはるんやってといわれると、ほめられてるとは思えへんかった。何やこう、肩身がせまかったわ。華枝ちゃんはきれいやから、すぐ舞妓さんにされるのやないかなんて、そのうちの人にいわれると、泣きとうなったわ。うち、だんだん、水商売が嫌いになってきたんやわ。うちは明子姉ちゃんみたいに頭がようないさかい、そんな大それた望みは抱かへんけど、それやから、せめて大学出て、まじめな人と、結婚して、つつましいサラリーマンの生活をしたいんや、おかあちゃん、かんにん」

きれいな指を揃えて、掌をあわされると、芙佐はもう涙も出なくなってしまった。親しい客たちは、明子に芙佐がふられたのは聞いていたが、誰の目にも美しくやさしい華枝なら、素直に芙佐の二代目を継ぐであろうと信じている様子なのがいっそう辛かった。

華枝が同志社の英文科に入学した時は、芙佐は、あんなに華枝の進学に失望したことも忘れて有頂天になって喜んだ。しかしその時はもう、誰よりも一緒に喜んでもらいたい宮口は、芙佐の許から消えていた。

宮口の家は祖父の代から船場で㋯の製造印で作業衣、学童服、既製服などの製造卸をしてきた。戦争で家も店も工場も何もかも焼かれてしまったが、宮口が、焼跡の町で衣料の交換会から始めて資本をつくり、東京に出て、既製服や作業服の製造業を再建したのだった。これも焼跡の八重洲口に、いち早く土地を手にいれたことから運もつきだして、宮口の仕事は、することなすこと芽がふいていた。製品を背負って売りさばくことから始め、やがて、それがトラックで運ぶようになり、いつのまにか、買手の方が車で訪れるようになった頃は、宮口の会社は小さいながらも八重洲口のビルを根城に大阪の土佐堀にも支店を出すまでになっていた。馴染みの多い大阪よりも、いっそ戦後の東京の方が思いきった商売が出来ると見込んだ宮口の目算が当ったのだ。

芙佐と識りあったのはその頃で、仕事関係の客につれられて、はじめて竹乃家に来た時から、芸者たちより芙佐の人柄に惹かれたという。

二度目は、自分が客をするために竹乃家を使った。それまでは、そうした場合は、関西では大阪の南で遊んでいたらしい。

芙佐は、離婚して一年程すぎた頃で、仕事だけに打ち込むつもりになっていたし、客の応対にも一分のすきもない気構えの時であった。

宮口は、竹乃家に来る度、さっぱりした遊び方をして、チップも気前よく出した。

「女将、祇園には祇園のきまりがあるだろう。まかせておくから、恥をかかないように、やってくれ」

封筒に入れた手の切れるような札束を預けてチップの出し方まで芙佐にまかせきってしまう。払いは、請求書を送ればきちきち半月以内には送ってきた。

芙佐と、宮口が他人でなくなったのは、そうした時が半年ばかりすぎた秋、芙佐が舞妓をつれて東京の宴会に上京した時であった。上京した時は、必ず電話するようにとはいわれていたが、客のそういう話は、座敷の弾みやお世辞が多いので、真にうけるような野暮ではなかったが、芙佐は宴会が終った翌日、声だけでも聞いておこうと、宮口の会社に電話をいれてみた。

「何だ、女将さんか、どこからかけてる」

「へえ、銀座からどすねん」

「東京？　いつ来たの」

「一昨日からどす」

「一昨日来て、どうして今まで電話もくれないんだ」

「宴会で、舞妓ちゃん五人つれて来てますものどすさかい、何や、責任が重うて……もう宴会も終りましたさかいに」

それなら、今夜は京都へ帰らなくていいのだろうと宮口はいい、その夜は銀座のフランス料理をおごってもらった。

「ふたりきりでこうやって逢うのははじめてだね」

「ほんまにそうどすなあ」

芙佐は、客につれられて、たいていの高級料理店へは出入りしつけているので、銀座でも一、二に数えられているこういう高級な店でも、落着いて堂々と振舞える。

「前から一度ゆっくり逢いたかったんだけど、いつでもあんたは忙しそうでね」

「へえ、京都にいましたら、何やらかやと、用事にばっかり追われてまして」

「いや、もう、いつでも感心してるんだよ。ぼくも一応、実業家の端くれだから、仕事の大変さは実によくわかる。人を使うのも並大抵のことじゃない。あんたは、その若さでよく、あれだけのお茶屋の女将がつとまるねえ、その上、バーまで持ってるし、なかなか大した腕だよ」

「へえ、おおきに、みな、お客さんや、御ひいきさんのおかげどすねん」

「いや、あんたの人徳だよ。あんたは祇園の人じゃないんだって？」

「へえ、九州で生まれましたけど、ちっとも覚えてえしまへん。柳川いうところで、川のきれいな静かな町やいうて聞かされてますけど、まだ一ぺんも見にいたことおへんねん」

「ほう、柳川ね、白秋の生れたところだね」

「白秋って何だす」

「北原白秋って、詩人だよ」

「はあ、そうどすか、北原白秋さん、北原白秋さん……」

芙佐は自分にいいきかせるように、何度も口の中でつぶやいた。

「どんな詩、書かはりますお方どす?」

「さあ、そういわれると答え難いね、どうしてそういうこと知りたいの」

「へえ、うちは小学校しか出てしまへんやろ、それで、何も知らしまへんねん。お座敷で恥かくこともありますやろ。お座敷は、わたしらの大学の教室や思うて、お客さんのお話から耳学問させてもろてますけど、やっぱり、おかしな、とんちんかんなこというて笑われます」

「そういうことがあっても別にいいじゃないか」

「へえ、そやけど、これ、宮口はんやから、申しあげますけど、ついこないだも、えらいこと恥かきましてん」

芙佐はそこまでいって、自分であわてて、ナプキンを口にあてて、くっくっと笑い出した。

「すんまへん、つい、思いだしてもおかしいなりますわ」

芙佐は、客が、徒然草（つれづれぐさ）の話をしているのを聞いた時、それがどうやら、本の話らしいということはわかった。この間読み直したら、やっぱり、いいこと書いてあるよと、読書好きの六十すぎの漬物屋の主人がいったのを聞きかじって、芙佐はつい、その本を読んでおこうと思った。

「ちょっと、伺いますけど、そのつれづれ草いう本の、出版元はどこどっしゃろ、講談社はんどすか、新潮社はんどすか、作者は何という小説家でっしゃろか」

訊いてみたら、客はきょとんとしたが、すぐ、びっくりするような大声をあげて笑った。

「はっはっは、女将は徒然草を、今の本と思ってるのか」

「へえ、ちゃいますか、そない結構な本やったらどこぞのベストセラーとちゃいますのんか」

「講談社はんどすか、新潮社はんどすかは、よかったなあ、女将、これはな、ずうっと昔の、兼好(けんこう)法師いう坊さんの書いた本や」

「何や、昔の本どすか」

客は如何にも祇園の女将らしい。祇園の女将というものは、何でも知ったかぶりせず、そういうようにおっとり浮世ばなれしているところがいいのだと、しきりに慰めているのか、ほめているのかわからないいい方をして、その失敗も座興になったが、芙佐は心の内では、恥しさと情なさで穴があったら入りたかった。

いくら、おっとりしているといわれても、こんなことは常識ではないかと思うと、つくづく、自分の学の無さが悔まれる。それ以後は、つとめて、本の話になると、神経をとがらせ、覚えておこうとするし、新聞の本の広告だけは念入りに読むように気をつけている。

芙佐からその話を聞くと、宮口はナイフもフォークもとめてしまって、つくづく芙佐の顔を見つめた。芙佐はその宮口の目の中に浮んでいるあたたかさに、ふっと、心がふるえるように思った。

「ほんとに女将さんはいい人だねえ」

「いいえ、もう阿呆どす、ほんまにお恥しい話どす」

「いいや、それは、漬物屋の御主人のいう通りだよ。祇園の女将が、古典を知らなくったって、どうということはない。そんな素直な気持の方が今時ずっと得難いし、男にとっては有難いなぐさめなんだよ」

「何ぼ何でも、あんまりな話どすわ。その時くらい、学校もやってくれなんだ親を恨んだことはあらしまへん。わたしは、今はこんな鈍どすけど、子供の時は、まあ、学校も出来る方だったんどす」

「そうだろうね」

「それでも、親が、離婚しましたし、いろいろやこしいことがあって義理の母に育ちましたさかい、わがままはいえへん立場どした」

そんな話からはじまって、竹乃家の座敷でも、ゆきむらでも、決して客にはしたことのない身の上話を、宮口にしてしまったのだ。

芙佐の母の加代は萩の武家の娘だった。維新の時、時流に乗りそこねて官途にもつかず、巷にまぎれてしまった。十七になった加代が芙佐の父の時蔵と結婚した時は、まだ生きていた加代の母は、世が世なら株屋風情になど娘をやるものかと、本気で泣いたという。

芙佐が物心ついた頃、母の加代はもう父と別れていた。芙佐を末っ子に三人の子をつれて、加代は悪戦苦闘していた。子供心にも芙佐は母を美しいと思ったが、躾のきびしさは格別で、よそのかあちゃんの方がずっとええと、内心羨ましかった。どういう縁でそこに来たのか、芙佐の記憶は淀川べりの小さな町から始まる。加代は枚方の町で「くらわんか餅」という看板を出して、手製の餅を売りながら茶店をしていた。加代の美しさと、餅のうまさが評判を呼んで店は結構繁昌していたが、手作りの餅はいくら売れても限度があり、僅かな口銭はようやっと親子がかつかつ食べていける程度のものであった。夜になると、加代は子供たちが寝ついた後で、まだ近所の仕立物をして内職にはげんだ。そんな無理が軀に障らない筈はなく、加代は芙佐が小学校に上った年に寝ついてしまい、肝臓をわずらって芙佐が二年生の春あっけない死に方をした。芙佐の姉の千代が、母のあとをついで餅を売りつづけた。芙佐とは一廻りちがう千代は、母に似て美しく、年も十八の年頃になっていたから、加代のいた頃から看板娘として客に人気があった。芙佐も学校から帰るとすぐ、姉を手伝って餅を焼いた。千代と芙佐の間の安夫は、経師屋に奉公に出ていたから家にはいなかった。

そうしてまたたくまに一年がすぎたある日、芙佐が学校から帰ると、珍しく座敷に客が坐っていた。立派な洋服姿の中年の男を前にして姉が目を泣きはらしている。男は、芙佐を見ると、姉に向かって訊いた。

「この子は？」

「芙佐です。芙佐、おとうちゃんよ」

芙佐は気味悪そうに後じさりした。父がどこかに生きているらしいとは知っていたが、日頃は父の話は禁句と思いこんで、口にしたこともない。母も姉も、芙佐に父のことを話してくれたこともなかった。はじめは死んだとばかり思っていた父が、生きているらしいと知ったのも、いつ、何がきっかけであったか思いだせない。

「おお、この子が芙佐か、芙佐、おとうちゃんだ」

男は姉と同じことばで自分を紹介した。

「こっちへおいで」

いわれても芙佐はとっさに男になじんでいけない。

「こっちへおいで、ほら、これがおみやげだよ」

男は自分と姉の間においてあったものを手にとって、ひろげてみせた。黒いビロードに白いレースの襟のついた服だった。芙佐は息をのみ、その服につられて少しずつ少しずつ男の方によっていた。

父が帰ったあと、姉ははじめて芙佐に、父のことをいろいろ話してくれた。加代を器量好みで貰ったものの、加代が何事につけても、士族の娘という気位を心から捨てず、誇り高く、万事にきびしいのが面白くなく、女をつくって、次第に家によりつかなくなった。加代は嫉妬めいたことも口に出さず、無表情に耐えていたが、ある夜、酔って時蔵が女をつれて家に帰った時、怒りを爆発させた。女と夫の履物を家の外に投げだすと、雨戸を閉めて、何といっても開けなかった。

間に人も入ったが、加代はどうしても夫を許さなかった。武士の娘として侮辱に甘んじられないといい張り、離縁を主張した。時蔵は子供を引きとってもいいといったが、加代は渡さなかった。一、二年は時蔵から子供たちに仕送りがあったが、いつかそれがと絶え、時蔵の居所もわからなくなった。人の噂では、米相場で大穴をあけたということだったが、加代は何を聞いても表情も動かさなかった。その頃から三人の子供をかかえた加代の生活は窮迫を極めてきたが、加代は泣きごとを誰にも洩らしたことはなかった。自分が選んだ運命だという覚悟があった。しかし子供たちは貧しさに耐えきれず、千代などは父と暮した頃の豊さや愉しさを思いだしては、母を恨んでいた。子供心にも母の頑固さが、父を失わせたと漠然と感じていた。

相場で無一物になった時蔵は、上海に渡って、何をしてきたのか、また財産をきずき、東京へ戻っているという。

「ふうちゃん、おとうちゃんの家へいく気があるか?」

父の帰った後、千代が芙佐に訊いた。

「おとうちゃんの家ってどこにあるの」

「東京やって、東京の麴町とやらいうてた」

「ふうん、おとうちゃんの家って、おとうちゃんと誰がいやはるん」

「おとうちゃんの今の嫁さんやろ」

「ふうん、その嫁さんもうちに来てもええっていうのかしらん」

千代はそれには返事をしなかった。そこまで父に訊いてなかったのだ。というよりそこまで気が廻らなかったのだ。芙佐はまだ小学三年なのに、こんな気の廻し方をよくして、千代は気味が悪い。死んだ母が芙佐は頭が好すぎて、不幸せになるかもしれんと口癖にいっていたのを思い出した。

「そら、おとうちゃんが来てもええというてんのやから、ええのやろなあ」

「ほなら、うち、行くわ」

「えっ、行くか？」

千代はあんまりあっさり決めてしまった芙佐の口許をまじまじとみつめた。

「ここにいても東京へいても同じやけど、おとうちゃんと一緒に暮してみたいわ」

千代はだまりこんでしまった。

それから一ヵ月後に、芙佐は迎えに来た父につれられて上京した。千代はもうその時言い交した男が出来ていたので、上京したくないといい、自転車屋に勤めている恋人と一緒になって、ふたりで餅屋をつづけていくことにした。

芙佐は麹町の父の家に着いて、何を見ても聞いても愕いてばかりいた。大きな門構えの家は、洋風と和風が半々で、若くて美しい父の妻は、家でも洋服を着ていた。二人の間には男の子がひとり出来ていた。新しい母は、気さくでざっくばらんで、芙佐はすぐなついてしまった。

二階に小さな部屋を与えられ、これがあなたのお部屋よと、新しい母にいわれた時、芙佐は夢ではないかと思った。

父は毎日夜おそくまで出かけて朝はおそくまで眠っているのでほとんど芙佐は逢うことはない。継母(ままはは)と女中と弟の顔だけ見て暮した。人なつっこい性なので、四、五日もたつと、継母や弟とはもう十年も昔から一緒に暮しているような気分になった。もとは上海でダンサーをしていたとかいう継母は、万事派手好みで、毎日のようにデパートへ出かけたり、呉服屋を呼びつけたりしていたが、父は一切家のことには口出しせず、継母のしたいようにさせていた。継母は、芙佐の身なりを整えることに熱中して、毎日、服やオーバーや着物まで買い整えてくれる。番町(ばんちょう)小学校に転校したが、そこでの芙佐は、はじめから金持の娘として扱われていた。事情があって、今まで関西ですごしたということになっていた。はじめは上方弁を子供たちにさんざん真似されてからかわれたが、芙佐はそんな時もえへへ笑って取りあわなかった。言葉を笑われるくらい芙佐にとっては何でもなかった。こんな小公女のような運命が、現実の世の中にも起るのだという驚異からぬけず、世界で自分ほど幸福な人間はいないだろうと思った。

時蔵は支那や満州へ始終飛び歩いていて、貿易をしているとかいうことだったが、好きな相場は相変らず止められず、やはり、貿易のかたわらつづけている。

番町小学校で芙佐は仲のよい友人が出来た。桂木華子(かつらぎはなこ)という大学の助教授の娘で、目の大きな色の白い人形のような美少女だった。華子の祖母が京都の出の人とかで、華子の家では芙佐の関西弁を誰も笑わない。

華子の家は芙佐の家のように成金趣味のごてごてした飾りはなかったが、廊下まで本棚があふれ、如何にも上品で智的な雰囲気がただよっていた。ピアノも芙佐の家のようにお飾りではなく、家じゅうの人が弾くようだった。

養母の駒子（こまこ）は芙佐が桂木家に出入りするのは賛成だった。大学教授という肩書は、駒子にとっては快いひびきを持って聞える。桂木家はよく子供たちの誕生日とか、クリスマスとかにパーティを開く。普段は質素なのに、そういう時は子供の好きそうなお菓子やお弁当を山のように出し、部屋も華やかに飾りたてていた。

芙佐はそんな時、お菓子や花を美しく飾りたてて駒子に持たされて桂木家におもむいた。

クリスマスツリーの下で、讃美歌など歌っている時、淀川べりの貧しい家の暗い電灯の灯がふっと思い出されてくる。あの自分と、今の自分が同一人とは思えない。芙佐は何だか子供心にも、こういう生活は自分にどこかしっくりしないと感じはじめていた。いつか、ふいに、この生活が崩れ、後には前よりもっと貧しい生活がおこるのではないか。よく小説などにあるそんな筋書が芙佐の頭をかすめる。そのため、芙佐は子供心にも、現在の生活に心の底から酔うということが出来なかった。

浮　草

芙佐が六年生になった春、時蔵はまた相場で大穴をあけてしまった。時蔵自身は夜逃げ同様、満州へ行ってしまい、残された家族は麴町の家を出て、三鷹の外れの小さな借家に移った。養母が飲屋に働きに出て、どうにか子供たちは学校に通うことが出来た。

「可哀そうにね、せっかく幸せになれたと思ったのに、すぐこんなことになって、あんたはよくよく不幸せな星に生れついてるんじゃないかしら」

そうなっても、気のいい養母は芙佐を継子扱いにもせず、芙佐が炊事いっさいするようになっているのを便利に思ってそんなこともいう。

満州の父からはごくまれに僅かな送金があるらしいが、それも次第に間遠になり、芙佐が卒業する頃は行方も識れなくなってしまった。

父に引き取られる時、なにがうれしいといって、これで女学校へあがることができるとそれが何よりの喜びだっただけに、芙佐はまた進学の希望が絶たれてがっくりした。貧乏暮しには慣れているのでそのことでは苦にならない。むしろ三年間の豊なお嬢様暮しの方が夢だったような気がしてくる。

事情が伝った枚方の姉から芙佐を引き取りたいと東京へ便りが来たのは、卒業も間近になった春の始めであった。たまたま千代に初めての子供が生れたので、千代は芙佐の手をほしがった。

「ふうちゃんどうする？　私はあんたと何だか気が合うし、こうやって一緒に暮しているのも何かの縁だと思っているのよ。でも、枚方の姉さんの方から引き取りたいといってこられると、やっぱりこれは血のつながりの方が強いのかしらと思うの、ここでいてもらっても女学校へもあげてあげられないしね。姉さんの所へ帰った方がまだ先の見込みがたつかしらと思ってね」

「私もお母さんと一緒にいたいけれど……」

芙佐はそうはいうものの、自分がいてはまだ若い養母のこれから先の苦労の重荷になるだけのような気がして遠慮があった。結局、芙佐の卒業と同時に一度枚方へ行ってみるという形で、芙佐は三年ぶりに関西へ帰っていった。千代は結婚生活が幸福らしく、三年の間にすっかり人妻らしい落着きが出て美しくなっていた。「くらわんか餅」の方もますます繁栄して、間口を広げて猫の手もほしいところだった。帰ったその日から芙佐は子守や台所や店の手伝いに重宝がられ、東京へ引き返すような話はそのまま立ち消えになっていた。

春の終り、東京の養母から芙佐の衣類いっさいを送ってよこし、父からは相変らず音信不通で行方もわからなくなってきたので、自分たち親子はひとまず北海道の故郷へ帰ることにしたといってきた。

芙佐は養母の手紙を繰りかえし読んで泣いた。

芙佐は千代の子の子守をしながら川のほとりで本を読んでいた。通りすがりの中年の女が芙佐に声をかけた。

「このちかくに、くらわんか餅を売ってる店がある筈やけど、どこか知らはらしまへんか」

女はどこか垢ぬけしていて、芙佐は何となく、気おくれがした。昔の人のように眉を青く剃りあげているのが不気味にも妖しい美しさにも見えた。黒い羽織が薄い肩をすべり落ちそうにかかっている。

「それはうちですけど」

芙佐はおどおどしながらいった。

「えっ、あんたとこ？　ほなら、あんた、あれか、お千代さんの妹さんのふうちゃんか？」

「はい、そうです」

「へえ、あんたがなあ、まあ大きゅうなったこと、さっぱりわからしまへんがな」

女はほほと、やさしい声をあげて笑った。

「それでその子は？」

「姉ちゃんの子です」

「へえ、千代さんがもうおかあちゃんにならはったの、早いものやねえ」

女はふっと涙ぐみ、じゅばんの袖をひきだして目を押えた。

「うちはなあ、ふうちゃんは覚えてえへんと思うけど、あんたののうなったおかあちゃんの従姉の清子（きよこ）なんよ」

「はあ、清子おばちゃん、うち、覚えてます。四つか五つの時、お人形と、きれいなお手玉くれはった京都のおばちゃんでっしゃろ」

「まあ、あんた覚えててくれたん、そういえばそんなことあったわね」

「へえ、うち、あのお人形もお手玉も長いこと大切にしてました」

「それはありがとう。あんた、東京へいってたんとちがうの」

「へえ、東京へいてましたけど、またおとうちゃんが仕事に失敗して、いやはらへんようなったから、姉ちゃんとこの世話になってます」

清子はびっくりしたように、まじまじ芙佐の顔をみつめた。

「あんたいくつになったん？」

「十四だす。小学校を出たばかりです」

「そう……柄は小さいけど、あんまりしっかりしてるから、もっと年くってるのかと思うたわ。そう……とにかくお千代さんに逢いにいきまひょ、案内しておくれ」

「へえ、おいでやす」

芙佐は清子の先に立って歩きだした。

千代は清子を芙佐よりはもっとよく覚えていた。やはり、芙佐の母と同じ郷里の萩から、落ちぶれて、祇園へ売られていった母の従姉が京都の薬屋の隠居に落籍されたといって、訪ねてきたことをよく覚えていた。

清子は、旦那に死に別れ、木屋町に小料理屋を出していると、今の境遇を物語り、この間から、たてつづけに死んだ加代の夢を見るので気にかかって、訪ねてきたのだと語った。

「忘れてたわけやないけど、ちょうどうちの方も、ここ、三、四年、いろいろ大変やったから……」

清子は夢に出た加代から、いっぺん子供たちを見舞ってくれと、あんまりありあり言われたので気持が悪くなったという。その日は一度帰っていった清子が、ふたたび訪れたのは一ヵ月もしてからだった。

その日は芙佐は店で餅を焼いていた。

「よう精が出るなあ、あんたはほんまに働き者やな」

清子は愛想よく芙佐に声をかけておいて奥へ入ったが、しばらくして、千代が芙佐を呼びいれた。

「今なあ、清子おばちゃんから話があって、あんたを祇園に奉公に出さへんかっていう話なんやけど、どうする？　あんた行くか」

芙佐は急に籔から棒の話であっけにとられた。びっくりするのが当り前やと前置して、今度は清子がその話の説明をする。

祇園の松之家というお茶屋は赤前垂の格式のあるお茶屋はんで、上の方から三つの指に折られるけれど、その松之家で仕込み女中を探している。素性がはっきりしていて、正直で、頭がよくて、働き者というのが条件である。松之家の女将のお俊さんという人は祇園でも有名な難しい人で、女中を置いてもなかなか居つかない。年中、人手が足りなくて、女中のいいのを探しているが、お俊さんの気にいるような子はめったにいるものではない。

清子は一ヵ月前、久しぶりで大きくなった芙佐を見て、この子ならと折紙つけた。あの時すぐにも切りだしたかったが、松之家の都合もあるので、だまって帰ったのだという。

案の定、松之家の女将さんに話したところ、早速つれてきてくれという。むつかしいといってもわけのわからぬことをいう人ではなくて、女将さんのいい分はいつでも筋が通っている。しかし、今時の女の子はみんな我がままになって辛抱がたりないから、居つかないのだ。あの女将さんの元で辛抱出来たらもうその人間はどこへ出しても千人力。必ず一かどの仕事が出来る女になるだろう。それがお俊に対しての陰の噂だった。

「なあふうちゃん、ここが思案のしどころでっせ、そらなあ、今は千代ちゃんのところでは猫の手もほしいところやから、ふうちゃんに出られるのは惜しいとこでっしゃろけど、将来、千代ちゃんかて子供たちがふえるし、ふうちゃんの面倒までみかねまっしゃろ、今のうちに自分でひとりだちして食べていけるくらいのこと身につけとらな、いつまでも姉ちゃんの居候(いそうろう)してるわけにもあかしまへんやろ」

芙佐は居候ということばにびっくりした。

松之家で辛抱したら、お茶屋ののれんをわけてくれはります。嫁にもいきたければいかしてやろと、お俊さんがいうてます。どうや、どうやと、膝詰談判で責めたてられ、芙佐はただもう胸がわくわくして、千代の顔と清子の顔を交互に見比べていた。

「でも、そのお茶屋はんて、何するところですか。お茶の葉を売ってはるんですか」

芙佐が生真面目な声で訊くと、清子と千代が顔を見合わせてふきだした。

清子につれられて芙佐が祇園の松之家に奉公に上ったのはその年の秋の始めであった。

「ふうちゃんは京都はよう知ってるのか」

清子に電車の中で話しかけられ、芙佐は首をふった。大阪へは時々、姉につれていってもらったが京都へは行ったことがなかった。

「そうか、きれいなええとこどっせ」

清子にいわれても芙佐はこれから行く京都を想像することも出来ない。駅についたら、芙佐はまず電車に乗せられた。乗客は乗り降りもいたってのどやかで、口々に
「ごめんやっしゃあ、へい、どっこいしょ」

といったりする。そんなことをつぶやいている閑（ひま）に乗れてしまうのにと、しばらく

東京の生活をしたことがあるだけに芙佐は京都人の悠長さがおかしくおもしろく感じられた。電車の窓の外の家並が低く、なだらかで、何だか、しっかりと腰の坐った町のような気がして気分まで落着いてきた。賑やかな町の真中で電車を降りた。四条河原町(しじょうがわらまち)というところだと清子が教えた。そこから山の見える方へ道をたどると彼方に橋がある。四条小橋(こはし)だとまた清子が指さして教える。小橋を渡って左に道をとり、川沿いの道をしばらく歩く。高瀬川と教えられたその川は、浅い流れで、底が見えている。水は清らかに音もなく流れつづけていた。清子の店は高瀬川にむかって、そのせまい間口を開いていた。清子の家で少し休むと、清子は善は急げだからとつぶやいて、芙佐を松之家へ連れていった。

四条大橋を渡る時、芙佐が足をとめてしまったので清子もつきあって足をとめた。

「あの山はどこでしょう」

芙佐が指さす山を見て、清子は比叡山(ひえいざん)だと答えてやった。川上の方には北山(きたやま)がくっきりと空を支えていた。鴨川(かも)は光りながらゆったりと流れている。

芙佐は橋の手すりにしがみつくようにもたれて身動きしなかった。背をねじ曲げて川下を眺め、また川上を眺めた。川上にいくつも橋がかかっている。その橋をゆっくり人が歩いている。風景がすべて光るようだった。空気が澄んでいるせいだろうか。

「ここ、大好き」

芙佐はため息といっしょにつぶやいた。声にすると、実感がいっそう強くなった。

「ここで生れたらよかった」

芙佐は清子の方をふりかえらずつぶやいた。

「よかったなあ、京都がそないえろう気にいって」

故郷という感情を芙佐は知らない。九州で生れたというが、九州は覚えていない。枚方で住んだが枚方がそれほどなつかしい土地とも思えない。東京は夢を見ていたようにはかない想い出で、考えてみれば、住んでいた間、いつでも旅に出ているようによそゆきの気持だったと思いだす。何でここが、初めての京都がこんなに心を落着かせるのか。芙佐は目を細め、光る風景を遠眼鏡（とおめがね）で見るように遠くしたり近くしたりして眺めつづけた。

松之家は磨きこんだ格子の奥に竹の植ったせまい庭があり、その奥に二階家が建っている。格子も、はめ板も黒光りするほど磨きこまれていて、庭の石も一粒ずつ洗ったように清らかだった。

暗い玄関の土間は広く、田舎の大百姓の家かお寺に入ったような感じがする。清子がおとなうと、奥から黒っぽい前垂れをした中年の女が顔を出した。

「あ、お清の女将さん、おこしやす」

「こんにちは。女将さんおいやすやろか。こないだからお話してあった女の子をつれて来てみましたさかい」

「はあ、そうどすか、ほな、そない伝えてきます」

女が奥へひっこむと清子が小声で芙佐にいった。

「あれが、女中さんのお町さんや。しっかり者やから、あの人を何でも見習いなはれや」

「ええ」

芙佐は、色の黒い頰骨の高いお町を狐に似てるなと思った。すぐ引きかえしてきたお町が、上れという。

清子はそこの玄関のくつぬぎからは上らないで、土間の奥の格子をあけ、台所の方へ入っていった。芙佐がその後につづくと、細長い台所は、壁ぎわに、黒いへっついや流しが並んでいて、流しの奥には井戸まであった。井戸の上に真黒にすすけた神棚がありこれも黒光りのした荒神が祭ってある。青い榊が上っている。台所には一種の冷気が沈んでいて、ひやっと全身がひきしまった。清子が細長い土間から上り、履物(はきもの)を揃(そろ)え直した。その通りに真似て芙佐も上った。

台所の奥の六畳に通された。たぼをたっぷり入れたひさし髪の女が、長火鉢の向うで長い煙管を吸っていた。この女もやはり細面で顎がとがり頬骨が高い。細い目が吊り上っていてやはり狐に似ていた。お町が黒狐なら、こっちは白狐というところかと、芙佐は思った。青白い皮膚がつるつる光って、白粉気もない。年は芙佐にはわからなかった。

「女将さん、お邪魔いたします、これがせんにお話いたしました遠縁の娘ですけど」

清子が紹介すると、女は頭も下げず、びっくりするようなしゃがれ声をだした。

「へえ、そうどすか、そらまあお世話さんどした。何という子どしたかいなあ」

「へえ、芙佐と申します」

「年は」

清子が知っているのに芙佐の方をふりかえっていった。

「なんぼや」

「十四です」

芙佐が答えた。

「あれ、この子は東京弁つかうのかいな」

女将が煙管の吸口をくるっと廻して芙佐の額を突くようにさしていう。

「いえ、あの、三年ばかり東京にいてましたさかい」

清子があわてて、大失敗でもいいわけするようにいった。

その晩から、芙佐は「松之家」に住み込むことに決められた。これまでいた馴れた女中が急に暇をとっていき、「松之家」は人手がなくて困りきっていたのだ。紺絣の前掛と、赤い襷を与えられ、芙佐は清子が引きとるとその場から台所に立たされた。

町子はそんな芙佐に、にこりともしないで、流しにたまった洗い物を洗わせた。

「あんた、東京にいてたって？」

自分は巻煙草に火をつけながらいう。

「はい」

「そのはいっていうのも東京弁かしらんけど祇園町のおちょぼの返事としてははけったいやなあ、へえとおいいやす」

「は……へえ」

「奉公ははじめてどすか」

「……へえ」

「まあ、いつまでつづくかねえ」

芙佐がふりむくと、町子は薄い唇をひきつらせてにやりとしている。ぞっとして芙佐はあわてて首をかえした。その拍子に手桶の中でがちゃっと皿や小鉢が鳴った。

「ほい、小皿一枚でも割ったら大変でっせ、ここの女将さんはそら、きつうおっせ、びしびしお給金からさっぴかれますさかいな、よう覚えときやす」

「へえ」

芙佐は急に手の中の物がずしりと重く感じられた。背をむけても、背に町子の視線を感じ、指先までこわばってくる。洗い物が終ったら、すぐ拭(ふ)き掃除だった。町子が雑巾(ぞうきん)のしぼり方からバケツの水のかえ方、はたきや箒(ほうき)の使い方まで教える。一度聞いたら、二度とは聞けない雰囲気があった。芙佐は緊張して首筋が痛くなってきた。大広間から小部屋までいれると、六十畳に余るところをひとりで掃除させられるらしい。その上、俊の部屋の紫檀の飾り棚を空(から)ぶきしなければならない。食事は台所の隅で、町子とこそこそとかきこむように食べる。

「奉公人は早飯も技のひとつでっせ、うちの若い頃などは嚙まずにのみこんだものや」

横でそんなことをいわれると、たべているものが咽喉にひっかかるようであった。

夜の九時頃からがお茶屋は忙しくなる。客が入る度、お茶をいれなければならないし、下ってくる食器を洗わなければならない。町子の外に仲居が二人いるが、彼女たちは、客の送り迎えや、座敷での客の相手や、芸者や舞妓の呼び出しに大童だ。客のぬぎ捨てた履物を揃えることも芙佐の役目だった。その晩最後の客が引きあげたのが午前二時だった。それから洗い物を片づけて、座敷をざっと掃きだしてしまったら、もう四時近くになっていた。町子はその日、何をするにも少しばかり手本に自分がしてみせて、あとは芙佐にやらせる。芙佐のする仕事を横でじっと監督していて決して手を出さない。

「さあ、御苦労はん、休みまひょ」

町子がそういってくれた時は、もう芙佐は口もきけないほど疲れはてていて、その場にぺたんと坐ったきり、身動きも出来なかった。

「今度の芙佐はどううえ、つづきそうかいな」

お俊が町子に訊いている。芙佐は郵便局まで使いに出されて留守の間だった。もう芙佐が「松之家」に来て半月はすぎていた。

「へえ、えろう芯のきつい子でんなあ、たいていの子は来た晩から三晩ほどはめそめそしてますけど、あの子は泣いてるのみたこともおまへんわ」

町子が、それが腑に落ちないとも、小憎らしいともとれるいい方をする。

「鈍いんやろか、強情なんやろか」

「さあ、どっちでっしゃろなあ」

「まだ何も台所のもん割らへんか」

「へえ、えろう気いつけてますなあ」

「ままはようたべてるか」

「そうでんなあ、食は細い方どすなあ」

「そらええわ。この前のほら、邦子やったか、あない大食いの子はかないまへんわ」

「口はきれいな方どっせ、そやけど、心のうちのわからん子どすなあ」

町子は首をかしげる。

「目から鼻へぬけるようなすばしこい子も気味が悪いもんやけど、あの子は頭がええのやら、鈍いのやらわからんようなぼうっとした顔してるやろ」

「へえ、そやけどなかなか頭はよろしまっせ、わてが心配してるのはあれであの子は猫かぶりやないかと思いますわ。あの年で、あない素直にへいへいいうて、かげ日なたのう働く娘がいますやろか。もしかしたら、油断のならん子やないかと思いますわ」

「そらお町の考えすぎや。ま、間に合う子ならええやないか。実はなあ、昨日のことや、うちが清水さんへ朝詣りしよう思うて、六時起きしましてなあ、玄関へ出たら、うちの下駄がちゃんと揃えてあるやないか。いつでも朝詣りの時は誰も起さんと自分でそっと出かけますやろ、これはどないしたんやろ思うて、下駄をはいてみたら、台所からあの子が首をだして、朝の挨拶するやないか。あんた何でそない朝早う起きたんやいうたら、へえ、女将さんが昨日、ますやの女将さんと、一日と十五日の朝詣りだけはまだかかしたことないというお話してはったのを、聞くつもりのうて聞いてしまいましたからと、こういうやないの、今日は十五日でっしゃろ。それを覚えていて、ちゃんと起きてるんやないか」

「そこがそれ、何やら気持悪うおすねん。まだ子供のくせして、そこまで気いつくのは末恐ろしいまっせ。やっぱりおちょぼはちょっとばかし、ぼんやりしたのを、びしびし仕込むのがええのんとちゃいますか」

「まあ、考えとこ」

お俊は町子のいい分を聞き流して煙管の掃除をはじめようとして長火鉢の引出しをあけ、はっと手をひいた。ひきだしの中にきちんとよられたこよりが三十本あまりゴム輪でとめておさまっている。その一本をひきぬいてみたら、ぴんとみごとに突ったった。

あれは三日前だったろうか。お俊が手習いの反古紙をさいてこよりをつくっていたら、飾り棚のからぶきをしていた芙佐が横へ来て膝をついていった。

「女将さん、すんまへんけど、うちにもこよりのより方教えていただきたいんですけど」

芙佐はまだ時々東京弁が出る。

「へ、あんた、こよりもようよれまへんのか」

「すんまへん、うち、ついまだ習うたことないのんどす」

「そうか、ま、聞くは一時の恥、聞かぬは一生の恥いうわ。知らんことは覚えといた方がええに決ってます」

そこでお俊は紙のさき方からこよりのより方まで手をとるようにして教えてやった。芙佐はお俊の前で一、二本よってみたが、どれもふにゃふにゃしてうまくいかなかった。

「難しいもんどすなあ」

「そうか、ま、覚えといた方がよろし、役に立つもんやさかい」

「へえ、おおきに」

芙佐はその時、もう捨てかけていた習字の反古をまとめてお俊の前からひき下った。今、ここに入れてあるこよりは芙佐があれからつくったものにちがいなかった。

お俊が自分で煙管の掃除をする時、何本もこよりを使うのをいつのまにか見ていたのだろう。今までこんなことをしてくれた女中はひとりもいなかった。

——妙な子やなあ——

お俊はひきぬいたこよりを煙管に通しながら、町子のことばを思いだしていた。たしかにきれすぎる奉公人も使い難いものなのだ。しかし何といってもまだ芙佐は小学校を出たばかりなのだ。将来、どうなるか、どうするつもりか自分でも気づいていないにちがいない。もしかしたら、あれで案外辛抱して、お茶屋の一軒も持つような女に成長するのではないか。お俊はちょっと煙管を持ったまま、考えこんだ。芸者はサラブレッドがいいがお茶屋の女将は必ずしもそうではない。栄えるお茶屋の女将は案外他所者が多い。祇園の旧すぎる伝統にしばられ、手も足も出ないのが祇園生れの女将なら、思いきった商法や、改革をやってのけて、客の気持をひきつけるのはいつでも他所者の女将のようだった。

——まあ、どっちにしても芙佐が一人前になるのはまだまだ先のこと——

お俊はつぶやいてこよりをひきぬいた。

今年は春が短く、梅雨が長かったが、梅雨があけると、かっと夏の陽が照りつけて、暑さも例年にない早さと烈しさで訪れてきた。

芙佐にははじめての京都の夏は釜でいられているような感じがする。台所が家じゅうで一番ひんやりしているのがせめてもの救いだ。

七月に入ってまもない頃、女将の使いで、四条ぎわの料亭の床へ出かけた。鴨川ぞいの料亭や席貸屋では、夏になると競って床を河原にはりだし涼をとる客を迎える。夜になると、床にはぼんぼりの灯がともり、客や芸者や舞妓の姿もその灯に浮んで、橋の上や河原から眺めると芝居の舞台を見ているように情緒があった。

芙佐は四条大橋の手すりにもたれて、川の風景を眺めた。はじめて京都に来た日、この大橋の上から眺めた風景の美しさを忘れはしない。河原はようやく暮れそめて、床にともりはじめたぼんぼりの灯が花のようにつらなっている。川上にも川下にも床は並んではり出されているので長い廊下が河原の上につづいているように見える。隣との境を簾でかこっている床もある。流しが床の下の遊歩道を三味線をかかえて歩いていく。手ぬぐいで顔をかくしているのでよくはわからないが夫婦づれらしい男女は、もう若くはないようだ。まだ三味線を鳴らすには早すぎるのか、とぼとぼ歩いていく後姿がどこか淋しい。尺八の音が橋の下から聞えてきた。虚無僧（こむそう）姿の男が尺八を吹きながら河原にあらわれる。ひとつの床の下に立って、物哀しい曲を吹くと、床から長い竿がのびて虚無僧の前にくる。竿の先に小さな竹籠がつけられていてその中にいくばくかの小銭がおひねりにして入っているのだ。虚無僧がそれをとり、深い礼をかえすと、また竿がひきあげられる。床で竿をあやつっているのはだらりの帯が重そうな舞妓だ。芙佐は遠目にも舞妓の絽の夏振袖の模様が蝶々なのを見とめた。千代菊はんやわ。芙佐は心の中でつぶやく。文楽の娘の頭のように整った顔の千代菊は、舞妓の中でも一、二の花代を稼ぐ売れっ子だった。たしか十五といっていたから、自分より一つだけ年上だと覚えている。同じ、祇園に住んでいても、あの千代菊はんみたいに毎日きれいなべべ着て、いいお座敷で遊んでる人もあれば、自分のように暗い冷い台所で年中働いている者もある。どうして人間はこう、たどる運命がちがって生れあわせるのだろう。私だって、千代菊のように美しい顔に生れついていたら、はじめから舞妓としてかかえられただろうに。芙佐は自分ひとりのぐちを胸につぶやいてみて、何だか物悲しくなってきた。

あ、そうだ、こんなところで油を売っていたらしかられる。芙佐は気をとり直して橋を渡りきってしまった。

目ざすお茶屋は橋の袂に近い場所にあった。広い玄関で「松之家」の客に用事があってきたとのべると、男衆がすぐ客にとりついでくれた。客から頼まれた客の本を女将の代りに届けに来ただけだからといったが、男衆は何でもいいから上れという。芙佐は磨きこまれた玄関に上る時、自分のはだしの足のあとがつきそうでひやっとした。

男衆に案内されて三階の床へ行きながら、芙佐は益々おびえてきた。

「お客さんのおつれがお嬢さんづれでなあ、話相手がのうて退屈してはるさかい、同じような年頃の女中さんが来るいうてさっき松之家はんから電話があった際、一時間ぐらいお嬢さんのお相手にあんたをお借りする話がついてるんや」

男衆が早口に説明してくれたのでようやく芙佐にも今の立場がうなずけてきた。

床に上ると、広い床を衝立でしきって、いくつも席が設けられている。芙佐はもうそこに上っただけで、舞台に上ったようにどぎまぎ上気した。

床の向うは鴨川が流れ、その向うに今出てきた祇園の一帯が拡がっている。そのまた奥には東山がなだらかな背を横たえている。

「松之家はんからのお使いさんが見えました」

男衆が膝をついて、ひとつの席の中へ向かって声をかけた。

「あ、そうか。待ってた。どれ、持ってきたか」

白絣に絽の夏羽織を着た初老の男がふりかえって芙佐の方を見た。

「へえ、女将さんからあずかってまいりました。おたしかめ下さいいうことどした」

芙佐は膝ですりよって、うやうやしく紫のふくさにつつんだ本をさしだした。その時だった。

「まあ、芙佐ちゃん、芙佐ちゃんじゃないの」と、叫んだ声がある。芙佐はびっくりして声の方をみつめた。

「ああ、華子さん」

叫んだまま愕きのあまりその場に腰を落してしまった。

「パパ、この方、あたしの学校のお友だちでとても仲よしだった雪村芙佐さんなの、六年生の時、急に転校なさったから、とても心配していたの」

芙佐は、びっくりして口もきけなかった。

白地に紺のさっぱりした水玉のワンピースを品よく着て、長い髪を背に流し、白い大きなリボンで蝶のように結んでいる少女は、あの番町小学校で誰よりも仲よくしていた桂木華子だったのだ。

「ああ、それはよかったね、思いがけないところでお会い出来て」

白い背広の上衣をぬいでワイシャツの袖をワイシャツ止めであげている紳士がいった。あの頃、一度も逢ったことはないけれど、華子の家のピアノの上の写真立に写真が入っていたのが見覚えのある桂木教授だった。

芙佐は夢を見ているのではないかと思った。

「まあ、ここへ坐って、ゆっくりお話聞かせてちょうだい」

華子は芙佐の手をとって自分の横へ坐らせた。桂木教授が、通りすがった女中を呼びとめ、もう一人前と料理を追加した。

「そいつはよかった。へえ、この女中さんとお嬢さんが学校の友だちで……へえ、これは奇遇でんなあ。よろしおます。松之家の女将へわてから電話かけて、この子を今晩一晩かしてもらいまっさ。これが舞妓なら、花さえつければ話は早いとこですけどなあ」

着物の男はわっはっはと豪快に笑って、自分から座を立ち、男衆を案内に階下の電話の所まで下りていった。

「どうしてお手紙くださらなかったの。あたし、三度もお手紙だしたのよ。でもみんなかえってきて」

華子は芙佐の手をとったまま恨めしそうにいう。

「でも、どうしてこんなところに芙佐ちゃんはいるの、どうしてお手紙くれなかったの」

華子がやさしくいってくれるのが嬉しいよりまず恥しくて、芙佐はうなだれてしまう。自分の如何にも女中じみた着物姿が今更のようにかえりみられるのだ。

「あんたは、ただの下働きだけの女中やおまへんで、清子さんからちゃんと頼まれたうちのかかえのおちょぼでっせ。ゆくゆくは仲居にして、しっかり働いてくれたら、お茶屋の一軒も出させてあげようという腹どすさかい、ようきばってもらわなあきまへんで。普通の女中やないという気位持ってなあきまへんで」

この頃二言めにはお俊にいいきかされている言葉だが、お嬢さん育ちの華子の上品さの前に出ると、女中の気位など持ちようにもあらわれて来ない。

「いろいろ、事情がありましたから」

「そう……大変だったのね。でも、お友だちっていうのは困った時に扶けあうものでしょう。芙佐ちゃんは水くさいと思うわ」

「へえ、すんまへん」

もう沁みついてしまった祇園の言葉で芙佐はあやまり深々とうなだれてしまう。

「華子、そうせっかちにお話を聞くものじゃないよ。芙佐さんはここで思いがけなくお前に逢ってびっくりしていられるのだもの、もう少しゆっくりお話なさい。何なら、食事をふたりで早くすませて、ホテルへ帰って、お話してもいいんだよ。芙佐さんの御主人の方へは、パパがちゃんと話をつけてあげるから」

「そうお、じゃパパ、お願いしてよ。ああ、嬉しい。でもよかったわねえ」

　華子は芙佐の手をとってしっかりと握りしめる。着物の男がそこへ帰ってきて、

「松之家」から芙佐の身柄をもらってきたとつげる。

　そこへ追加の鱧(はも)の洗いや、吸物や鱧ずしが次々運ばれてきた。女中が気をきかせて、子供たちだけ別の卓を横に用意してくれて、大人と席を分ってくれた。

　芙佐はようやく気持が落着いて、料理にも箸(はし)がのびるようになった。華子の話してくれる学級の誰彼の消息や、先生の噂話を聞いているうち、自分も学生にもどったような気がしてくる。華子は白百合(しらゆり)高女に上っているのだという。自分ももし、父さえあんなことにならなければ、今頃は華子と同じ女学校に上っていたかもしれないのにと思うと、胸がせまってくる。

「奉公はつらかなくって」

　華子はいっていいのかどうか迷ったあげくのように小さな声で訊いた。

「ええ、それは自分の家にいるようなわけにはいきません。でも、また、いろんなしらないことを覚えて、面白いとこもあるんです」

「舞妓さんてきれいねえ、あたし、近くでみたいわ。芙佐ちゃんは祇園のお茶屋さんにいるなら、どうして舞妓さんにならないの」

「あたしは器量が悪いから」

「あらっ、そんなことなくってよ」

華子は真顔で否定する。

その夜、鴨川の床をひき払ってから、桂木教授は芙佐のために、娘といっしょに早目にホテルへ引きあげた。ホテルの部屋へケーキや紅茶を運ばせてから、ゆっくり娘たちの話を聞いてやった。目の中にいれても痛くない一人娘の華子が病身なのだけが桂木教授の悩みの種だったから、小柄だが、ぷちぷち肉のしまった見るからに健康そうな芙佐が羨ましくなる。

「いいかい芙佐ちゃん、人間には様々な運命がある。神さまは公平で、一人の人間にだけいいことばかりは与えない。長い一生を見れば、一人々々、いいことや悪いことに繰りかえし見舞われるものなんだよ。昔の人も禍福はあざなえる縄の如しといっているでしょう。雨の降る日は厭だなあと思っていても、雨の日が一ヵ月もつづくということはない。雨のあとにはきっとお天気がめぐってきて青空が上るものだ。人間の生活もそういうものなんだよ。芙佐ちゃんには、はじめてお逢いしたが、なかなかしっかりしている。うちの華子なんぞはまるで温室の花で、霜(しも)や風にあてたら一たまりもない。しかし芙佐ちゃんはもうしっかり、雨風にあたって、きたえられているんだ。りっぱなものだよ。心に誇りを持って、堂々とやんなさい」

「へえ、おおきに」

芙佐は桂木教授の言葉を聞きながら、女将さんと同じことをいうてはるのやろかと思った。女将のいう気位といい、桂木教授のいう心の誇りといい、つまりは同じものだろうか。

「いいかね、芙佐ちゃん、人間はね、何でも自分の選んだ道がこうと決ったら、そこで必死にならなきゃだめだよ。その道で第一人者になろうと努力しないとだめだよ。日本一の女中さんになりなさい。まず松之家でなくてはならない女中さんになり、その次は祇園になくてはならない女中さんになる。出世して女将さんになったら、これまた祇園一の女将さんにならなければだめだよ。いいかい、こうやって、華子と思いがけないところで逢えたのも何かの縁だ。華子はね、ひとりっ子で淋しがりやの内弁慶でだめなんだ」

「いやよ、パパ、だまって聞いてたら、華子の悪口なの」

華子がすねた真似をして、父をうつ真似をする。芙佐はこんなやさしい物わかりのいい父を持つ華子がしみじみ羨ましかった。満州にいるとかいう自分の父はいったいどこを放浪しているのだろうか。

華子が、父親の背後にまわり、耳に口をあてて何かいった。

「ね、ね、いいでしょうパパ」

甘えきった声に、桂木教授の目がなごみ、いいともさといってうなずく。華子は部屋のすみのトランクから一巻きの反物をとりだしてきた。さっと芙佐の前にひろげると灯を吸って絹の艶が光り、ピンクの地にしだれ桜が夢のように浮んでいる。

「これ、私に今日買ってもらったの、でも芙佐ちゃんに記念にさしあげたいの、とってちょうだい」

花と燈

夜、義理のある出版記念会があるまでに、時間があったので、敏子は車で少し寺でも廻ってみようという気持になった。年に幾度となく京都を訪れていながら、いつでも仕事に追われ通しのスケジュールで、尋ねたい寺や名所はついつい見落している。毎年、どこの寺の桜、あの山の紅葉、あそこの月と、あこがれは限りなくあるくせに、いざとなると、いつも花や月や紅葉に早すぎたり遅すぎたりしてそれを見失ってしまうのだった。

東京の暮しには季節がなかった。敏子は本郷のマンション住いをして、里の家から嫁入って出戻った昔からの女中を通わせて暮している。マンションの七階に自分の部屋を持ち、二階の一角を会社に当てている。ほとんど外交が多いため敏子が会社の社長室や編集室や自分の部屋にいることも少ない。夜、自分一人になってマンションの自分の部屋に落着く時、七階の眺めは燈の色に彩られ、見方によっては夢の世界のように美しい。夜訪れた客のすべてがその眺めに讃嘆し
「東京じゃないみたい、いいわねえ、こんな眺めを見下せて」

という。

敏子は曖昧に笑って返事をしない。確かに無数のネオンの燈や密集した人家の燈のまたたく東京の夜景は美しいといえば美しい。敏子は自分の窓の燈もよそから見ればオレンジ色のカーテンを通して雛罌粟のように潤み、内にどんな温かな団欒を想像されるだろうとおかしくなる。もう若くはない孤独な女が、広すぎる部屋で一人深海の魚のように身じろぎもしないで酒を飲んでいる。誰がそんな場面を想像するだろう。

敏子は外出の時も家中の燈という燈をみんなつけて出かける。手伝いの時子が不経済だとぼやくが敏子は聞き捨てにしている。外から帰ってきた時、真っ暗な家の中に

誰にも迎えられず入ってくるほど、物哀しいことがあるだろうか。同じような意味で、敏子は部屋という部屋に花を絶やしたことがない。敏子の花好きを知って、客のほとんどが菓子折の代りに花をもってきてくれる。アパートの一階にある花屋は敏子が花代にいと目をつけないのを知っていて、新しい花の入荷がある度に、見計らって届けてよこす。一人酒に酔いながら、煌々と輝く燈火の下であふれるような花々に囲まれる。窓の外には地平まで続く燈が漁火（いさりび）のように広がっている。敏子の孤独が、極ってくる。早く再婚することも男を通わせることも考えないではなかったが、敏子が自ら選んだ孤独の贅沢さだった。

　敏子の部屋の花々はたいてい温室の花だった。世界中の花の種類は集められても、花々にはすでに季節がなくなっていた。風鈴もマンションの防音装置の窓には吊すことが出来ない。

　雨や、雪や、風が、季節を僅（わず）かに知らせても、ビルの谷間を駆けぬけてくる雨や雪や風にはやはり、森林の臭いも海の臭いも失われている。

　個人タクシーの運転手は初老の落着いた男だった。敏子が泉涌寺（せんにゅうじ）と東福寺（とうふくじ）へゆきたいというと、すぐ車を川沿いに走らせながらいった。

「お客さんは相当京都へ来てられますなあ」

「え、どうして」

「いや、泉涌寺や、東福寺へいけといわはる人は、一、二へんくらい京都に来られた人には少のうおまっせ」

「あら、そうかしら」

「この頃は、名所というと、もうわんさと人が仰山おしかけてどないもこないもならしまへん。嵯峨がそうでっしゃろ、大原(おおはら)がそうでっしゃろ」

「そうね、この間、大原へいってがっかりしたわ、ずいぶん。寂光院(じゃっこういん)の前に何だかお店が立並んでねえ、そら、便利といえば便利かもしれないけど、京都も本当に観光に力を入れるつもりなら、ああいうもの許可すべきじゃないわね。知事さんも川ぞいの道ばかりきれいにしてないで、いっそ、あそこまで気を使ってほしいわ」

「そうどすなあ、わてら、お客さんを運んだらええだけの商売ですけど、昔、小学校の先生したこともありますさかい、ちっとばかし歴史かじってまっしゃろ、それだけに、ああいう史的な名所が俗化するのはかないまへんわ」

「ああ、そう、先生だったの」

「へえ、歴史が好きでしたから、タクシーの運転手しても、お客さんからいろいろ訊かれると、はりあいがあって自分もまた勉強し直したりしています」

「そう、あなたの車に乗った人は幸せね」

「お客さんは京都でどこが一番好きどすか」

「そうね、よく来るわりに方々へいってないんですよ。西山あたりは案外人が行かないで好きだけど」

「へえ、それはいよいよ通ですなあ」

「花の寺のね、桜をみたいと思って、何年もあこがれてるくせに、どうしても桜の時にめぐりあわなくてね、そのかわり、燃えあがるような白木蓮のさかりに行きあわせたことがありますよ」

「はあ、勝持寺というのが本名どすけど、花の寺いう方がもう通りがようなりましたなあ、そうでっか、あの寺に白木蓮がありましたか、わたしの方がこれは教えてもらいますなあ」

「それはきれいなものなの、白い炎が燃えてるようよ。それから、あそこの落椿の時もゆきあったけど、それも見事でしたよ、まるでビロードの赤いカーペットをふんでいくみたい」

「あ、椿の方なら、わたしも知ってます。あれもええもんどすなあ、ほなら、お客さん、今年はぜひ花の時おこしやす。あと、十日で、花は満開になりまっせ」

「あと十日ね、また見逃しそうね。明日帰らなきゃならないから」

「お忙しいですなあ」

運転手にいわれて敏子は苦笑した。

泉涌寺の方が早く閉まるから先に行った方がいいというので、運転手まかせにする。博物館と智積院の前を通りすぎると、東山七条から今熊野（いまくまの）、泉涌寺道、東福寺とつづくこの電車道は何となくざわついた賑やかさで落着きがない。この道を通る度、敏子はなぜか、東京の根津（ねづ）あたりの電車道を思いだすのだった。そういえば、あの通りも道を横町へ曲れば、東京の町中とは思えないような寺院が立並んでいる坂の上に出たものであった。

商店の並びの大道から左へ泉涌寺道をたどりはじめると急にひっそりとして別世界のようになる。

「今熊野のあたりの土は蛇ケ谷（じゃがたに）の土といいましてなあ、土質が陶器つくるのにええのやということで、このあたりは陶工の多いところです」

運転手が説明してくれる。

坂道はますます静かになり、学校があるのか制服の学生が三々五々つれだって降りてくる。やがて総門を入ると道の両側に松並木や塔頭がたち並び、あたりに森厳の気が漂ってくる。敏子はこの参道が気に入っていた。

「この道はほんとにいいわね」

敏子のことばを待ちかねていたように運転手が答える。

「孝明天皇さんの外、江戸期には歴代の御陵道だったそうですから、御親拝が多かったんで、こんな結構な道がでけたんやそうです」

道がつきると、門前の車よせに出る。そこの台地からは京都の町が一望の下に拡がり、その向うに西山の山脈がつらなっている。京都タワーと、東寺の塔が意外な近さに見える。

御所から持ってきたかという「東山」の懸額の上った立派な大門の前に立つと、門から奥は前下りの坂になっていて、その底に広大な庭が開け、仏殿が真中に、その背後に他の殿堂が立並んでいる。門の下にそれらの建物の屋根が重々しく沈んでいるため、ふと、この世ならぬ海底の寺院を見るように思う。あたりの空気の清澄さや、雰囲気の森厳さにも、俗界離れのしたものがある。寺院の屋根というものは、高く首をあげて見上げるものと思いこんでいた目には、この足下に沈んだ寺の位置には、思いがけない新鮮な愕きを受ける。もう何度かここを訪れているのに、やはり敏子は今日もこの門を入る一瞬、立ちどまって、塵ひとつ落ちていない白い境内の清浄さに頭の芯まで爽やかに澄みきるのを感じた。

「えらいゆっくりしたお詣りでんな、早う廻ってもらわんと閉まりまっせ」

門を入った右にある小さな事務所で門番の老人がいう。この老人がこの前来た時は
「このお寺は普通のお寺とはちがうんやからな、そやからここはおてらやのうて、みてらというてますのや。そのつもりで御行儀よく見てもらわんことには困りまっせ」

といばって、参詣者にお説教していたのを思いだす。敏子の前にキップを買っていた男の学生が三人長髪でヒッピースタイルだったので、老人はどんな行儀の悪いことをしでかすかと心配になって、注意していたらしい。

門を入るとすぐ左の奥に、小さな堂があり、その中に楊貴妃観音がおさめられている。極彩色の美しい観音は、楊貴妃をモデルにした中国わたりのものというが、人間臭い美しさが目立ちすぎ、観音らしい貴さはあまり感じられない。百年に一度の開帳だったから、これだけの極彩色が損われず、この真新しさを保っているのだろう。結跏趺坐し、両手で法相華を一枝持っている。泉涌寺の僧湛海が、宋に留学した時持ち帰ったものだそうだ。敏子はこの観音をそれほど好きではないけれど、やはり泉涌寺を訪れた挨拶のようにまず、この観音に一本の蠟燭をあげることにしている。

仏殿の右手前に天井に龍を描いた水屋形が建っていて、今も澄んだ清水があふれでている。寺号になった泉である。

仏殿の奥にまわると舎利殿があり、これは仏殿と共に重層瓦葺でどっしりと落着いている。ふと、背後で物さびた鈴の音がした。敏子が音の方をふりかえると、仏殿の軒の風鐸が、あるとも見えない風に鳴ったのだった。

そこから右の奥へ入ると、これはまた全くちがった趣きの宮殿風の雅びやかな檜皮葺の建物がある。霊明殿で、天智天皇以後百三十四体の天皇皇后の位牌を安置してあると案内札に書いてある。そこから更に石垣にそった清らかな道を右奥へ廻ると、一層、あたりは仙境じみてくる。風の音もやみ、四囲の山から、小鳥の声がかすかに聞えてくるだけだ。白砂の輝く庭があり、その四方は、すきまもなく、植えられた杉の大樹の枝々がつづいて、まるで翠の大屏風をたてまわしたようにみえる。野外劇の舞台にほしいような背景は、月輪陵の前庭なのであった。四条天皇をはじめ多くの天皇、皇后の御陵がその奥におさまっている。敏子は御陵を参拝するような気持は持ちあわさないが、この簡素で清潔で、この上なく静謐にみちた場所が好きで、いつでも、ここに来ると、うっとりと時を忘れてしばらく立ちどまってしまう。

ここへ来て、人にあうことはほとんどなかった。観光客の来ない場所は珍しくなっているので、ここだけは無闇に有名にならないようにと思わずにはいられない。菊池恭子が、この寺をどう扱い、関なおみがどのようにカメラにおさめるだろうかと想像するだけでも敏子は愉しかった。

ゆっくり門前にもどると、運転手が車の外に立って街を見下していた。西山の空の方が茜色に染まりかけている。

「いそぎましょうか」

敏子は声をかけて車に乗った。

「あのお寺はもとはああまで立派やなかったそうでっせ、何でも四条天皇が、親幕やいうので、のうなった時外のお寺が葬式引きうけなかったそうですわ、その時、このお寺が引きうけて以来、皇室と縁が出けたんやそうですなあ」

運転手の博学もいいが、敏子はもうだまっていてほしかった。

「あ、ちょっと止めて」

敏子はあわてて声をあげた。車がとまるのを待ちかねて、窓硝子をおろし、敏子は今来た方へむかって声をあげた。

「美弥子ちゃん」

軒下にビラのいっぱい下った薬屋の前から若い娘がふりむいた。ぱっと光りが内からさすような美貌の少女だった。

「社長さん、お長いことどす。どこいかはりますの」

駈けよってくるなりいう。大島の着物の衿をきゅっと細い首につめて緋色と緑で牡丹唐草(からくさ)を鬼(おに)縮緬に染めた帯をしめている。髪は舞妓の頭から、飾り物をとっただけなので、昔の桃割れの娘のように初々しい。いつもの舞妓姿の白塗りの時とはちがってほとんど素顔に近い頬や首筋が琥珀色にすきとおっている。つぶらな彫ったような張りのある目が、近眼なので、眦いっぱいに見開いてみつめるのがあどけなさを増し、人形のような整った顔に可憐さをそえてくる。美弥子を見る度、造化(ぞうか)の神にも会心の作というものがあるなら、美弥子のような少女を指すのであろうかと敏子は考えずにはいられない。

「あなたこそ、どこへいってたの、まあ乗りなさい」

「へえ、おおきに、でも社長さんはどこぞいかはるところでっしゃろ、うち、もう帰らなあきまへんねん」

「あ、そう、何時までに」

「お座敷は宴会が八時からどすけど、支度がありますやろ」

「そうね、じゃ、送ってってあげましょう。ま、乗りなさい」

「へえ、そうどすか、ほなおおきに」

美弥子が車に乗りこむのを待って、敏子は運転手にいった。

「すまないけど、東福寺はこの次にしましょう。少しおそくなったし」

「そうどすなあ、わてもそない思うてました」

　車は少し前むきに走ってからターンして道を引きかえしはじめた。美弥子が乗りこむと、白粉でも、香水でもない、甘い少女の匂いが車の中にこもって空気がやわらいでくる。大島の膝にきちんと揃えた手が文楽の人形の指のように反りかげんになって美しい。

「よかったわ。うち、車とめようかなあ思うてぼんやりしてたんです」

「そう、あたしはこんな姿の素顔の美弥子さんてはじめてでしょ。おやっ、人ちがいかなと思ったけど、髪をみて、やっぱりそうだと思ったのよ」

「蛇ケ谷の方に、おかあちゃんのお友だちがいてますねん。うちの小ちゃい時、お乳もろた人どすねん。その人がちょっと加減悪うしてるいうので見舞うてたんどす」

「じゃ、お乳母(めのと)さんね」

「へえ、でも、その人のお乳のんだこと覚えてえしまへんもの、ぴんときいしまへん」

美弥子は白い歯を見せて、くくっと笑った。

「ほんとに長いこと逢わなかったわね」

「へえ、そうどす。この前、おいやした時も竹之家はんから知らしとくれやしたけど、うち、生憎香港(ホンコン)へいてましたやろ、そいでお目にかかられしまへんどした」

「いいわね、香港なんかいけて」

「へえ、久爾代姐さんと静香ちゃんと鶴屋の女将さんを呼んでくれましてん」

「呼ぶって、お客さんが招待するの」

「へえ、そうどす」

敏子は、今でもそんな豪勢なことをする客が時々はいると、いつか芙佐から聞いたのを思いだした。ハワイあたりへ芸者や舞妓を十人近くもつれていき、一週間も遊ばした客があるとか、舞妓三人を一ヵ月ヨーロッパへつれていった客があったとか。

「何というても、その一ヵ月のヨーロッパ行は祇園でも話題どしたなあ、そら、舞妓の衣裳つけさせて、舞妓としての役目をさせての旅でしたなら、まあないこともおへんわなあ。そやけどそのお客さんは舞妓に洋服や普段着着せて、気ままにさせて、ただ見物させたんどすからなあ」

「何のためなの」

「そら純粋なお道楽でっしゃろ」

「おじいさん？」

「いえ、とんでもない。まだお若い方どっせ」

芙佐は相手の名はいわない。芙佐が口の固い時は言ってははばかる相手にきまっているので敏子も深追いはしない。

「旅につれる時は、舞妓の花代が時間でつきまっしゃろ、それに、旅費、遠出の割増、毎の食事、その上にお小遣いもいります」

「お小遣いまで」

「へえ、そら、いりますがな」

芙佐はけろりという。敏子はどんな男が、そんなことをするのかと呆れてしまった。別に男はその中のどの妓とどうする目的もなかったというのだからいっそう呆れた話として敏子は覚えているのだった。

美弥子の香港行もそんなものなのだろう。

「私もいったことあるけど、あそこは夜景がきれいでしょ」

「へえ、宝石ばらまいたようで……でもうちら、叡山から京都と大津(おおつ)見た方がきれいやいうてやりましてん。ほんまにそう思いましたえ」

美弥子は子供っぽくむきになっていう。

「アバディーンの水上レストランで活魚料理たべさせてもらいました。あそこはよろしおしたなあ」

「タイガーバームガーデンというのがあったでしょ」

「へえ、へえ、うち、気味が悪うていやどした。グロテスクでっしゃろ、何もかもごってりしてて、妙なお人形が壁いっぱいにつくられてはって」

美弥子は美しい眉をひそめて肩をすくめる。

「マカオはええとこでした。久爾代姐さんがルーレットでえろうもうけられて大喜びどすねん」

美弥子の話を聞いていると、小学生から遠足の話を聞いているような気がしてくる。人形のようにきれいだけれど、まだ、固い蕾(つぼみ)のまま女の生命はとじこめられていて、この美しい器にはそれを開く鍵穴も見当らない。

近眼の目はいつでもびっくりしたようにぱっちりと見開かれ、美しさを物心ついた時からほめそやされて育っただけに、物おじをしらない視線で真直相手の目を見つめてたじろがない。硝子のように透明だけれど、翳(かげり)のない目は、人形のように空しく見えることがある。

「うち、何ででっしゃろ、お客さんがみなさんまるで色気ないいわはりますねん。色気ってどないしたら出ますんやろなあ」

座敷で本気でいったというのが笑い種になっていて、客の中には美弥子の顔を見る度
「美弥ちゃん、耳よりな話あるでえ、色気の出る薬、この頃売り出してる薬局みつけたでえ」

とか
「色気の研究どこまで進んでる？　免許はわいがやってもええでえ」

とかからかうのを愉しみにしている連中がある。喋り方もさっぱりして、およそかげりがない。それでも目を愉しませてくれるだけで美弥子の美しさは祇園の花のひとつで、花代の成績はいつでも一、二のところを占めていた。

「美弥ちゃんは旦那はんがいまへんやろ、そやから、花代いうのが全部純粋の花代どすから、ほんまいうたら、いつでもここ、三、四年は美弥ちゃんが一番どっしゃろなあ。そいでも、旦那のある舞妓ちゃんには、旦那が花つけますさかい、その方が多うなったら、なんぼ座敷でまめに稼いだかておっつきまへんわ」

悦子がいつかそんな話をしてくれたのを敏子は思いだしていた。敏子が美弥子と個

人的に親しくなり、祇園へくれば必ず美弥子に声を掛けるようになったきっかけはあった。

まだ、敏子が「ゆきむら」よりホテルの方に多く泊っていた頃だった。竹乃家の座敷に客をした時、ホテルの食事の話が出て、三日もホテルにいたら、梅干の入った三角むすびに、美味しい漬物をばりばり食べたくなると、話したことがあった。酔ってもいたし、そんな話をしたのをすっかり忘れていたが、翌日、ホテルで目がさめたら、階下に美弥子が来ているとフロントから電話があった。

すぐ部屋に来てもいいというと美弥子が入ってきた。大きな紫矢絣の着物を着て、黒繻子(くろじゅす)と鹿の子の昼夜帯をきりっとお太鼓に結んだ美弥子は、髪は洗ったところだとかで、明治の女学生のように大きなお下げどめで止めていた。

「はいこれ、うちがつくったんどす。下手くそやけど、お漬物はうちのおかあちゃんが自慢の糠味噌漬やから美味しい筈ですけど」

小さな重箱にのりをまいた三角むすびがずらりと並び、もう一重ねには漬物が魚のようにきれいに並んでいた。

敏子は愕いて美弥子の顔をみつめた。

「どうしたの、これ」

「社長さんがお座敷で、三角むすびとお漬物食べたいっていわはってでしたやろ、御馳走やったら、うちの手におえまへんけど、おむすびぐらいならつくれるなあ思うて、つくってきたんどす」

「まあ、それはどうもありがとう、ほんとに嬉しいわ」

座敷での話を真正直に聞いて、こんな真心をみせてくれるのが芯から嬉しく敏子は美弥子の心根を可愛らしく思った。

そんな縁があって、美弥子をついひいきにするつもりになる。美弥子の年代の舞妓たちは、美人揃いで、彼女たちがわっと集ってくると、座敷は急に賑やかに晴れ晴れとするのだった。

敏子が同性なのと、彼女たちにとっては若い母か大きな姉くらいの年齢だから気がおけないらしく、普通の座敷でならとりすましている妓たちも、敏子の座敷にくるとはめを外し、わいわい、いいたいことをいってはしゃぐのだった。

「この間なあ、東京のホテルでほんまにおもろかったなあ」

「え？　なにえ、なんの話？」

「ほら、あ、た、ま……」

「あっわかった、あの時ね、ほんまや、おかしなったなあ」

舞妓たちは軀をうちつけあって、きゃっきゃっと笑い声をあげる。

「何よ、何よ、話してよ」

敏子も若い娘のように弾んだ声をだして訊いてやると、古典的な美人のくせに誰よりもユーモラスで、お喋りな沙知子が話しだすのだ。

「うちらがなあ、この間いっしょにお休みとってみんなして東京へ遊びに出ましてん、その時になあ、ホテルのビュッフェで美弥子ちゃんと静香ちゃんとうちの三人でぺちゃくちゃ喋ってたら、若い男の人が隣のテーブルに二人でいてはって、あのうもしもしってこうどすねん」

沙知子が胸を反りかえらし、片手と顎を突きだして男の声色をする。

「きみたちわあ、あのう、京都のお嬢さんですか」

「へえ、そうどす」

美弥子がその時を再現して相槌をうつ。

「学生さん？」

「さあ、何に見えまっしゃろ」

「いやあ、さっきから、聞いてたけど、京都弁っていうのはわからないね、しかし実にいいなあ。ちょっと、そっちのテーブルへ移ってもいいですか」

ろげる。

沙知子の声色と所作があんまり面白いので、舞妓たちは袖で肩を叩きあって笑いこ
「そいでねえ、その男の人たちが、うちらが舞妓やいうても信じしまへんねん。みんなその時申しあわせて洋服着てましたから。それで話の勢いで、舞妓やったら証拠みせろいうことになって、うちらが、ほな、見せたろかって、目で合図しましてん」

静香が二人の男の前へ、にゅっと頭をつきだして、ポニーテールにしている髪の毛のてっぺんを、両手でさっとひらいてみせた。

男たちは、あっとうなって目をまるくする。若い娘の頭のてっぺんに三角型の禿が出来ているのだ。

「おわかりい？」

剽軽な沙知子が人さし指を立てて男たちにいう。

「この三角禿こそは舞妓の証明なるぞ」

「へええ、はじめてだなあ、そんなに禿げるほど髪をひっぱっちゃうのかい」

「そうよ。中学出てすぐ髪結いますやろ。自毛で結うものやからこういうことになるんどす」

「なるほど」

男たちは無条件で感心する。

「きみも、それからきみもあるの、同じ禿」

「へえ、そうどす」

「痛くないのかい」

「いつのまにやら、自然と抜けてしまいますのや。うちらの髪の結い方は三角になるように出来てるんやそうどす」

「でも、それを見せてもらわないと、全くわからないね、きみたち洋服も似合うんだね、すてきだよ」

「へえ、おおきに」

三人は顔を見合せて無邪気に笑う。

「そいじゃ、うちら、もういかななりまへんさかい」

沙知子が自分たちの伝票をとろうとすると、あわてて男がいった。

「いいよ、いいよ、ぼくらが払うから」

「へえ、そうどすか、ほならおおきに」

「また祇園へもおこしやす」

「えらくなったらね、まだ親がかりのぴいぴいだからとてもだけど」

男たちは育ちの好さまるだしの笑顔でいう。三人はさっと外へ出てしまった。

「と、いうわけどすねん」

沙知子が一通りの話をして聞かせた。

「うちらの禿みた時のあの人たちの顔付いうたらなあ、こうどしたえ」

沙知子が男たちの表情を真似てみせるのがおかしいといって、舞妓たちはまた肩をよせあって、きゃっきゃっと笑いさざめく。

舞妓たちがゆれ動く度、髪と化粧の匂いがゆれ、簪の音がしゃらしゃらと鳴る。

「でも、いいじゃないの、その若い人たち、さっぱりしてて」

敏子も口をはさんで興がってやる。

「へえ、そうどす。今時の若いサラリーマンにしては素直な人どしたえ」

静香のひどく老成したような口のきき方が敏子にはおかしくてふきだしてしまうのだ。

敏子から見れば、舞妓たちはそれぞれに可愛くて、誰を特にひいきにするという気持もない。美弥子に縁があったのは、はじめて竹之家で呼んでくれたのが美弥子だったのと、弁当の差入れの気持がいじらしくて心に残ったせいである。

「うちなあ、こないだお座敷でからかわれましてん」

「何のことで？」

車が八坂神社に近づいた頃、美弥子が靨をつくっていった。

「美弥ちゃんは恋人出来たかって訊かはりますから、まだどすねん、世話しておくれやすっていいましたら、横にいたお客さんが、いやや、美弥ちゃんはレズやからなあってからかいはりますねん」

「レスビヤン？」

「へえ、誰とやと思います」

「はあ」

「社長さんとどすねんて」

「へえ」

敏子は大仰にふきだしてしまった。敏子がいつでも舞妓たちを呼ぶ時、まず美弥子の名を挙げるからであろう。

「それは御気の毒さま」

「へえ、営業妨害でっせ、まどうておくれやす」

「気の毒ねえ。じゃ、そのうち、あたしが恋人つれてきてみせてあげましょう」

「ひゃっ、社長さん、恋人いやはりますの」

「いたらおかしい？」

「いや、そういうわけやおへんけど」

美弥子はさもおかしそうにくっくっ笑う。

「鍵善(かぎぜん)でくずきりでもたべていきますか」

敏子がちょっと誘ってみたが、美弥子はやっぱり稽古が気にかかるといって真直帰りたがる。

美弥子を送りとどけてから敏子は車をパーティのあるホテルへ向かわせた。

「可愛らしい舞妓さんですね」

運転手が話しかけてくる。

窓外はもう町の燈が滲みはじめて、一日で最も美しい時間になっている。

「ええ、顔もいいし、芸もいいし、あれで色気が出たら、最高でしょう」

「今の舞妓はんは旦那がないんですか」

「さあね、どうやら、まだ旦那はとってないようですよ。家付の娘だから、わがままもいえるんでしょうけど」

いつだったか、美弥子とふたりで、竹之家の小さな座敷で、うどんをすすっていた時のことだった。

「うちなあ社長さん、易みるお客さんにこないだ手相みてもらいましたらなあ、美弥子ちゃんはこの商売むかへんいわはりますねん」

「ふうん、どうして」

「うちは、陽気そうに見えるけど、客商売はだめで、ひとりでいるのが好きやいわはりますねん。それあたってますのや」

「そうかもしれないわね」

「お嫁にいた方がええって、いわはりますねん」

客がふざけて出まかせをいってからかうのを、まにうけているのがいじらしく、敏子はうなずいてやる。

「旦那はんとらずにこうしてたら、衣裳代から何からみなおかあちゃんにかかってきますやろ、そやかて、いやな旦那はんとるのもかなわんし、おかあちゃんはええ人あったら、お嫁にいてもいいえいうてくれはるんどすけど」

「あの人はどうなったの」

敏子は訊いてやる。いつだったか、舞妓たちと例によってとりとめもない話をしていて、口々に贔屓の役者の名を彼女たちがあげるのを聞いていた時、美弥子が関西歌舞伎界の老名優の三男に、夢中だとからかわれていたのを思いだしたからであった。

「え？　誰のことでっしゃろ」

「ほら、関西歌舞伎の……」

「ああ、雪之助(ゆきのすけ)さんのことですか、あれはもう、あきまへんねん」

「あら、どうして、あたしはまだ一度も舞台みたことがないけど、凄い天才だってこの頃大評判じゃないの」

「へえ、そうどっしゃろ、やっぱり名人の子供ってちがいますなあ」

急に座敷での老人たちの受け売りの口調になってませた口をききながら美弥子は得意そうな顔になる。

「そやけど、雪ちゃんはあきまへんね」

「え？　あたってみたの」

「いえ、そんなことおへん、ただ時々、みんなと遊びに来るだけどした。わいわい遊んでとても愉しゅうおした。けど、あの人のお母ちゃんが義理でっしゃろ、何でもお母ちゃんをたててはって気の毒みたいのんどす」

敏子も雪之助は、父親の紫燕(しえん)が、外に生ませた子供を三つの時から引きとって本妻に育てさせたのだという噂を聞いたことがあるのを思いだした。歌舞伎の世界にはよくある例なので、一時、週刊誌のネタになったのを読んだ記憶があるが、それほど心にもとめていない。

「紫燕さんの奥さんは賢夫人の誉高いお人どっしゃろ、雪之助さんが、ああまで人気出はったんで、もう大変どすねん。うちらが電話したかて、全然、とりついでくれはらしまへん。女中さんが出はって美弥子どすいうたら、どこの美弥子さんですかって、こうどすねん。それから紫燕さんの奥さんが電話口に出はって、祇園の美弥子さんてあんたですか、うちの雪之助は出世前の役者ですから、お金も使うほど持ってえしまへん。遊ぶ閑かてありまへん。あんまり誘惑せんといておくれやすって、こうですねん。そいであっけにとられて、うちぼうっとしてますと、向うでがちゃんと、ほらきつう電話きらはりますねん。もう悲しいて悲しいて、その日一日、水もほしいことおへんどした。なあ、社長さん、そないえげつない口きかんかてよろしいおますやろ、うちかて、雪之助さんのファンのつもりどすねん。役者はお客あっての役者やおまへんやろか。うち、お座敷ではそらつとめます。そやけど、お座敷以外は対等やいうより、ファンどすもの、切符かて買うたげて見るんどっせ、そないびくびくぺこぺこせんならんことおへんやろ」

「そうよ、そうよ」

敏子は美弥子のつぶらな瞳に涙が滲みうるんでくるのを、ほんとうに美しいと眺めながらうなずいた。

美弥子の家は紅殻格子の家の軒下に、女ばかりの名前を並べている。他の置屋もほとんど同じような家構えであった。入口まで送りとどけて、敏子はホテルへ行った。

パーティのある広間へ入っていくと、丁度始ったばかりの会場は、すでに人が群れ、あちこちに知った顔があった。

敏子の姿を見かけて、いち早く近づいてきて挨拶する同業者もいる。

敏子の社とはよく企画がぶつかりあう京都の都書房の社長がウイスキーの入ったタンブラーを片手に近づいてきて、画家と話していた敏子に背後から声をかけた。

「やあ、植田さん、おこしやす」

五十代の半ばの社長は、美男でおしゃれで一分のすきもない服装をいつでもしている。敏子にはきざだと見える絹ハンカチをいつでも背広のポケットにのぞかせていて、それを二本の指でつまんでとりだすのが、手品師を思い出させるので敏子はひそかにそうあだ名をつけている。

「お久しぶりです」

敏子は如才のない挨拶をした。手品師が敏子の社にライバル意識を持ってことごとに神経をとがらせているからであった。

「今度はまた、えらいプランをたてはりましたなあ」

彼は標準語は美しく使えるくせにわざと、商売の話になると、京都弁を使いたがる。関西のことばの方が柔かで、冷い商取引をする場合でも何となくふんわかすると信じているのである。

「あら、何のことでしょう」

「知らばくれはるのはお人が悪うおまっせ、あれだけのプランをたてては�って、もう着々と進行してるっていうやおまへんか、『古都旅愁』なかなかええ題ですなあ、やっぱり、このセンスは女の人のものですわ、いや、お見事なもんですよ」

言葉の裏がありそうで、うかつには返事も出来ない。

「実は私の方も同じような企画してましてなあ、もう実は写真も相当撮らしとりましたんや」

「あらっ、そうですか、それじゃ大変、強敵あらわるですわね」

敏子はわざと、陽気に答えた。

「何うして、何うして、とても『古都旅愁』には及びもつきまへんわ、それでもあんまり似たようなので、社内には、ひかえた方がええのんとちがうかいう意見もありましてなあ。そやけど、似たような企画でせりあうのもかえって賑やかで両方が売れるんやないかという意見も出ましてなあ、最後のところは私の決心で、せり合ってみようということになりましてん」

手品師が二本の指で緑色のハンカチーフをとりだして、鼻の頭を撫でた。

「それはそうですわ。でも、うちとしてはなかなか手ごわい競争者で、ずいぶん心配ですわね」

敏子は婉然と答えながら心はもう東京に走っていた。

砂時計

パーティがたけなわの頃、敏子は目だたなく抜け出して、ホテルの自分の部屋に帰った。

東京の社に電話をいれてみると、松原進がすぐ出てきた。

「あら、まだいたの」

敏子は、弾んでくる心を押えこんで、ぶっきら棒な声をだした。

「いないと思って電話なさったんですか」

むっとした口調で松原進の声が伝ってくる。

敏子には受話器を握っている松原進の美しい手が見えるようであった。松原進は大学時代に茶道にこった時期があったというだけに、いかにも茶道具を扱っても似合いそうな美しい手をしていた。敏子は長い間、自分が松原進を好もしく思うのはその手のせいだと思いこもうとしていた。

「そういうわけじゃないけど、もう帰っていても当然だと思う時間だからよ」

「まだ仕事がいっぱい残ってるんですよ」

「律子は」

「とっくに帰ってます」

「律子にも手伝わせればいいのに」

「社長の御意見ですが、律子さんには律子さんの主張があってそうこっちの思い通りに動かせませんよ」

「どういうこと、律子の主張って」

「残業なんかしなくていいということなんです。彼女は本はあんまり出すぎてるから、そんなにわれわれ業者が残業までしてがんばる必要ないじゃないかっていうんです」

「まあ、生意気いってるわ。半人前の癖して、とっちめてやるから」

「いや、ぼくは彼女の意見も正しいと思ってるんです」

松原進は全然、調子の変らない声でいう。敏子は彼の話し方をはじめの頃、何て熱のないつまらなそうな口調だろうと、気にかかったり、腹をたてたりしたが、いつのまにか、その口調を聞きながら、いろんなプランを練りあう時が一番愉しいと思いはじめていた。

「それ、どういうことよ。じゃ松原さんも、残業なんかしたくないってことなの」

「いえ、ぼくはこの仕事が好きでやってるんですから、残業意識があんまりないんですよ。時間だけつとめて月給もらうなら、はじめからもっと大きな社へ入ってますよ」

「小っぽけな社でお気の毒さま」

電話の中へ男の笑い声が入ってきた。敏子はどきっとして思わず受話器を耳からはなした。男の笑い声がこんなに受話器を通ると肉感的に聞えるのを知らなかったと思った。

「何ですか、御用は？」

松原進の事務的な声が訊いた。

「ああ、そうそう、大変なのよ。実はね、パーティで都書房の手品師に逢ったのよ。そこで聞いたんだけど、向うさんもうちとそっくりみたいな企画してて、もう写真もだいぶ撮りだめしてるんですってよ。向うが半月でも早く出てごらんなさい。ショックですよ」

電話の中に一瞬沈黙がこもった。

「聞えていて？」

「はい」

松原進のやや重い声がした。

「どうしたらいいでしょうね、問題でしょう」

「社長はいつお帰りですか」

「あと二日いるつもりだったけど、明日帰ってもいいわ」

「そうですね、じゃ、帰って来て下さい。それから相談します。それまでに、ぼくの方でも出来るだけ情報集めてはみます。じゃ」

そのまま、あっさり電話を切ろうとする。

「あ、ちょっと」

敏子は思わず声をかけてしまってたじろいだ。

「何か？」

松原進が訊きかえす。

「もう夕食はすみましたか」

「ええ」

「何をたべたかって訊いてるんですよ」

「はあ、珍宝亭のラーメンさっきたべましたよ」

「だめね、それじゃ。もっと実のあるものをとっておたべなさい。あなたに軀悪くされでもしたら、経営者といたしましては大損害ですからね」

「じゃ、そうします」

「おやすみなさい」

電話が向うから切れた。敏子は、受話器を置いた松原進が、ちぇっと舌打ちして、すぐ雑然と物の堆くつもった机にうつむきこむ姿が目に見えるようだった。

去年の暮に敏子が贈ったグレイのとっくりセーターを着て、指をインキだらけにしている。髪はもう一歩で長髪族にくみいれられるほどのび放題になっていて油気もない。長身の背がやや猫背で、およそ美男とは縁の遠い顔をしている。

近眼の目がいつでも何かを考えこんでいるためどこかを見つめていて、呼びかけるとびっくりしたようにふりむいて、一瞬きょとんとする。

敏子が今の仕事をはじめた時、大手の出版社を停年退職した松原進の伯父の松原国雄に専門的なことは一切まかせて発足したが、その甥の進が入ったのは、正式な社員としてではなかった。大学時代学生運動に身をいれすぎ、普通より三年も長くかかって大学を出た上、就職にその経歴でつまずいていた進がアルバイトとして伯父の手伝いに通い出したのが縁であった。会社をはじめて一年すぎに、松原国雄が肝硬変で死亡した時、進はもう、敏子の社にはなくてはならない人物になっていた。

営業は敏子が主になって見て、編集は進にまかせる形が自然に出来上ってきた。社員は、五人しかいないで応急にはアルバイト学生で間にあわせていた。

こんな小出版社では、個性のある本を出すしかないというのが進の意見だったし、当り外れのあるハウツーものでやるよりも、もっと実のある長い時間をかけて残る本を出す方が、かえって長い目でみるといい結果になるのではないかというのも進の意見であった。

敏子は進の意見のほとんどを採用していった。その結果は植田書房の経営に確かにいい影響をもたらしている。敏子は松原進を信用し、頼りにしているのは、すべて自分の事業上の便利さのためだと思いこんでいた。いつでも、社には進がいて、自分のいる時もいない時も、守っていてくれるという安心感があった。自分より十歳も年下の進を、はじめの頃は、松原くんと呼び、子供扱いしていたが、いつのまにか、松原さんと呼びかえているのに気がつかなかった。

律子が勤めるようになってからは、いつのまにか、進ちゃんという呼び方がまざるようになってきている。最初律子が
「進ちゃん、これ、どうすればいいの」

と馴れ馴れしく松原進の肩に手をかけ、割付の教えを請うのをみて、敏子はその後ですぐ律子を自分の部屋に呼びよせた。

「律子ちゃん、だめよ、ああいうのは」

律子はきょとんとして敏子をみかえした。

「何のこと」

「松原さんに対する態度ですよ」

「態度ってどういうの」

「松原さんはとにかくうちの編集長なんですからね。やっぱり、みんなで立てて、箔をつけなくちゃあ。何しろ若い人ですからね。外部に対して重しがきかないでしょう」

「だからどうしろっていうの」

律子はようやく敏子のお説教の種類がのみこめてきて、いいかえした。その表情は、わんぱくな小さな女の子がふくれっ面をしたという感じだった。

「進ちゃんなんて呼ぶのはどうかと思うわね」

「だって、あの人、ちっとも偉ぶらないし、若いし、何だか猫背で貧相で、それにどっか可愛いんだもん、松原さんなんて感じじゃなくて、進くんとか進ちゃんて感じよ」

「だから、プライベートな時はいいわよ。でも社ではやっぱりあなたと彼は対等じゃないんだから、気をつけるのよ」

「ええ」

「わかったの」

「ちっとも叔母さまのいうことわからないけど、この際立場上わかったというべきなんでしょう」

律子は唇をとがらせてまだ憎まれ口をきく。

「わからないのにわかったなんていうのは困るわよ」

「じゃ聞きますけど、なぜ、そんなありもしない箔をつけたり、重みをつけたりしなければならないの、ナンセンスだわ。人間の箔や重みなんてものは自然についてくるもので、内容が整わないのに外から無理してつけたってすぐはげ落ちちゃうわよ、叔母さまって案外形式主義者でいやになっちゃった。も少し話のわかる人かと思ったわ」

何でもずけずけいえるのは叔母と姪の関係だからだし、こういう率直な律子を、これまで敏子は愛してきて、自分の社にも来させるようにしたのだけれど、こう正面きって反抗されると、やはりいい気持ではない。しかし律子のいっていることにも道理はあるので、鼻白(はなじろ)んだまま、言葉に詰ってしまった。

それ以来、律子はわざとらしく松原さまと呼んでみたり、松原氏と呼びかけたりしながら、とっさの時は進ちゃんというい方を変えてはいない。何と呼ばれても松原進は蠅(はえ)がとまったほどにも表情を動かさず、事務的に結構律子をこき使っていた。人みしりしない律子は、どこへでも平気で訪ねていき、どんな名士にでも偉い学者にでも逢って用件を伝えてくる。それは不思議な一種の才能だった。

「どうしてかしら、あれは」

いつか敏子がそういった時、松原進がいつもの口調でけろりと答えた。

「今の若い人はアナーキーですからね、権威に無感覚だからですよ」

「権威を怖れないのはいいけど伝統にも無感覚みたいね」

「ええ、でも、彼女は案内悪くないですよ」

「どういう点が」

「余分なことはしてくれないけれど、労働時間中は、ばっちり働いてくれますよ。出来そうで出来ないことですよ」

そんな会話も思いだされてくる。

敏子は明日するつもりだった仕事の連絡をその夜のうちに電話で片づけておき、明日朝早く発つ仕度をして眠ろうとした時、電話がかかってきた。思いがけず、菊池恭子からだった。

「あら、今、どこからですか」

「このホテルの中から、さっきついたところなの、ちょっと、神戸で用があって、発つ前社へ電話したら、こっちだって聞いたから、まだいらっしゃるかなと思って」

時計をみると、いつもなら眠るような時間ではない。

「こっちへいらっしゃる?　私が伺いましょうか」

「そうね、もう外へ出るのは面倒ね、それじゃ私が伺うわ」

菊池恭子がドアを叩くまでに、敏子は大急ぎで、もう着がえていたホテルの浴衣をワンピースにかえた。

菊池恭子は大島の着物に紬の赤い羽織下の帯を締め、小紋の羽織を重ねていた。

敏子はボーイにウイスキーを持って来させた。今夜の都書房の話を告げてしまいたいのを経営者としてはまずいと思い、言葉をのみこんだ。

「やっぱり、京都は来れば来るほど奥深いところのある都ね。来る度、何か新しい発見をして愉しいけれど、怖いような気もする」

「そうね、千年も、生き来しほどの、思ひ出の、われにありけり……」

「ボードレールね」

「この詩句を思いださせるものが京都にはあるのね。千年の歴史の重みがこの永遠に死なないという運命を背負わされた魔女のような都にはいっぱいつまっている」

「魔女としたら、何という美しい妖しい魔女かしら」

「でもそんなに京都に惚れこんで下さって嬉しいわ。きっとすばらしい本になると思いますよ、古都旅愁は」

菊池恭子は、ちょっとといって、自分の部屋に引きかえし、原稿用紙の束を持ってきた。

「昨日、こっちへくるまでにここまで書いてきたんですよ。今度くらい自分でも気の入ることは珍しいわ」

「ちょっと拝見してよろしい？」

「ええどうぞ」

敏子は経営者としてではなく、恭子のファンのひとりになって、その原稿用紙を手にとった。

一番はじめに「貴船」という題が出ている。

「ああ、貴船ね、もう行って下さったの」

「ええ、私、夏の貴船は知ってたんですよ。でも冬の貴船ってまだ一度も行ったことがなかったの、今年はじめて行ってみて、すばらしかったから、印象の薄れないうちにと思って」

「そういえばあたしはまだ真冬の貴船って行ったことがないわ。あそこは雪が深いんじゃなかったかしら」

恭子は読んでくれという表情をして、自分のタンブラーにウイスキーをつぎたした。

貴船……………………菊池恭子

町角で車を拾った時、私の紫縮緬のショールの肩に白いものがとまっていた。

「降ってきましたなあ」

若くはない運転手がフロントグラスにワイパーを動かせながらつぶやく。

雪は淡々として柳絮のような軽さで硝子にとまったとみるまにしゅんとしたす速さでとけて雫になっていく。それでも見ているまに窓外は白いものでおおわれ、町が白い紗幕に包まれたようになってきた。

私が貴船へと行先をつげた時、だまって車の方向を定めた運転手が、賀茂川ぞいの道を川上へむけて走りながらまたひとりごとのようにつぶやいた。

「もしかしたら、貴船は相当の降りでっしゃろなあ」

「行けないほど？」

「いえ、まあ、大丈夫やろとは思いますけど」

車が市中を出外れ、鞍馬街道を北へ進むにつれ、雪はいっそう濃さを増す。

次第に車の両側にせまってくる山肌の樹々も、うっすらと雪におおわれてきた。

道の涯にあらわれる山里も、雪の中から幻のようにせりだしてくる。

「お客さんはよっぽど風流なお方どすなあ」

運転手がしきりに動くワイパーごしに前を見つめたまま話しかけてくる。

「どうして」

「夏の貴船へは仰山お送りしますけど、こんな雪の日、貴船詣りするお方ははじめてですわ。それもおひとりで」

「物好きなのよ」

私は答えて、子供のように車窓に頬をおしつけて外の風景をたしかめようとする。

あてのない旅と、あてのある旅と、どちらを選ぶかと問われたら、私は即座にあてのない旅と答えるだろう。

あてのない旅ほど贅沢なおごりがまたとあろうか。仕事の旅や、のっぴきならない所用の旅、そのいずれも限られた短い時間の中に盛沢山のスケジュールが組みこまれているような旅しか持てなくなっている私には、時々、そうした気ぜわしい貧しい旅の途中で、ふいに謀叛をおこす気にかられ、思いついた瞬間、浮んだ場所へ出かけてみようとくわだてる。その時だけは、仕事も自分も忘れてしまって、風に背を押されるような気持で、その場所へ進んでいく。その道の途中でも、ふいに風の方向が変って、私は別の道へ押し進められるかもしれない。その予期しない未知の世界へ連れだされる時の心のときめきの新鮮さは、命を洗ってくれるような気がする。

今、私があてもなく貴船へ向けて走っているこの瞬間、旅愁は何という透明さで私の身にまとわれていることだろう。

道の両側の里の家々は瓦ぶきの中に次第に藁（わら）ぶきの屋根がまじるようになり、古風な千木（ちぎ）が載せられている。千木の上にも藁屋根にも雪が白くつもっている。どの家の軒下にも黄色くしなびた漬物用の菜がかかっていた。

道が上りになるにつれ、雪は思いの外に積っている。今日降りはじめたような量ではなかった。通りすがる百姓家の庭の枯木が雪の花を咲かせ、燈をともしたような明るさで輝いている。車の歩みは次第に重くなってきた。

鞍馬口と貴船口で二岐（また）に分れている所に来ると私には記憶がしっかりとよみがえってくるものがあった。この上の方に古風な宙吊りのような感じの電車の駅があったのを思いだす。車窓から仰ぐと、やはりその駅が見えた。道を左にとると渓流が道の左側に沿ってくる。ふいに、目をはたかれたような突然の明るさが私の前に展（ひら）けてきた。

まぶしさは一面の雪明りであった。道に沿ってつづく無数の枯木の梢（こずえ）という梢に、杏か梨のように真白い雪の花が雲霞のように咲きほこり、その花びらの一ひらごとに陽がしみ通り、七彩の光りを放っているのであった。プリズムの中のピンクのような透明な薄紅が、白い花に影をつくっている。私は声をあげたのも覚えがないほどの感動にうたれた。

浮世の外につれ出されたという解放感があった。

毒々しかったと覚えている朱塗りの橋も、雪になごめられて目に沁みる美しい丹色であった。橋を渡ると流れは道の右に廻り、その向うにおおいかぶさるように山が迫っている。この山の奥が鞍馬の筈であった。その山肌も白く塗りあげられている。

渓流は雪をとかし清らかで、豊な流れは速い瀬の音を響かせている。渓流の中に点在する岩につもった雪ほどの白さで、水しぶきがあがる。

千年も昔からこの道は人々の足や牛車のわだちでふみ固められていたのだと思うと、心のひきしまるような想いが湧く。

男に忘れられて侍りける頃、貴ぶねにまゐりてみたらし川に螢とび侍りけるを見てよめる。

という詞書があって、

もの思へば沢のほたるもわが身よりあくがれいづる玉かとぞみる

と詠んだ和泉式部の歌を思いだす。恋多い女だった式部が最後の心の預け所として夫に選んだ藤原保昌（ふじわらやすまさ）に裏切られた時、この貴船へひとり逃れ来て、水と恋の神である貴船明神に参籠した時の歌であった。式部が祈り疲れ、泣き疲れて貴船明神の床にうち伏していた黒髪にも螢は宿り、涙の珠（たま）のように青く光ったのではないだろうか。心に傷を受ける度、昔の女たちは神詣でと称して家から遠く離れた山奥の寺や社に参籠して自分の悲しみを人目にさらすまいとしている。おそらくは輿（こし）に乗って、あるいは牛車に揺られて、とぼとぼと山径（みち）を上っていく。そうした女たちの涙を吸いこんで道はつけられひらかれていく。

今、みたらし川の水流は、千古（せんこ）の昔のままの青さと清らかさを伝えて螢こそ浮べないが、螢の光りよりいっそう清らかな雪あかりの中で流れつづけている。

道の両側に料理屋、旅館の立並ぶのが見えてきた。

夏は渓流に床をはりだし、水の涼気の中で川魚を食べさせる家々だが、さすがに雪の中では森閑として客の影も見えない。広い玄関に立って、ぼんやり表を見つめている中年の女中の、緋色の前掛けが目に沁みいるように鮮やかだ。

「この季節は猪（いのしし）を食べに来やはるお客さんがありますさかい」

運転手がそんな説明をする。

貴船明神の下で車を降り、ひとり石段を上る。今朝から誰ひとり詣った人もないとみえ、雪のあとには鳥の足跡もついていない。

踏みだすのが惜しいようなふっくらとした雪の上に足をふみだすと、草履が沈みこみ、雪の冷さが足袋（たび）をとおして足先にしみこんでくる。鳥が落したのか、ふいに梢から落ちてきた雪が衿からしのびこみ、首筋をすべり背に落ちていく。とけた雪のつめたさが背筋を伝い、身震いがわく。

流れの音だけがひびく明神の境内で柏手（かしわで）をうつと、その音が雪の中からこだまを呼び私を包みこんでくる。

敏子は原稿用紙の一くぎりでタンブラーに手をのばした。

「いいじゃありませんか、夏の貴船はこれまでもずいぶん書かれたかもしれないけれど雪の貴船ははじめてでしょう、きっと」

「私はどうも京都の冬と夏が好きらしいのよ、夏はいりつけられるように暑いし、冬は凍える冷さだけれど、そのせいで人が少なくなって、せいせいするでしょう。それに京都の山水っていうのは冬の晴れ渡った空の下でみるのが一番きっかりして美しいと思うの、貴船の雪は全く偶然だったのだけれど、見られてよかったわ」

その時、また電話のベルが鳴った。

「東京からです」

交換手の声に変って、女の声が聞えてきた。

「もしもし、植田書房の社長さんですか」

「はい、そうです」

「ほんとう？」

敏子はだまった。受話器の中の舌ったらずのような声が酔っているのだなと、その時気がついたからであった。

「ねえ、正真正銘の社長さん？」

敏子は誰だろうと、とっさに頭の中に思い当る顔を次々並べてみたが、そのどれも女の声にそぐわない。

「どうしたのよう、返事してよ。こらっ、何とかいえっ」

切ってもいい筈だが、ふっと、敏子の神経に蜘蛛(くも)の糸ほどのかすかさでひっかかってくるものがあった。敏子はちょっと考えてからおだやかな声でいった。

「もしもし、あなたはどなたですか」

「あらっ、声出したわね。やっぱり女の声だ。でも若い声じゃないの、中婆さんだなんて嘘つきやがって」

「もしもし、人ちがいなら切りますよ」

ほんとうに切ろうとした時、女の声は受話器の向うでほとばしるような泣き声に変った。

「いやよっ、お願い、切らないで」

「名をいいなさい」

敏子はきっとした声をだした。

「あたし、れいこ、王偏のれいです。ルドンの玲子です」

「ルドン？」

「あなたは知らないわよ。知ってる筈ないわ。彼は絶対ルドンもあたしも知らせる筈ないんだもの」

「彼って誰ですか」

いったとたん、敏子は何故か、玲子の返事が聞える前にわかってきた。

「松原進にきまってるじゃないの」

敏子はちらっと菊池恭子の方をふりかえった。恭子は立ち上って、出て行こうかという気配を示す。敏子はあいた片手で恭子の動作を制しながら、居てくれと目顔で合図した。

「松原さん……」

「そうよ、お宅の編集長ですよう」

「あなたは松原さんのどういう御関係なの」

敏子は自分の声がオクターブ上ってはいないかと気を張った。恭子にいてもらってよかったと思う。

「どういう御関係かって？　あはは、あはは」

女のけたたましい笑い声は受話器からはみだし、恭子の耳にも聞えているのではないかと思う。

「気になるの？　社長さん？　御関係が」

「………」

「それは進に聞いてみてよ、あたしだって彼の口からどういう御関係か聞かしていただきたいものだわねえ」

「あたしがここにいるってどうしてわかったんですか」

「彼がそういうからよ。東京にあんたがいないっていうからよ」

敏子は電話の向うにいる女と松原進が自分を話題にして話している図を想像しようとしたが、女の顔はのっぺら坊で松原進のややうつむき加減になった顔しか浮んでこない。

「どうしたの、聞えなくなったの」

女の声がまた甲高く追いかけてきた。

「でも、あんたが東京にいないってことだけは確かめたからもういいわ、少なくとも、今夜の彼は嘘をいわなかったってわけよね、じゃ、バイバイ」

電話はそのとたん、向うから切れた。敏子は受話器を叩きつけたいのをがまんして置いた。自分の顔がひきつっているのではないかと思う。すぐには恭子の方へ顔がむけられない。敏感な恭子が今の電話の異様な内容に何か気がついていないとは思えない。

「そろそろ引きあげましょうか、あなたもお疲れでしょう」

恭子が腰を浮かせていう。

「お願い、も少しいて」

敏子は自分が何故そういったのかわからなかった。恭子はまた腰を落した。敏子は黙ってウイスキーをのみ、ややあってようやくつぶやいた。

「女って、いくつくらいまで迷いがあるのかしら」

「灰になるまでっていうけれど、あたしは女の執念や怨念は、死んだ後までもふわふわ空中に漂っているような気がするわ、絶対成仏しないものじゃないかしら」

「あなたのような理性的な方でも、迷いはまだあって？」

「あたしが？　理性的？　とんでもないわ。私はもう恨みつらみのめちゃめちゃですよ。欲求不満の固りみたいなものじゃないかしら、灰になっても、その中に真黒な黒こげの骨が残りそうな気がするわ」

「私たちくらいの年代になれば年上の男と年下の男とどっちが楽かしら……」

「楽って……それは個人差があって一概にはいえないでしょうけど、私たちの年代は中途半端なのよ、四十の声を聞いているくせに心はまだちっとも老いを感じない、肉体も表面では昔の人のように老いをみせない。でも年は確実に肉体の奥の方で爪をといで内部をごしごし削りつづけている。その鑿の気配だけは自分の耳に聞えてくる。そんな年齢でしょう。時には自分を包みこんでくれる頼もしい巌みたいな男にだまってよりかかってみたいと思うし、時には、お人形を扱うように若い男の子を可愛がってみることが慰めになるのじゃないかと思うこともあるし……そんなものじゃなくて」

「そうね……あたしはこれでとても不器用で軽く情事を愉しめないたちなんですよ。死んだ主人とは実に淡々とした仲だっただけに、何か男女のことはすべて見残した夢って気がするんです。それだけに、もし、自分が今、恋にでもとりつかれたら、半狂乱になってのめりこんでしまうのじゃないかと不安で……怖いの」

「もう恋をしているのね」

恭子はやさしい声でいった。敏子はとっさに返事が出て来なかった。自分が今、たいそう弱々しい女になったような気がして頼りなかった。

「若い方なのね」

恭子がいう。

「これが恋かしら」

敏子の声は告白というより祈りの声のように孤独に聞えた。

「いいじゃないの、誰かを愛してるってことは命の火ですもの、たといそれが自分だけしか燃やす火力しかなくっても、灰になっているより火でいる方が生きている証拠じゃありませんか」

「私はもうそんな気持は自分から枯れはてていたと思っていたのに」

「どうしてそんなことをいうのかしら、まだあなたはそんなに若いのに、私などまだまだあきらめていませんよ。これからだって、何度でも恋はするつもりだわ」

「今は？」

「一応、終ったところ。でもこの疲れから回復すれば、すぐまた新しく生き直したいわ。恋をする度自分が若がえるような気がする。恋は自分の年齢を忘れさせ、年齢から解放してくれるんですもの、私は六十近くで三十代の男と恋をしている女の人を知っているけれど、ちっともいやらしくないわ。むしろ、時々、その女の人がとても可愛く見える時がある」

「相手は全然気がついていないのよ」

「そんなこと問題じゃないわ、恋ってものは必ずしも報われるものじゃないでしょう。でも、報われない恋でもする方が、それを知らないですごす生き方よりずっと内容が豊じゃありませんか。そうそう、この前、京都へ来て、ゆきむらにひとりで泊った時ね、あの女将さんが、夜、竹之家から帰ってきて、もう午前三時くらいだったかしら、まだあたしの部屋に燈がついていたからって入ってきたの。少し酔っていたけどまたウイスキーさげてきて、夜明けまでのみ明かしたことがあったのよ、その時何といったと思って」

恭子はその夜を思いだしたのか、ひとりでしばらく笑ってからまた語をついだ。それは芙佐の喋り方をそっくり真似た、意外にうまい京都弁だった。

「せんせ、ごめんやす。かんにんどっせ。うち、少々酔うてますけど、よろしゅうおすやろ、なんや、この頃、淋しゅうおすねん、やっぱり女は、恋をしてへん時はあきまへんなあ、うち、昨んべ、おふろの中で、今までつきおうた男はんの数思いだして数えてみましてん、せんせかて、そんなことおますやろ、風のひどう吹く晩とか、大雪でひきこもってる二日酔の朝やとか、何やら、物恋しいことばっかり思いだす、夏の夜とか……自分にやさしいことしてくれはった男はんのこと思いだしますやろ。うち、あの人、この人、それからあの人もと、こうして指折っててましてん。両手の指がふさがってしもうてから足の指も使いましてん……あの人の次がこの人やったかしら、いやいや、こっちのお人が先だったんや……とか……そいでも十七人めで、どうしてもあとさきわからへんようなってしもうて、あ、あの人落してたと……」

あんまり芙佐の声色がうまいので、敏子はとうとうふきだしてしまった。

恭子は芙佐の声色をやめていった。

「どう、うまいでしょ」

「そっくり、そんなかくし芸がおありとは知らなかったわ」

「あの人は可愛い人ね。あたしたちの年齢で可愛いなんていうと悪いけど、そんなことをいう時の酔った無邪気な表情ったらないんですよ。せんせ、女って、何でこう忘れっぽいんどすやろって……」

「いいわねえ、幸せな人ね」

「それでいうことがいいじゃありませんか。うちは男はんの運がほんまによろしゅうおして、みなさん、ええ人ばっかりに当って、別れた後もどちらさんもようしてくれてはりますって」

「あの人が、そんなだから、相手の方でも親切にならざるを得ないのね」

「惚れたら最後、前後の見境がなくなるんだっていうんですよ」

敏子は恭子が何のために、芙佐のそんな話を自分にしているのかわかってきた。いつでも、自分をきちんと枠に入れて、破れもほつれも見せない生き方をしていることを批判しているのだろう。

「足まで使って数えるっていうのはよかったわね」

「それでも、その中でほんとうに忘れられないほど、心にしみついている想い出の人は三人だっていってましたよ」

敏子は自分の夫との短い歳月をとっさに思いだしていた。これという印象に残る強烈な想い出などひとつもない。

このまま、自分が老いの坂をかけ下りるのはいやだ。砂が刻む時のような虚しい時間をこれ以上つづけるのはいやだ。軀の内の方から、何か熱いものが固りになってかけ上ってきて、思わず咽喉ではりさけそうにふくれ上ってきた。松原進を愛してどうして悪いだろう。あの電話の女と争ってでも松原進を愛しとっていいのではないか。

恭子がまた語をついだ。

「あの女将さんはこうもいったわ。男に惚れられる時はもちろん有難くて手をあわしたいような気になるけれど、男に惚れずにいられない気持にさせられた時の方がもっと有難くて、どうしていいかわからないですって。自分がそうだから、他の女もみんなそうじゃないかと思うけれど、そうとばかりはいえないようですって、こういうのよ」

「私はどうやら人生をずいぶん無駄にすごしたらしいわ。女将さんの五分の一も人生を味わってはいないのじゃないかしら」

「今からだっておそくはないわ、その気持になれば、勇気を出すことだわ」

敏子は松原進の俤をもう一度たぐりよせようとして思わず、目をとじた。

孔雀

昨夜は竹之家を出て二次会に廻る客のお伴をして木屋町のバーを二、三軒梯(はしご)し、家に帰ったのは午前四時に近かった。

芙佐は目覚しのしつこいベルにうながされて、ようよう目を覚した。まだ朦朧としている頭の中は、なぜ目覚しをかけておいたのか思いだせない。朝の遅い家の中は、ひっそりとして、まだ台所にも水の音もしていない。

芙佐はけだるい全身を波間に漂わせているように力をぬき、ぐったりと寝床にゆだねていた。昨夜帰ってきて、寝る前にそれでも化粧を落し、頭のピンをぬき、着物を一応、きちんと畳んで寝床の枕元の乱れ箱におさめてある。女中にさせたのではなく、自分でしたものであった。どんなに酔っていても、芙佐は無意識の中でそれをするし、たいていの酔の時は、鏡台の上や、小机の上に空ぶきんをかけてから眠るのだ。朝、目がさめた時、朝日の中でそれらに置いた埃が浮き出すのがいやだからだ。

しかしそんな習慣は、松之家に勤めた頃、女将のお傻にみっちり仕込まれたきびしい躾の名残りであった。

芙佐は眠気ざましに、枕元の煙草に火をつけて、腹這いになり、ああそうだと思いだした。

今日は十一日で、松之家の女将の命日に当っていた。毎月、この日は雨が降っても雪が降っても、京都にいる限り、朝起きしてお俊の墓詣りを欠かしたことがない。たまたま、京都にいない時は、必ず誰かに代参させるよう手配しておいた。

もうお俊が死んでからも十四年がすぎている。一昨年は十三回忌も芙佐が盛大に執行(とりおこな)った。

稚子などは、幼い時、芙佐があまりお俊の面倒を見ていたので自分の実の祖母と思いこんでいたくらいであった。

老衰で八十四歳で死んだ時、お俊は臨終の床で芙佐の掌をとってしみじみいった。

「あんたはほんまにようしてくれたなあ。何もしてあげられんかったのに、実の子でもしてくれんようなことしてくれて……今のあてには何も残してあげるもんがあらへんけど、死んだら、あんたのことをきっと守ってあげてまっせ。きっと守ってあげてまっせ」

「もったいない。女将さん、うちは、女将さんのおかげで一人前にしてもろたんどすさかい」

「あんたはそういうてくれるけど……そんなもんやなかった」

そこまでいって、お俊はぎゅっと、芙佐の掌を摑み、爪がくいこむほど握りしめて、そのまま、息をひきとってしまったのだ。

芙佐はそのなきがらにとりすがって、声を放って泣いた。

お俊の葬式を出したのも、墓をつくったのもすべて芙佐がひとりでした。かつては祇園で三本の指に数えられて全盛を誇った松之家の女将が、戦後は、子供にも先だたれ、中気(ちゅうき)で倒れたきり、芙佐ひとりに頼って、辛うじて生きながらえてきたのだった。

西大谷廟(にしおおたにびょう)の塀(へい)に沿って細い道を登ると、鳥辺山(とりべやま)に出ていく。その道の中ほどに花屋が三軒ある。墓地の花屋は朝が早い。芙佐は顔見知りの一軒に寄って花を買った。

「お早いお詣りで」

小肥りの妻女が出てきて、天井一面に吊した預り物のバケツの中から、松之家と書いたものを長い竿をつかって器用にとりおろした。バケツには胴にも底にもそれぞれ預け主の名が書いてある。底の名は下から見上げる時、わかり易くするためであった。中にはその家の定紋を描きこんであるのもある。昔は木の手桶だったが、今は全部ブリキのバケツになっている。

芙佐は、俊の墓を建てた時、バケツに俊の姓名を書くべきかと一瞬迷ったが、思いきって松之家とした。芙佐にとって、俊は死ぬまで松之家の女将であって、坂上俊という姓名の女ではなかったのだ。

戦争で、家屋疎開があった時、松之家は疎開地にひっかかってしまい、俊は仕方なく松之家を畳み、福井の遠縁に身を寄せて京都を離れていった。

それっきり、戦争が終っても、祇園に帰って新しくお茶屋を始める気力も財力も失っていた。

その上、中気が出て寝ついてしまったので、ますます商売どころではなくなったのだ。俊が松之家を畳んだ時、あれだけ長年格式高い誇りを持って商売をしていたにしては何も残っていなかった。

借金もさしてなかったかわり、貯えも無に等しかった。俊の周りの者はそんな状態が信じられず、女将さんはかくし金をしているのだろう、それにしてはあまりに水臭いと陰口をきいたが、芙佐だけは人々と一緒になって俊を非難するようなことはなかった。十四の年から二十三の年まで、俊と一つ屋根の下で暮し、蒲団の上げ下しから、風呂で背を流すこと、白髪を染めること、盲腸をこじらせ入院した時には、下の世話までしてきた芙佐には、俊が、貯えが少ないといってもうなずけるものがあったのだ。考え様によっては、そういう松之家の実情を見抜いていたからこそ、俊が芙佐を養女にしたいと申し出たのを強引にふみにじって辞退し通したと、勘ぐられても仕方のないこともある。

おとなしそうな顔してて、お芙佐さんはなかなかのしっかり者で、よう計算のたつおなごやと、あの当時、どれほど陰口をきかれていたか知れない芙佐だった。

「それでも女将さん、やっぱり月日が証をしてくれますやろ、女将さんかて、あの当時どない私をお憎みやしたかしれしまへんどしたけど、最後はあないいうて、もったいないほど感謝して死なれましたものなあ」

芙佐は朝日の射す坂道を、バケツにしきみと一束の色花を入れたのをさげながら歩いていく。気づかずひとりごとを口の中でつぶやき、俊の俤に話しかけていた。

西大谷廟の塀がつきると鳥辺山の墓地がひらけている。三万基を下らないといわれている墓石がびっしりと群り林立して、朝日を白くはねかえしている。丘の高みから傾斜して、まるで丘に生えた植物か何かのようにはびこっている墓石の群の上には、蔭を落す一樹さえなく、天日が真上から直射している。そのため、墓地に特有のあのしめっぽさや、昏い陰気さはそこにはなく、不思議に澄んだ明るさがそこに漂っていた。

この鳥辺山の墓地を「儒者捨て場」と京の人は呼んできたという話をしてくれたのは中嶋洋平だったと芙佐は思い出す。

劇作家の中嶋洋平との二年余りの切ない関係は、芙佐の少なくはない情事の中でも特に秘密めかしく、その頃いた竹之家の仲居のせい子と、洋平の京都の家の女中の梅以外は誰にも気づかせてはいない。そのせい子も、数年前、腎臓をわずらって病死してしまっているし、当時でも六十を越えていた梅は、郷里の四国に帰って以来、消息もないから、今ではもう当人の中嶋洋平と芙佐以外、天地にその秘密を知っている者はいないのだ。

芙佐は今でも洋平のことが新聞や雑誌に載っているのを見ると、思わず、胸が高鳴って、それを持つ手がふるえてくる。決して、あきらめて別れた仲ではないし、けんかをして切れた仲でもないだけに、洋平に対する思慕やみれんは、まだ芙佐の骨の奥にひっそりと蔦のようにからみついて枯れきってはいないらしい。

洋平はその頃、自分の仕事のために儒者のことを調べていて、その墓にも度々詣っていた。人に逢うのがうるさいからと、たいてい朝早く、芙佐を伴って、鳥辺山を訪れ、目ざす儒者の墓探しをしていた。

浅見絅斎とか石田梅巌とか手島堵庵、柴田鳩翁、中沢道二などという人の墓のあり場所を覚えたのもその時だった。

芙佐は洋平の伴をする時、いつでも、俊のためにつくってある松之家のバケツをさげて、線香やしきみや、色花の束をいくつか用意して従った。洋平にそうしろといわれたわけではなかったが、およそ自分とは無縁なそういう昔の学者も、洋平がこんなに熱心に探すからには、洋平には有縁の人なのだろうと思い、墓を洗い花を捧げ、線香をあげる気持になるのだった。

鳥辺野といえば、芙佐は芝居の鳥辺山心中がすぐ浮ぶのだが、洋平から教えられて、そこが平安朝の昔から、死者を葬る場所だったと知った。

洋平は、儒者の墓を詣ったついでに、芙佐をつれて足をのばし、豊国廟へ詣り、その参道を上りつめた台地を右にとって、崖の端に立たせた。

眼下にはU字形にえぐりとったような山の窪地に人家が密集して、その向うの緑の山の裾に泉涌寺の屋根が見えている。

「このあたりが、昔の鳥辺野なのだよ。今はだんだんその位置が移って、さっきのところになってしまった。昔の物語によく、鳥辺野で葬送の煙が立つとあるのは、ここのことなのだ。今はとてもそんな跡とは見えなくなってしまった」

洋平は芙佐に嚙んでふくめるようにそんな教え方をした。

俊の墓詣りをする時、中嶋洋平のことをよく思い出すのは、鳥辺野という地名のゆかりを洋平に教えてもらったせいなのだろうか。

洋平には、儒者の墓探しのついでに、俊の墓にも詣ってくれた。

「それはえらい女将さんどしたんどす。私が今日あるのはみな、この女将さんのおかげどす」

芙佐がそういって、墓の前で膝をつき、丁寧に掌を合わせると、洋平も墓に線香をあげてくれた。

「あんたはそういって、いつまでもこの女将を徳としているところが感心だよ。たしかに松之家の女将はえらい人だったが、それだけに苦労知らずのわがまま者で敵も多かった。あんたにだって、ずい分辛い仕打に出たってことも私は他のお茶屋で聞いているんだよ」

「へえ、そうどすか」

「あんたを見込んで養女にしようとした時、あんたが承知せず、竹之家を出した。そのことでどんなにあんたをいじめたかしれないそうじゃないか」

「いえ、それはちがうんどす。いじめたなどいうたら罰があたります。そら、自分が子供にでもしてやろうというほど見込んでくれてたのに、それにさかろうたんどすから、女将さんが腹を立てられるのが当り前どす。自分がお商売してみて、人も使うてみて、女将さんのあの時の腹立ちがようわかってきました。他人というもんは自分やおへんから、なんぼうようしてやっても、その何分の一もこっちには気持がかえってきいしまへん。これは男と女の間にも通じることかもしれまへんけどそんなもんとちがいますやろか」

「あんたに一ぺん聞いてみようと思ってたんだけど、あんたその時どうして松之家の養女になってあの家をつぐつもりにならなかったんだい」

「へえ、そのことどす」

芙佐はこの鳥辺野の明るい陽だまりの中で中嶋洋平にはじめて当時のことを打ちあけた。今の客は誰も昔のそんな話は知らないし、よしんば知ったところで、そんなかび臭い話に興味を覚える者もいない。まして今は保険会社の駐車場になってしまって跡かたもない松之家のことなど話してみても誰ひとり興味を示す筈もなかった。

俊が芙佐に養女にならないかときりだしたのは芙佐の二十の正月だった。

俊には自分の腹を痛めた子供が二人あった。一人は男で、三高、京大と進み、前途を嘱望された医学士で、俊の宝のような息子だったが、インターンも終り、神戸の大病院に就職が決り、その歓迎会に出かけていったのが最後で、料亭の玄関で靴の紐を結んでいる姿を見たという女中の証言を最後に、行方不明になってしまった。今でいう蒸発だが、俊はその後警察にも届けて、この奇怪な失踪の捜索をしつづけたが、遂に甲斐がなかった。

芙佐が松之家に引きとられた時はもうその事件から数年たっていて、誰もその事には触れまいとしていたので、おおっぴらに聞いたことはない。それでも俊がいつでも背にしている仏壇の中には、眉目の涼しい美青年の学生服の写真が飾ってあって、俊はどんな貰い物もまず、その写真にあげてから口にするのを見て、芙佐もいつとはなく、失踪した長男の話を耳にしたのだった。

「でもおかしな話だね。死体でも出るならともかく」

洋平がいった。

「へえ、当時はずいぶん新聞にでも評判になったそうどした。今でも、時々、旧いお客さんの中には、私が松之家の出やいうこと知ってる御方がおいやして、松之家の息子はんはあれっきり消息ないかと訊いてくれはるお方もおいやすのどす。何でも学生時代から、それは頭のええお方どしたから、赤になってはって、神戸からその晩出た船に乗ってウラジオストックからロシヤに入ったんやろうという噂もあったんどす。それにしても、そんなら、終戦になって、音沙汰くらいあってもよろしいかと思いますやろ」

俊は芙佐が一緒に住むようになってからは失踪した息子の話はついに一度も口にしなかった。

その下に娘がひとりあったが、これは祇園でも名のひびいた美しい娘だった。浮世絵からぬけだしたような古風な瓜実顔(うりざね)の美女だったが、軀が弱く、いつでも病気をしていて、有馬(ありま)だ、舞子(まいこ)だと、転地療養ばかりしてほとんど家にいることもなかった。たまに調子がよくて祇園に帰っているときは、日本髪に結いあげ、友禅の着物の袂をひきずるようなのを着て、人形のようにして暮していた。

ふたりの子供の父親を、祇園では誰知らぬ者もなかった。俊が娘時代からただ一度恋を燃やした相手で、芙佐が奉公した時分は、京都の有名な大学の総長をしていた。

どっちかといえば、険のあるきつい俊の顔より、やさ型の美男の父親に、二人の子供はより多く似ていた。

この総長が、フロックコートを着た写真を大きくひきのばし、俊は仏壇の真向いの壁の鴨居(かもい)の上に金縁の額に入れてかかげてあった。

芙佐のいた頃でも、彼は月に一度か、二ヵ月に一度の割で松之家を訪れていた。もちろん、もう総長には妻もあったし、子供もあったが、独身時代からの恋はその間一度も絶えたことがなく、続いたらしい。

総長の来る日は俊は朝から風呂に入り、髪結を呼び、下着から足袋まで新しくとりかえる、何もいわれなくても、その意気込みの異様さで、奉公人は今日は総長の来る日だと、はっと気づくのだった。

もう六十を越していた顔に、その日は濃く固塗り白粉を双肌ぬいでつけはじめる。芙佐が牡丹刷毛でそれをのばす役をおおせつかった。

少女の芙佐の目には、六十すぎた俊がそんな厚化粧するのが悲しく浅間しく、なぜこんなえらい女将さんまで、皺の中に白粉を塗りこめるようなことをしてまであのお爺さんの恋人と逢わなければならないのだろうと不思議でならなかった。俊はその日は鏡台の前で二時間は坐りっぱなしである。肌襦袢をつける前に、総長の贈り物だというフランスの香水を胸から腹にすりつける。さすがにその匂いは上品で、厭らしくはなかったが、芙佐は下腹にまでそれをすりこんでいる女将の姿を見たくないのであった。

総長が来ると、離れは客止めにして、そこがふたりの愛の巣になった。食事も飲みものも芙佐が離れの廊下の端まで運んでおく。あとは俊がすべて自分で部屋の中にとりいれた。普段は縦の物を横にもせず、自分の湯呑みひとつ自分でとりに立たない女将しか見ていない芙佐には、総長と逢う日の俊のまめまめしさが信じられなかった。総長は俊より二つ年下だということだったが、見かけは五歳くらい若く見えた。

「あないお好きなのに何で女将さんは先生と結婚しやはらへなんだんやろ」

芙佐が町子に訊いたことがある。

「女将さんはな、明治の頃ならともかく、今の時代に、えらい学者の奥さんが色町の出やいうことは、先生が出世しはった時のひけ目になると考えはったんやそうな。それで、今の奥さん貰いはる時も、先生は女将さんに遠慮しはって生涯独身で通すといいはられたのを無理に女将さんが話まとめて結婚させはったんやそうや」

「えらいお人やなあ」

芙佐は心からため息をついた。自分にはとても真似は出来ないと思う。人を好きになるということが、まだ、どういうことかわかっていないまでも、芙佐は好きな男の結婚の手伝いなどはまっ平だとその頃考えた。

「うちはいややわ。もし、好きなお人が外の人と結婚しやはるいうたら死んでしもうたげる」

「へえ、お芙佐ちゃんはきついおなごやなあ」

町子にからかわれても芙佐は平気だった。まだ恋を知らない少女の強みだ。そんな芙佐を時々俊がひとりの所に呼びよせる。

「便箋(びんせん)とペン持っておいない」

「へえ」

「また、手紙書いてや」

「へえ松井先生にどすか」

「ほかにうちがいつ手紙出した」

「へえ、どない書きまひょ」

「いつものように、あんたの好きなようにお書きいな」

芙佐は俊の前の長火鉢の猫板の上で、恋文の代筆をしなければならない。

「ほう、女将が恋文の代筆をしたって」

「そない笑わんといておくれやす」

芙佐は洋平の肩をしなやかに叩いた。

「いや悪かった。しかし六十の婆さんが十四や五の娘に恋文の代筆させる図が何だかおもしろくてね」

「察しておくれやす。だんだんお寒うなりました先生にはお変りございませんかと書いたらもうあとつづかしまへんねん。猫が病気したとか、舞妓が芸者になったとか、誰が風邪ひいたとか、そんなことしか書く智慧がおへん。それを女将さんは煙管で煙草をぷかあ、ぷかあ吸いながらみてはって、ええかげんのところに、早う帰っておくれやすいうて書いといてやといわはるんです」

「なるほど、その一言がいいたいわけだね」

「そうどす。たとい二ヵ月に一ぺんでも、旦那さんを迎える時は、帰ってもらうという言葉を使うのやなあと、その時教わりましてん」

「ふむ」

「うちが正式の結婚にあこがれたのも、女将さんと総長の仲を人生のはじめに見たせいやと思います」

「それはあるかもしれないね」

「女はどんなことがあっても人の奥さんになって、愛人にはなるもんやないと思いましてん」

「ところが、そうはいかなかった」

「へえ」

芙佐は目尻の下った目に自然に媚をためて笑った。

「考えてみたらおかしな話どす、まだ男と女のわけも何ひとつわからずに、十代からもう、男と女をひっつけることばかりしてきたんどすから」

「十代からかい」

「へえ、十四で松之家へ入って、十七、八にはもう、結構役に立つ仲居どしたさかい」

その頃のお茶屋の仲居というのは、地味な千筋(せんすじ)の縞の着物など着せられていたが、芙佐だけは、十七くらいから、俊が特別の目をかけだしたので、普通、仲居の髪になっていた蝶々には結わず、蝶々と桃割れの半々のような派手な頭に結うように俊にいい渡され、お仕着せの着物も、芸者ほどではないけれど、年相応に派手な柄のいいものを着せられるようになった。番茶も出花の年頃なので、芙佐の愛嬌のある親しみやすい顔はいつでもにこにこ笑っているせいもあって、客にまずなじまれ、お芙佐さんの笑い顔みただけで心がほっこりすると客に喜ばれた。もうその頃から、芙佐は、男は金持ち、女は器量よしという原則で、一対ずつのカップルをつくるのが自分の仲居という仕事の役目だと信じこむようになっていた。

松之家に来た当時、よく台所につづいたひかえの帳場や、女将の坐っている居間で

「ほなら、あんた、たしかにとってもええのやなあ」

とか
「あの人をひとつ、とらへんか」

とかいうひそひそ話を小耳にして、どうしても納得がいかず、町子に訊いたことがある。

「あのなあ、お町さん、ひとつ教えてもらいたいことがあるねんどすけど」

「何え、まあいうとおみ」

「へえ、あのなあ、祇園町というとこは、芸者はんや舞妓ちゃん、みな泥棒おしやすのんどすか」

「ええっ、何やて」

町子があんまり大仰に愕いたので芙佐はどぎまぎしてしまった。

「あのなあ、うち、もう不思議でかなわんのどす。昨夜も、お町さんが舞妓の小奴ちゃんに、あんたも、もうここらで心きめて、盗らなあきまへんでというてはりましたやろ、女将さんかて、しょっちゅう、芸子さんや、舞妓ちゃんに、ひそひそ声で、盗るかとか、盗っときよしとかいうてはりますやろ、うち、祇園て、泥棒するところかなあと、怖うなりましてん」

町子がその時、どれほど笑ったか、思いだしても芙佐は冷汗が出る。

「あほかいな、とるいうのはなあ、旦那をとるということどっせ、旦那をとるということがまだあんたにはわからへんのやろけど、そのうちわかってきます。ひらとういうたら、男はんと寝ることだす」

「寝ることがとることどすか、へええ、寝る、とる、とる、ねる……」

芙佐はやはりわけがわからず首をかしげていた。

そんな芙佐が、二、三年松之家で暮すうち、女に男を結構とらせるようになったのである。

客が、あの妓ええわ、何とかならへんか、と芙佐に冗談のようにいってみる。芙佐は男が金持ちで、金離れもきれいだと日頃見ている客だと、相手の芸者や舞妓にそっと聞いてみる。

「あのなあ、あのお客さんが、姐さんのこと好きになってしもうたいうてはりますねん、みえるたび、うちにいわれるんでかなわんのどっせ。お前いうてみてくれたかって、せっつかはりますねん」

「いややわ、何いうてんねん、あんたみたいな小娘になあ、そんなこというて」

一応はにべもない返事をしたり、全然気のないふうをするのが普通だが、芙佐が、ひたすら困った様子で何度でも性こりなく客の意思を伝えているうちに、必ず女の方は反応を示してくる。芙佐がまだ子供っぽいので、つい気をゆるす点もあって、いいたいことをいっているうちに、芙佐にちゃんと心の中の計算まで読みとられてしまっている。芙佐はそれを客に伝える。

「本気やのうて、遊ばれるだけやったらかなわん、いわはるんどっせ」

「本気、本気、何でそういうてくれへんね」

「そやけど、本気の証拠に、何ぞみせてくれはらへんと話しにくうおますやろ」

「へえ、お前、ちびや思うてたら、えろうはっきりした話するのやなあ」

「へえ、すんまへん、きまりどすさかい」

自分の物をねだるのではないので、芙佐は一向に気がひけない。客の前に、へえ、すんまへんといって頭を下げるのは、こんにちは、とか、いいお天気で、とかいうのと全くかわりのない一種の社交辞令みたいなものであった。

本気の証拠を物質で示せといわれて、それをけちるような男なら、はじめから芸者がとる客にふさわしくないのだ。

着物にしろ、時計にしろ、指輪にしろ、男が愛のあかしにさしだすのを、女にとりつぐ時、芙佐は何の心の傷みも感じなかった。

「こないいうてはりますさかい、いっぺんどこぞへ遊びに遠出してあげてほしいねんどすけど」

それをいう時も、何のやましさも感じない。そうやって、十代に何組の男女のとりもちをしたことであろうか。

「ひっつけ上手のお芙佐はんと、いわれるかげには、年の若いくせにやり手やとか、凄腕やとか、えげつないおなごやとかいう意味がふくまれてるのを、しらんわけやおへんどした。そやけど、松之家の仲居として、生きていく道が定められた以上、その場で、日本一の仲居になろうと決心してたんどすから、これが仕事や、役目やと思うて、でんと居直っていられたんやと思います」

芙佐は、相手が、色町のしきたりや、酸いも甘いも諸わけを噛みわけているだけに、日頃は人にいわない話も思いきって出来るのだった。

洋平は、芙佐が何を話しても、ふむふむと、さも面白そうに聞きとってくれる。それにつられて、つい、孔雀(くじゃく)の話までしてしまったのは、やはり、この道ではなかっただろうか。芙佐はバケツだけを軽くなった手にさげて、花屋にもどり、帰り道についた。

「先生、いつかお正月、孔雀した時のこと覚えてはりますか」

「忘れるものかね」

洋平は、芙佐の顔をふりかえってじっとみつめた。芙佐は自分の頬が熱く、耳朶が赤くなっているのがわかり、いっそう上気してきた。

それは洋平と深くなって半年くらいたった頃だった。年の瀬、大阪の劇場で、洋平の芝居が上演されていて、洋平は京都の家から毎日大阪へ通っていた。洋平の妻の千世子もその年の瀬は京都の家へ同道していて、芝居に通う洋平の面倒をみていた。洋平の浮気沙汰には、もうさんざん煮湯を呑まされている千世子は、さすがに夫の情事を嗅ぎつける勘は発達していて、まだ相手はたしかめていないまでも、最近の洋平の新しい情事の相手は、祇園か先斗町と見込みをつけていた。数年前には、上方の歌舞伎役者と上七軒の芸者をはりあって、新聞沙汰になるくらいの浮名を流したあとの上七軒に、まさかまた手をのばしているとは考えられないのだ。千世子は夫の新しい情事の相手をさぐるつもりで京都で年を越すといいはった。

洋平と、はじめておけら詣りをしたり、新年を迎えられると楽しみにしていた芙佐の望みは、千世子の出現でたちきられてしまった。

美人好みの洋平の相手を、芸者や舞妓の中にばかりさぐっている千世子は、まさか竹之家の女将の芙佐がその人とは気づいていない。洋平につれられて竹之家にも上り、心を押しかくして、格別ぬけめのないサービスにこれつとめる芙佐を、すっかり気にいってしまい、帰りには洋平に内緒の心づけまでそっと握らせる気のきき様なのだ。以前は新劇の女優で大成しかけていたのを洋平にみそめられ、舞台をあきらめ、洋平の二度めの妻を出して、結婚しただけに、千世子は是が非でもこの結婚を貫こうとしていた。

「女将さん、うちの人の監視頼みますよ。味方になってね。そりゃ、もう手の早い人なんだから」

手洗いに立った千世子を送って出た芙佐の耳許に、廊下ですす速く囁く千世子だった。

「へえ、へえ、ゆきとどきまへんことで」

とっさのことで、芙佐はどぎまぎして何をいったのかわからない。

「情が深すぎるんですよ。いつでも、女の方が夢中になってしまって、その後始末は結局あたしなのよ」

「先生は魅力がおありどすさかい」

「ええ、まあね、ああいう人でしょ。恋は芸のこやしだってひらき直るんですもの……でも、売物、買物なら、お金次第、何とか形はつけられますからね」

千世子の最後のことばが芙佐の胸にぐっとつきささる。ふん、たかが女優の出やないか、何が売物買物や、お高うとまってはって。芸者の中にかて欲得離れた恋する者かていてはりまっせ。声に出してどなりつけたいのをぐっとこらえ

「へえ、そうどすなあ」

と、あたりさわりのない声をだす辛さ。芙佐はその夜、つくづく、千世子をつれてきた洋平を恨んだ。

今、送りだしたと思った洋平から、十分後には電話がかかり

「気を悪くしちゃだめだよ。かえってあれの疑いをごまかすにはああいう非常手段の方が有効なんだから、このわびは明後日の晩、たっぷりするからね」

といって来られると、もう涙ぐんで許してしまう。そんな想いをした年の瀬の二十五日から洋平が感冒で倒れ、それをこじらせて肺炎をおこし、京都の病院に入院してしまった。

千世子は帰京するどころか、そのまま、京都にいついて、病人の看病につききりになった。芙佐も心にはかかりながら、暮は宴会つづきで目が廻るように忙しく、心の半分も見舞うことが出来ない。それにいつ行っても千世子がベッドの傍にいて、洋平の軀の汗を芙佐の目の前で拭ったりするのを見せつけられるので、いっそう足が向

かなくなってしまうのだった。

洋平から直接電話がかかったのはその年もすぎた元旦の十時すぎだった。午前十一時から二時までの間なら、千世子が大阪へ年始に出て病院にいない。その間に必ず来るようにという。

芙佐が病院についたのは十二時前だった。

「あけましておめでとうさんどす」

病室に入ってきた芙佐を見て、洋平がベッドからしみるような微笑をよこした。

「ああ、やっぱり、黙っていても、それを見せにきてくれたね」

「へえ、三日のうちにお目にかからせてもらえるのやろかと、そら案じてましたんどす」

洋平は髭もあたり、真新しい寝巻を着て一見病人には見えない。それでも芙佐が接吻しようと近づくと、まだむっと熱の匂いが鼻をうった。芙佐は黒紋付に佐賀錦の帯をしめていた。五十三次を染めた黒紋付は洋平のアイデアで、秋口にもう染めに出したもので、洋平からの最も金嵩（かねがさ）のはった贈物だった。

「今朝、はじめて袖を通して、今、はじめて見てもらうのが先生どす。ほんまにありがとうございました。今日は二時から、万栄の社長さんのお宅で新年宴会があってお手伝いに上ります。おかげさんでええ晴れさせてもらえます」

「それはよかった。とても似合うよ。上品で派手で、ぼくの想像通りだ。四、五年は着られるね」

「とんでもない一生大切に着させてもらいます」

「二時か……じゃここは一時すぎに出なくてはならないね……時間がないよ、ドアの鍵、しめておいで」

芙佐は、はっとして、洋平の顔を見直した。

「でも、まだお熱が……」

「何いってるんだ。何日、逢わないと思ってるんだ」

「でも先生は奥さんと……」

「ばかっ、元旦早々から、嫉きもちの嫉きぞめをするつもりなのかい」

芙佐は夢中でドアの鍵をたしかめに走った。帰りしなに、ついでにベッドの向うの窓のカーテンをすっとひいた。枕元にだけ光りが入るように残しておく。

洋平が足で毛布をのけた。一瞬、帯に手をあててためらった芙佐に、洋平が気ぜわしくいった。

「何をぐずぐずしてる。元旦じゃないか、孔雀になればいい」

芙佐は首から血がかけ上ってくるのを感じた。よく、座敷で、芸者と客が話しているのは聞いたことがある。松の内、髪を結いあげ、黒紋付で裾をひいている時、客が芸者に逢いにきて、その姿のままで縁起を祝うというのであった。芸者は正装のまま、帯も解けない、髪もくずせない。客が床の間を枕にして仰臥した上へ、黒紋付の裾を両手で持って、さっと開いた芸者が、かぶさっていく、その姿が華麗で豪華で、丁度孔雀が羽を広げた時のように見えるというのであった。

芙佐は話としては聞いていたが、自分がそんな経験をしたことはまだなかった。

「さ、早く、何をぐずぐずしてるんだい」

「ごめんやす」

芙佐は着物の褄を両手の指につまみあげ、すっと洋平に背をむけて、思いきって、両腕をのばしそれを左右に押しひろげた。

あんなきらびやかな逢いびきをしたことがないと、芙佐は胸にたたみこんでいる。心をつかって、下着の奥にも、洋平の贈り物のフランスの香水を吹きつけてあった。紋付の裾を翅にしてふわっと、ベッドに上り洋平の上にかぶさった時、芙佐は自分の奥からかもしだされる匂いにむせた。

着物を汚すまいと気づかう心がどこかにあって、動きが慎重になる。それを破らせようと洋平が試みる。上から見下されている時の安定感はなく、芙佐は自分の顔が四方から眺められているようで気持が上ずって落着かない。洋平に下から見上げられていると思うと自分の顔もこわばってしまう。

「どうした」

洋平が、試すようにはげます。

「へえ……」

「おれの家の二階と思ってごらん」

「へえ……」

「時間はたっぷりあると思うんだ」

「へえ……」

「かわいいよ、待っていたんだよ」

芙佐は次第に洋平のことばの魔にみいられてきてわれを忘れてきた。

宴会に出ても、芙佐はぽうっとしていた。酒をのまないのに、今のんできたように目もとが薄紅くそまり、手洗いの鏡でのぞいた顔は目がうるみ、自分でもどきっとするほどなまめいていた。

せんせは、ほんまに油断のならんお人やわ、終った時、着物を汚さないように、どうしたものかと思ったら、御じぶんであんなふうに始末してくれはるんやから、もう孔雀も昆布巻きもさんざん経験つんだお人やないと、あんなことまで気がつかはる筈はない。芙佐は宴会の席でふっと思う。昆布巻きというのは、黒紋付の正装の女が帯をとかないままで男にまかせることをいうのだった。

「おいっ、何をぼうっとしてるねん。竹之家の女将、何やら、おかしいやないか」

客のひとりの遊び人の弁護士に声をかけられて、芙佐ははっとなった。

あんな烈しい想い出を、洋平も覚えていてくれたのが芙佐は嬉しかった。

洋平との恋は灼熱（しゃくねつ）という言葉がふさわしかったが、それは芙佐の一方的なものだったのかもしれないと、この頃になって思うことがある。あの頃はまだ、稚子の父とは公然の仲がつづいている時だったので、芙佐も秘密を守ることに必死だった。

恋は秘密の間こそ美しいし純粋だと思う。芸者たちが、公然の仲の旦那との間ではあきたらず、危険を承知で、浮気な歌舞伎役者や、実意のない映画俳優を秘密のいろに持ち、さんざんしぼりつくされて苦労するのも、そんなところなのだろう。幸か不幸か、芙佐と洋平の間は、よほど鼻のきく女将なかまの間でもついに覚られなかった。それだけにふたりの仲が遠のいていった頃の芙佐の悩みもまた、誰にわけもってもらえるわけでもなく、ひとりで悩まなければならない問題だった。

別れ霜

稚子の父の宮口を愛していながら、あんな秘密の情事に自分を燃やすことが出来たというのはどういう心からだったのか。あの頃、宮口の仕事がうまくいかず、それの対策に打つ手のひとつびとつが、更に失敗を招くという形の時だった。宮口は相変らず、東京と大阪の間をめまぐるしく往復していたが、京都の芙佐の家から大阪に通うことが次第に少なくなり、仕事のためだといって自分の家に寝泊りすることが多くなった。

毎月の決った手当も、芙佐は自分からいいだして辞退していた。

「もうおとうちゃんに助けてもらわんでも、何とかやっていけるようになりましたさかい、お仕事の方が持ち直すまで、あんまり無理せんといておくれやす」

「そうか、そういわれると、かえって男として穴に入りたいような気持やけど、もう少し待ってや。必ずそのうち持ち直してみせるさかい」

もちろん、宮口に新しい女が出来ているわけでもなく、改めて妻に気持がもどっていったわけでもない。それは充分わかっているのだけれど、仕事にかまけて訪れが少なくなると、芙佐は気持ばかりでなく軀のまわりが冷いすきま風に包みこまれているような心細さにとりつかれた。最初の夫の武井とは二人も子供をつくった後も、さしてその肉体に惹かれていたわけでもないのか、武井が何日旅行して、家をあけても平気だった。それに比べると、芙佐は宮口によってはじめて女としての開眼をさせてもらったと思う。それだけ宮口に対しては嫉妬が強く燃えあがりもしたし、宮口と一週間も逢わない日がつづくと、どうしようもなく自分を持てあますことがあった。

そういう心と軀のすきまに洋平の誘惑がしのびこみ、自分でも信じられないもろさでそれにまきこまれてしまったというのが正直な告白かもしれない。

芙佐は洋平に誘惑されたということばをその後も、ふたりの寝床でしばしば口にした。

「誘惑というのは、されたがっている人間にしか無効のものだよ」

洋平は否定もしないかわりにそういった。

「あの頃の芙佐は、私でなくっても誰かに必ず誘惑されていたと思う」

「そんなことあらしまへん」

「いや、私は女をたくさん扱いつけているから、それは一目でわかるのだ。誘えばすぐなびく女か、ちょっと手間をとらせるが結局はなびく女か、どうしたところで決して自分を守り通し、誘いには応じない女か」

「ほなら、うちはその中のどれどす」

「まあ、最初の女だったね」

「そんなあほな」

芙佐は躍起になってうち消した。

「うちは、せんせに誘惑されるまでは、別れた亭主のことも、稚子のおとうちゃんのことも裏切ったことはおへんどしたえ」

「しかし、私が出てきて、きみは宮口さんをあっさり裏切った」

「……へえ……そやけど……」

「泣くことはないさ。女らしい当然のことだ」

芙佐は洋平を竹之家にはじめて迎えた時からいい客だと思ったが、自分の恋の対象になるような男とは夢にも考えていなかった。元来お茶屋の女将や仲居は、客と芸者をとりもっても、自分はそんな浮いた気持があってはならないと考えていた。

洋平は最初人につれられてきたが、その後ひとりでも、また客をつれても来るようになった。そうして洋平が竹之家の客になってからはゆきむらも大いに利用した。洋平は京都に家はあったが、ほんの浮気や、出来心で女を相手にする時はたいてい外を使った。もと祇園の舞妓で、今はバーを出し、東京まで支店を進出させている「おせい」のマダムは洋平の公然の恋人で、ゆきむらにはふたりで泊ったこともある。おせいはよく気のつく、頭のきれる女だったが、それを柔かな京ことばのかげにおしかくし、みるからに嫋々（じょうじょう）とした可憐さを示し、男なら誰でも思わず手をかしてやりたくなるようなところがあった。美人という点では、舞妓時代から名が売れていたが、祇園出の女の中でも、一、二に指を折られる。

おせい以外の洋平のつまみぐいの女をみてもみんな美人で、洋平は面くいなのだなと芙佐は判断していた。そして内心、洋平はドンファンとみなされているけれど、本当の極道の道はきわめていないのだと、心の中ではみくびってもいた。芙佐がこの商売を通してみてきた男たちは、極道がきわまると、美女を相手にしなくなる。政治家や実業家はたいてい妻は自慢の美人が多いが、妾は美女より実質の方を重んじる。年とってからもつづくのはたいてい不美人の頭のいい女にかぎられていた。

美人は老けるからはじめからさけておくのだと、はっきりいう実業家もいたし、天は二物を与えずだといった婦人科の院長もいた。

芙佐は洋平くらいの地位と男ぶりで、金離れがいいと、たいていの女は厭といわな

いのをみて、浅間しい気さえした。芸者の中でも、自分から
「せんせ、今夜うち残りたいわ、ねえ、かましまへんやろ」

と、自選して出る女もいた。

芙佐はそういう洋平と女たちの間を見たり、とりもったりしながらも、どうという気にもならない。その頃の芙佐にとっては洋平は単に客であり、あくまで葱を背負った鴨にすぎなかった。

大阪で、洋平の芝居をみて帰りおせいの店でのんでいた時だった。もう午前一時をまわっており、店は閉めて、仲間うちだけでのんでいた。男は洋平とバーテンだけで、あと数人は女たちだった。もうみんな相当に酔がまわっていた。どんな話からそうなったのか、洋平が、ふっと女たちを見回していった。

「この中で、やっぱり美女を選べといったらおせいかねえ」

「へえ、おおきに」

「わあかなわんわあ、おお熱つ熱つ」

衿替えしたばかりの芸者が袂でばたばた胸をあふる。洋平は芙佐の顔にじっと目をとめた。

「しかし一番魅力のある女を選べといったら……」

一座がちょっとしゅんとなった。

「女将、きみだよ」

芙佐はグラスを持った洋平の手で真直ぐ指され、きょとんとした。

まさか自分のことをいわれているとも思わず、芙佐はまわりの人々の顔をみまわした。

「何ぼんやりしてはるの、女将さんのことでっせ」

おせいに、ぽんとお太鼓を叩かれて、はっとなった。すると、一どきに血が顔にかけのぼってくる。

洋平のような男に、自分がどんな形にせよ意識されていると思うことは、あまりに晴れがましい。真赤になって

「ひゃあ、うちのことどすか、どないしょう、晴れがましいわ、せんせ、おおきに」

深々と頭を下げて、その場はそれでおさめてしまった。

洋平がひとりで竹之家に来たのは、それから数日後だった。

「今日は疲れているから芸者はいらないよ」

入ってくるなりいって、仲居を相手にして、芙佐をすぐ呼びよせた。芙佐は、宴会に出ていたが、あわてて帰ってきた。

「まあ、せんせ、おおきに、ようおこしやす」

この間のことが心にあって、芙佐は洋平がまぶしくてならない。

「女将は意外に純情だね。愕いたよ。きみの年で赤くなるなんてことは珍しい」

「ほんまに困りまっせ、すぐかっとなりますやろ、口の悪いお客さんがいわはります
ねんけど、ほんまどすか、せんせ。赤面する女はすけ平やって、こないいわはります
ねん」

「そりゃ、そういうこともいえるかもしれないな」

「あほらし、せんせまでからこうてはる」

芙佐は洋平がひとりで来てくれただけで、嬉しくてしかたがない。

「舞妓ちゃんでも呼んではるんどっしゃろか」

「いや、ぼくが断ったんだ。今夜は女将をくどきにきたんだから」

「ひえっ、ほんまどすか、まあ嬉しい」

わざと冗談のように、洋平の方へにじりよったが、ほんとうと嘘の区別がつきかね
て、芙佐は洋平の顔をうかがわずにいられない。

その晩、竹之家でさんざんのんだあと、木屋町のバーを二、三軒のみ歩き、洋平の
家へ送っていった。

車の中で洋平は芙佐の手をとり

「今夜は帰さないよ」

と当然のようにいう。芙佐は、あっと、身がひきしまったが、一瞬、声が出なかった。

「どうした、都合が悪いのかい」

「いいえ」

芙佐はそれ以上のことばは掌にこめて、洋平の掌を握りかえした。

洋平の家の留守居の老婆は、そんなことには狎(な)れきっていると見えて、芙佐の顔もろくにみない。

二階は書斎と寝室になっていて、もう寝室の方には夜具がこんもりもり上り、いつでも寝ていいように支度が出来ていた。

「明日はゆっくりでいいよ」

洋平が老婆にいうと、それが合図のように老婆は深々とお辞儀をして下ってしまう。

その夜、芙佐は思いがけない経験をした。稚子の父との間で、もう性愛の極致というものはきわめつくしていたつもりでいたのに、性愛は底のない沼のようなもので、どこまでいってもかぎりがないことを知らされた。

洋平のように行為のさなかに言葉の多い男ははじめてであった。芙佐は、女は言葉だけでも、きわまりのそばまで運ばれていかれることをはじめて知った。

芙佐は聞いたことのない言葉を決して忘れないでおこうと、神経を集めていたが、次第に洋平の言葉に酔わされていくうち、全身の感覚が電気を通されたようになってきた。

自分も何をつぶやいているのかわからなくなってきた。洋平の声に誘いだされて、自分の体内にうごめいている自分の知らない声がほとばしっている。

どれくらいの時間、そうやって夢とも現ともしれない境に漂っていたのかしれない。

洋平が、背を射ぬかれた猛獣のような声をあげたので、芙佐は思わず目をあけてしまった。そんな恐しい形相の男の顔を見ようとは思わなかった。

あのおだやかな表情の男が、こんな、物凄い形相になること、それが、自分という女を世界の涯につれだす労力のために、こうまで面変りしたのだと思うと、芙佐は感謝とも感激ともいいようのない想いに捕われた。

芙佐はこれで死んでもいいと思った。このまま、息が絶えたらどんなに幸せだろうと思った。自分はこれまで男を全く知らなかった小娘のような気がしてきた。宮口との間にあれほど長い歳月、水も洩らさない性愛の歴史を持ちながら、こんな感覚がまだ残されていたことが不思議でならなかった。

死んだようになった芙佐が気がついたのは明け方だった。

「可愛いいよ。きみはやっぱり、ぼくの想像通りの女だった」

「せんせみたいな女殺しにかかったら、どんな女かて、ひとたまりもありまへんやろなあ、よう、わかりました」

「わかったか」

「へえ」

「恐れいったか」

「へえ、恐れいりました」

「冗談はさておいて、女将も私も、もう社会的に立場の決った人間どうしだ。これも縁だから、お互い縁を大切に育てていこう。しかし、大人の恋愛をしていこうね。わかってるね」

「へえ、そらもう、どんなことがあったかて、先生の足手まといになったり、御名をけがすようなことはせんつもりどす」

「きみたちが想像している以上に私は恐しい軀なのだ。たいていの女は、はじめはみんなそういって素直にうなずいてくれるが、必ず半年めくらいからは文句をいう」

「そら、せんせがその頃、新しい浮気をしやはるからどっしゃろ」

洋平はいかにも愉しそうにからからと笑った。芙佐はこの男が次の女を手を出す時を想像しただけでも、もうはや心が煮られるようになっていた。

洋平ほど女の扱いに心のこまやかな男にめぐりあったことがなかった。芙佐は、朝、着物をつける時、そのことをまた思いだした。

洋平の家につれて来られた時、もう相当酔が廻っていたが、芙佐は自分で帯締をとけないほど酔っていたわけではない。しかし洋平は芙佐の着物を脱ぐのに、芙佐の手を全く使わせなかった。

向いあっていた洋平の手がすっとのび、まず、帯締の結びめに指がかかった時、芙佐は肌に直接、洋平の指がふれたように身震いをみせた。芙佐の手が思わず、手伝おうとのびるのを、洋平の手が払いのけた。はじめて、それが洋平のやり方なのかと納得して、芙佐はすなおに坐ってされるままになった。

結びめのとけた帯締を洋平の片手がすっとひきぬいた。帯と帯締がきしりあう音が、なまめかしく夜の気をひきさいた。

った。

洋平はひきぬいた帯締を片手で畳に置く時、するりと二つに折り、ついで四つに折

その次、帯あげが同じようにひきぬかれ、それもふわっと畳に端からおろされると四つ畳みにされた。芙佐は感嘆を押えて、その器用な洋平の手つきに見惚れていた。帯も同じように畳まれたが、愕いたことに、洋平は、ちゃんと太鼓と、前の帯の模様のところは、折目がはいらないように気をつかって畳むのだ。

それは女でも、よほど着物に金をかけ、着物に愛着がわいて来る頃でないと自然には出来ない心づかいだった。

洋平が、もうすでにどれだけ、女たちに、着物や帯を買ってやり、それをといてきたかがわかった。着物を自分の命のように思っている色町の女の心情を、底の底までみきわめている扱いだった。

洋平が着物を大切に扱ってくれるのを見ると、芙佐は自分自身が大切に扱われているような錯覚を覚え、心が一挙にほとびてくる。

乱暴に女の着ている物をむしりとるのも、時と場合によっては女の情感を刺激するが、洋平のような扱いをされると、女に生れたことが有難くなる。

朝、洋平は芙佐といっしょに起きて、風呂に入り、全身をくまなく芙佐に洗わせ

た。

「覚えておくんだよ。今度逢うまで忘れないためだよ」

洋平は自分の軀のすべてを芙佐にゆだねながらそういった。芙佐はその時も、内部からふきこぼれるような激情を感じて、思わず洋平の脚の間に顔を埋めてしまった。

朝食の膳につくと、赤い御飯に頭付の鯛が焼かれてのっていた。

「これは……」

芙佐がおどろいて洋平をみると
「誕生日だよ」

「えっ、せんせのどすか」

「ばかだなあ、ぼくたち二人の愛の誕生日じゃないか。昨日からそのつもりでいっけてあったのだ」

そのことばを気障とは聞けず、芙佐はお膳に向かって掌をあわせてしまった。

大人の恋愛をしようといわれたことが肝に銘じていて、芙佐は出来るだけ自分の心を押えこみ、うるさがられない女になるように努めた。

宮口を愛さなくなったわけではない。以前にもまして宮口をいとしいと思う心はどういうわけなのか。宮口の目をかすめて洋平に抱かれていながら、宮口に掌をあわせて、おとうちゃん、かんにんと、心に叫んでいることがある。洋平はそんな芙佐の心まで見透しなのか、時々、寝物語に自分の方から宮口の安否を訊いた。

「この頃、宮口さんはどうなっている」

「へえ、まあ、何とか少しずつ、仕事の方ももりかえしてはるようどすけど、今が一番大切な時やろうと思います」

「こんなこと、私の口からいうのはおかしな話だが、きみはこんな時こそ、彼によくしてあげなくちゃいけないよ。男は女次第で生きる力も出てくれば、一生を台なしにすることもある。私はいいんだよ。私に遠慮してはいけない。私は、きみがどんなふうにしていようと、私のものだということは知っているんだから。男と女の愛情を、私はそんなにけちくさいものに考えていないのだ。だから、安心していていい」

「へえ、そら有難いお話ですけど、せんせの方は、やっぱり、あちこちに浮気の花は絶えずおつみやすのどすか」

「その時々の都合さ。でも、今の若い人はこわいからね、うっかり手を出すと火傷する」

「へえ、その火傷を最近またおしやした話、もう聞いてまっせ」

「女将でもそういうふうに嫉いてくれると、やっぱりうれしいね。嫉きすぎるのも困るけれど、全然、嫉かないのも手応えがない」

「嫉かへん女などおいやすやろか」

「稀にはいるよ、しかしそういう女はだいたい神経が鈍いし、セックスも不感症に近いね。それから嫉くのは自尊心にかかわると思って、決して、それを見せないのもいる。これもやっぱり憎らしさの方が先にたって、高慢な感じがする。嫉き方は難しいよ」

「うちは、相当な嫉きもち嫉きどっせ。そやけど、せんせみたいな人の心の中を見ぬいてしまわれる方にかかったら、おたおたしてしもて、どう嫉くひまもあらしまへん」

　時々、思いがけない時に、呉服屋がいつのまにかみたててくれてあった着物をとどけてくる。えり萬とか小大丸とかの着物は、おそらく、それひとつ買いに入ったものではなく、何人かの女に洋平が思いついた時、一時に贈ったものかもしれないと、勘ぐりはするが、芙佐自身の好みよりも洗練されたそれらの着物には、洋平の心がこもっていて、身につけた方が、畳んでみるより、ずっと着ばえのするものばかりであった。

「一流のものをつけておきなさい。一流の女将になるには下着から頭のもの、足袋にいたるまで一流をつけておかなければだめだよ。そういうものの雰囲気が自然身にそなわってきて、何を身につけても着物負けしない中身が出来るのだ」

洋平に教えられた衣裳哲学を、爾来、芙佐は身にしみて守っている。

あの結城と、あの大島と、あの色留袖にあの帯……指を折ってみれば洋平から贈られた着物はほとんどみんな今も使っている。どちらかといえば、洋平は芙佐には地味に思うものばかり選んでくれたような気がする。

芸者を引きたてるため、座敷でも宴会でも、女将や仲居は派手ななりをしてはいけないというのが暗黙のきまりでもあった。

洋平との仲は、結局二年余りしかつづかなかった。もちろん、その間も、洋平が妻の外には芙佐ひとりを守っていたとは信じ難い。おせいとの仲もつづいていたし、おせいの東京の店の若い女に洋平が手をつけて、一時おせいが逆上したという噂も小耳にはさんでいる。

「せんせは、何でそんなにいつまでも女をなさるんどっしゃろなあ、そない面白うおすか」

芙佐が聞いた時、洋平は少し酔った顔に、にやっと笑いを浮べていった。

「面白いねえ」

「へえ、何がどす」

「たとえてみれば釣と同じ心境さ」

「釣？」

「ああ、釣をする時は、魚や、流れによって餌を選んだり、竿に工夫をこらしたり、色々苦心するだろう。そうして釣った魚が大きかったり、小さかったりいろいろある」

「へえ、そんなら、やっぱり逃がした魚は大きいと思わはりましたか」

「まあね……しかしぼくは釣の名人だからな」

「はあ、もうよういわんわ」

「やっぱり、ばたばたあばれて、釣りごたえのある魚を、格闘の末、釣りあげた時はちょっと、愉快だな」

「うちはだぼはぜみたいなもんどしたな」

洋平は笑って答えなかった。

芙佐は二年の間は、洋平の電話一本で、東京へでも北海道へでも、九州へでも飛んでいった。

忙しい洋平のことだから、いつでもそんな誘いは突然だったが、芙佐は何をおいても呼ばれた場所にかけつけた。もちろん、その時、仕事のことで、行き難い場合も少なくはなかった。芙佐はそれでも、無理算段して出かけていった。

大人の恋をしようといったのは洋平からだったし、お互いの仕事を大切にしようといったのも洋平だった。しかし芙佐は、長い商売の経験から、男というものは所詮自分本位で、決して女の立場などには思いやりのないものだということを知っていた。洋平ほどの男なら、理性ではわかっていても、感情が理性に伴わないのだ。どんな無理算段も、惚れた男のためにつくすのが女で、それを文句をいう女は、本気には男に惚れていないのだと考える。芙佐は男のためにいつでも時間も金も無理算段してきたからそれが当然のように思っていた。

洋平の誘いがいつのまにか間遠になり、こちらから連絡しても、なかなか本人に伝らないことが多いのに気づいたのは、二年めの記念日を迎えてから、二、三ヵ月すぎてからであった。

そうと気づいてから、芙佐は自分の方からそれとなく誘いをかけてみたり、上京したついでだとかいってふいに洋平を訪ねたりしてみたが、うまくはぐらかされて、三度に一度くらいの割でしかつかまらなくなった。

逃げられかけているのかと思うと心が焦り、小娘のように落着きがなくなった。芙佐は目が覚めてから眠るまで、洋平のことを思いつづけ、夢の中まで洋平を追いつづけた。

座敷が終ってから、やけ酒をのみにバーを梯子(はしご)したりしたのもその頃だった。洋平が京都に来たのに、芙佐に連絡しなかったことがそうしたバーの一軒でわかった時などは、午前二時の鴨川の河原に出て、身を投げだして号泣した。

男に愛されたことも、男をふった覚えもあったが、まだ愛している男から捨てられた想いはなかった。

「あんまりどっせ、せんせ、あんまりどっせ」

芙佐は鴨川の河原で土を叩いて泣いた。

捨てるなら、捨てる理由をつげてほしかった。別れなければならないなら、ことわけて理由をつげてくれれば納得し難くても納得したであろう。しかし洋平は、次第に連絡をさけ、約束をはぐらかすことだけで、芙佐の想いをひとりで解決せよという態度をつづけた。

もしあの頃、宮口が肝炎で倒れなければ、芙佐はあの失恋地獄から立上れたかどうか自信がなかったと、今になって思いだす。

宮口の急の病気で、芙佐は罰が当ったと思った。宮口は自分の事業の立直しのため、気を奪われていて、最後まで芙佐と洋平の浮気沙汰には気づかずじまいだった。芙佐は宮口が倒れたと聞いた瞬間、その場にへなへなと腰をぬかしてしまいすぐには立上れなかった。

宮口が死んだら自分も死のうと思った。洋平への恋は胸を焼き焦すようなものだったが、宮口への愛はおだやかで陽にぬくもった海に抱かれているような感じだった。洋平と宮口のどっちが自分を愛してくれているかは、比較するまでもないことだった。洋平のはあくまで遊びだった。恋の情緒を味わえばいいので、栄養にならない口にうまい料理のようなものだ。米の飯や味噌汁のような宮口の愛の方が自分にとってはなくてはならないものだくらい考えなくてもわかっていた。米の飯に不自由していないからこそ、変った口あたりの料理をつまみぐい出来たともいえよう。

「罰が当りました、罰が当りました」

芙佐はさして信仰心があったわけでもないが、その時ばかりは清水に願掛けをした。商い（あきない）が終って深夜、ゆきむらへ帰ってから、軀を清め、真夜中の清水観音へお詣りにいく。

宮口の命を救けるためには、自分の命をとってくださってもいいと、本気で祈った。芙佐は人気のない観音堂で、土下座して祈りつづけた。

お百度も踏んだ。水ごりもとった。身を苦しめれば苦しめるほど、芙佐は自分の体内から洋平との情事の罪が洗い流されていくように思った。

宮口の病気が快方に向かった頃、気がついたら、もう三ヵ月もすぎていた。その間、商売は一日も休まず、大阪の病院に入っている宮口の病気だけを案じ暮したので、いつのまにか、あれほど心に衝撃を受けていた洋平とのことはすっかり心から消えていた。

ああ、これが痴を離れるということなのかと、芙佐は目から鱗が落ちたように思った。

宮口からはもう毎日、電話で病状を伝えてくるようにもなったし、妻の来ない日をみはからって呼びよせることもあった。

芙佐は、そんな日は、何を置いても宮口の病院にかけつけた。

長い病院生活で、宮口はかえって前より顔色もよくなり、肥りもみせはじめて若がえっている。

「ほんとに心配させたなあ、今度という今度は」

「ええ、もうこんなことは御免どっせ、これからはからだ第一にしておくれやす」

「ちょっと来てごらん」

ベッドに近よった芙佐の手首をつかみ、宮口はひきよせて、毛布の中に導いていく。

「な、もう大丈夫だろう」

芙佐は手ごたえのある熱いものを掌にも指にも確かめながら、ふいに目の中にあふれてくる影像をもてあます。それはこういう場合思い出してはならない洋平との孔雀の場面だった。

「鍵かけておいで」

「まだ、あきまへん、せっかくここまでお治りやしたんどすから、もうちいっと辛抱せなあきまへん。元へもどってしもたら、どないしやはります。これまでのことが水の泡どっせ」

「すれば厄払いになって治るんだよ」

「奥さんと、もうおしやしたんどすか」

「阿呆な、お前だからその気になるんじゃないか」

「ほなら、ちょっとお元気なお顔に御挨拶させてもらいまひょ」

芙佐はす速く、毛布の裾を持ちあげ、そのかげに顔をさしこんだ。

上気した頬をあげた時、宮口が、上体をおこし、はげしい勢いで芙佐の肩をつかみ、唇を吸った。

「早く退院して、京都へ帰ってきておくれやす」

芙佐はうるんだ目でいった。

あの洋平に夢中になり、宮口の目を盗みつづけていた二年間が、嘘のような気がする。

これほど純粋に自分を信じ切っている男を、よくもあれだけ完璧にだませたものだと思う。

やっぱり宮口こそ自分を心底愛してくれているので、洋平とのことは遊びにすぎなかった。遊びを遊びとしてさばけない野暮なところが自分の中にはあって、それに洋平のダンディズムが反撥もし、退屈もしたのかもしれない。洋平を怨む筋はなかったのだ。芙佐は宮口にせがまれてもう一度毛布を持ちあげながら、目の中の洋平の俤(おもかげ)を払いのけた。

いつ別れたと、はっきり線はひかれない曖昧さで、洋平と芙佐の間は遠のき、また、いつ戻ったともわからない自然さで、気がついたら、洋平は以前のように竹乃家もゆきむらも利用するようになっていた。

芙佐はさすがに顔色ひとつ変えず、そんな洋平をいい客のひとりとして迎えいれ、万事ぬかりなく洋平の心を充たすよう女将としてはふるまった。

別れた当時の話を、淡々と出来るようになったのは、数年もたってからだったろうか。

もうそれまでには、芙佐の手で洋平に、何人か芸者をとりもってもいたし、時には、衿替え旦那になってくれと、舞妓のために頼んだりしたこともあった。

珍しくふたりで、向かいあって遅い芸者を待っている時間つぶしの時であった。

「ちょっと、うかがいたいことがありますねんけど、聞いてもかめしまへんか」

「何だいあらたまって」

「きっと、怒らしまへんか」

「ああ、たいていのことなら怒らないつもりだけどねえ」

「ほなら伺いますけど、せんせには、何で、うちをあないむごいめにあわせはったんどす」

「むごいめ？」

「へえ、そうどす。いやならいやと、はっきりどこが気にいらんようなったと、得心づくようお話してくれはったら、うちもああは悩ましまへんどしたえ」

「いや、悪かった」

洋平はあっけないほどあっさりあやまって、銚子をとりあげると、芙佐の盃をなみなみ充たしてやった。

「そういわれれば、一言もない。実はこれまで、女将から、全くその話にふれてこなかったので、内心感心していたんだよ」

「へえ、そしたら、今、ふれてしもうては、せっかく感心してもろてたのがぱあになりましたなあ」

「いや、もう今となっては、時効だよ」

「時効でっか」

「実はね、ぼくは女将の年齢やキャリヤからいって、もっとあんたは図々しい肚の坐ったところのある女なんだろうと思っていたんだ。ところがああなってみて、すぐわかったんだけれど、きみみたいに純情な女はそうざらにはいない。あんまり年甲斐もなく純情で一途なんでびっくりしたんだ。もちろん、それは嬉しいさ、嬉しいから二年もつづいたんだ。しかしね、考えてごらん、あの一途さであと、一年つづいていたら、とうていわれわれは秘密はたもてないし、ぼくの方も、きみの純情にこたえるため、あのままではすまされなくなってきたと思うよ、わかるだろう」

「へえ……まあ」

芙佐は何という口のうまい男かと思う。しかし、やはり、この場のがれの話にしろ、洋平の口当りのいい言葉の魅力はまだまだ芙佐をしびれさせるものがあった。

「やっぱり、われわれは大人の恋を愉しんだと思うよ。あれ以上、べとべとしていては、いやな思い出もまざってくる。そうだろう。女将はあの頃を思い出していやなことがあったかい」

「いいえ、今でも夢によう見ます。ほんまに楽しかった夢ばっかり見せてもろてます」

芙佐はいいながらやはり涙ぐんできた。

女誑し(たら)という者は、別れた女のすべてに、自分をなつかしがらせる能力がないと、ほんとうの女誑しの資格がないとは、洋平が光源氏(ひかるげんじ)について書いた芸能雑誌の文章にあった言葉だ。

芙佐は洋平といつとはなく切れてしまってから、ふと、その記事を髪結いの時間待ちに発見し、思わず膝を叩きそうになった。よくもまあ、ぬけぬけと、こんな虫のええこと書かはってと、思いながらも、それを見て腹が立つより、いきなり背後から肩を叩かれたような、なつかしさを覚えたことは否めない。

捨てられたという惨めな想いはなく、遠ざかったという美しさがただよっていて、想い出は歳月と共に色あせるどころか、あえかな匂いをうち添えてきさえする。

別れ上手という言葉は、洋平のような男をさすのであろう。

芙佐は立場上、それから後にも、さまざまな男と女の別れ話に立ちあわされたが、みれんが強く、日頃はきれいな口をきいているくせに、いざ別れ話となると、まるで人がちがったように取り乱し、なりふりかまわず、醜態をさらすのは、女の方に多かった。

男には、最後に守らなければならない面子があるから歯をくいしばって、みれんを断ち切る力があるが、女は、最後には恥も外聞も失ってしまう強さがあった。

洋平との別れでの、せめてもの慰めは、芙佐自身、苦しみをひとり呑みこみ、誰にも気づかれず、自分の舌で自分の傷口をなめて立直ったことであった。

あれほど天下に公認の形であったおせいとの仲も、洋平はいつとはなく断っていた。

いつだったか、おせいとふたりでホテルのバーでぱったり逢い、ウイスキーをのみあったことがあった。その時、相当酔っていたおせいが、ふっと声を落していった。

「いっぺん、女将さんにきいてみたいと思うてたんやけど、女将さんと、うちのせんせとはどうやったんえ」

「へ、何のことどっしゃろ」

芙佐はとっさにとぼけてみせた。

「あったんとちがいますか」

「ふあ、そんな話、噂にしたかて光栄やなあ、浮名もうけやわ」

「ほんま?」

おせいは、酔ってますます凄艶さをました目でじっと芙佐の顔をのぞきこんできた。

「いっぺんくらい、してもらいたいお人どしたけど」

「ふうん、ほなら、うちの勘の狂いや。うち、四、五へんはつきおうてはったんやろ思うてた」

「おせいさん、何で遠のきはったんどす」

「別れ上手のお人やもの、とてもかないしまへん。ぼくが死ぬ時、思い浮べるのはきみだと思うよ……そんな殺し文句いわれてぽいですねん」

おせいは芙佐に泣き笑いの顔をむけ、残っていたウイスキーをぐっと一気にあおった。

塀の青草

関なおみは昨日植田敏子から送られてきた「古都旅愁」のゲラ刷の一部を「ひかり」の中で読んでいた。菊池恭子の原稿は出来た片端から植田書房におさめられていて、それはゲラになって、関なおみの方にも廻されてくる。恭子の文章と、なおみの撮った写真は挿絵のように必ずしも一致しなくていいというのが、植田敏子の考え方だった。

「菊池さんの文章は独立していて、関さんの写真も独立していて、それぞれの個性が光りあって、二人の古都の印象と捕え方がしのぎを削っていていいと思うんです。たまたまそれがぴたっと一致する場合だってあるでしょう。それはそれでいいのよ。京都なんて、旧い都は、手れん手くだを心得た魔女の魅力みたいなものがあって、捕えられた人たちには十人十色の表情をみせるのではないかと思うの、京都という魔女の魅力を正面から描いてくれてもいいし、その不用意な背姿の影を撮ってくれてもいいし、私たちは、それを一冊の本にまとめあげて、読者それぞれの眼鏡(めがね)に勝手に写しとってもらえばいいのですから」

そうはいっても、菊池恭子の見た京都はこうなのだということを参考のために読んでおいてくれと、ゲラを渡すほどの用意は怠らないのが敏子のやり方であった。

列車は、浜松(はままつ)をすぎた頃であった。車窓に拡がっていく田園の風景から目をもどし、関なおみはゲラ刷を読みはじめた。

塀の青草……………………菊池恭子

夢よりもはかなき世のなかを嘆きわびつつ明かし暮すほどに、四月十余日にもなりぬれば、木のした暗がりもてゆく。築地のうへの草あをやかなるも、人はことに目もとどめぬを、あはれとながむるほどに、近き透垣のもとに人のけはひすれば、誰ならんとおもふほどに、故宮にさぶらひし小舎人童(こどねりわらわ)なりけり。

私は和泉式部日記のこの書き出しの文章が少女の頃から好きであった。夢よりもはかない人の世の男と女の縁の薄さを思い嘆いているうちに、いつのまにか冷い冬が去り、春が訪れていて、ふと気がついたら、家の築地の上にみずみずしい春の若草がのびている。いつ、どこから運ばれてきたともしれない雑草の種は、荒れはて、くずれかけた築地の上の土にも根を落し、命の芽をふいて春を生きようとしている。人の目にも気づかれないようなそんな雑草の営みも、恋しい人に先だたれた悲しみの心をいだいている涙の目にしみじみとうつって、いじらしくもなつかしくじっと目がそそがれる。

この上なく愛し愛された為尊親王を失った傷心の和泉式部が、家の縁側から、築地の上の青草に見とれている風情は、それだけで詩になり絵になる図柄である。私はこの文章をはじめて読んだ少女の春、思わず、目の中に、春の若草の色がしみるようにひろがった感動を忘れることが出来ない。

京都の春を歩いていると、まだ生きた土の匂いをかぎ、履物の裏にしっとりと吸いつくような土のしめりと弾力を感じることがある。完全にアスファルトで舗装されてしまった東京の砂漠のような地面ばかり歩き馴れている足には、土の素肌の柔かさが、どきっとするほどのなつかしさで伝ってくる。

もちろん、京都でも大通りの大方はアスファルトで舗装されてはいるが、横町から横町へと迷っていくと、まだ土の素肌に出逢うことがある。土の生きている所には青草が芽生える。名もない雑草が道ばたに、しみるような緑の色を添え、時には白や紫の小米のようないじらしい花さえ咲かせている。

私はそういうみどりに逢うたび、和泉式部日記の冒頭の文章を思い浮べる。草の生える築地というものは、おそらく黄色い土肌をむきだしの、質素なものだったのであろう。

今でも、京都の町をひとり迷い歩いていると、思いがけない横町のつき当たりに、ひっそりとした寺が建っていて、そこに築地がはりめぐらされているのに出逢う。

洛北（らくほく）や洛西（らくせい）の、竹藪の小路をぬけていった明るい野の中にも、幻のように鄙（ひな）びた寺が残っていて、そのめぐりは築地で囲われている。たいていは上塗りの白壁ははげ落ち、中から黄土の粗い地肌がのぞいている。築地の上に瓦を置いたようないかめしい寺院よりも、まるで土を盛りあげた土手に囲まれたような素朴なたたずまいの土塀を持つ寺の方がなつかしく、思わず中にふみ迷ってみたくなる。

黄色い土塀には、瓦を横にいくつも埋めこんでいるのもある。築地の土は、手をふれると、たいていほのあたたかく陽を吸っていて、人肌にぬくもっている。

春のはじめ、そんな築地の上や、塀の表面に、青草が芽ぶいているのを見る。一ところが崩れおち、そこにいばらなどがはびこっているのもある。それはそれでまたなつかしく、築地の崩れから思わずのぞきこんだ尼寺の庭に、炎をふきあげたような白木蓮の花ざかりを見つけたりすることもある。

ごくまれに、築地の中から、のどやかな読経の声が聞えてくることもある。年老いた男の声の時もあれば、痛々しいほど若やいだ澄んだ少女めいた女の声の時もある。


世を捨てるという言葉を、こんな時ほどなつかしく思い出す時はない。

私は黒谷のあたりの寺々の築地のたたずまいが好きだし、仁和寺の裏の、黄色い長い土塀の道も大好きなひとつである。また嵯峨野にちらばっている門跡寺の尼寺の、白い土塀のすがすがしさにも心惹かれる。

京都の町なかの、板塀に囲まれた民家のたたずまいにも心惹かれるけれど、やはり京都へくると、土の匂いのする築地を需めて、小路から小路へ、あるいは野の路をどこまでも、探し歩いているような気がする。


あれはどこの寺だったろうかと、関なおみは思いだす。所々ゲタをはいたゲラ刷は読み難かったが、それだけに、すらすらと読み捨てには出来ず、文章の行間から、京都の土の匂う路や、陽にぬくめられ、かげろうの立つ土塀の白や黄が浮びあがってくる。
四、五年前の、長沢明との恋がさかりだった頃のことだ。その日も、関なおみは長沢明に伴われて嵯峨野をあてもなく歩いていた。
もう春だったが、まだ桜は蕾をふくらませきって、一夜にほころびる最後のあたたかさを待っている気配であった。

この頃ほどに、嵯峨野にも人出は多くなく、まして、花には一足早いウイークデーの午後なので、ほんとに風流気のある人影がちらほらしているだけであった。

なおみは、うっとりとして歩いていた。心の通いあった長沢明との間には、さっきから会話らしい会話もなくなっていた。だまって、明の横によりそっているだけで心が安らいでいる。

あたりは静かで、どこからか鶯の声が聞えていた。あるかないかのせせらぎの音もする。

あっと、声にだした時は、もう片足を土についていた。

「どうした」

長沢明がすぐ抱きおこしてくれたが、なおみは痛さに眉をしかめたまま、すぐには返事が出来なかった。

左手で押えた左脚の膝がしらから血がふきだして指をねっとりと濡らしてくる。

「石につまずいて……そこのとがった石で切ったらしいわ」

「どらみせてごらん」

長沢明がその場にしゃがみこみ、なおみの左手を払いのけて傷口をしらべた。

「これはひどい……困ったな、消毒しなきゃ」

はっと思った時、長沢明は顔をよせ、その傷口に唇をつけて血を吸いとった。

「あ、よして、人が来る」

なおみがあわてて、長沢明の肩を押しかえした。ふたりのいる道の横に、白い低い土塀がつづいている。塀ごしに、まだ町なかよりも固い桜の蕾をいっぱいつけた枝がのびていた。


土塀はところどころ、傷んで白壁がおち、中から黄色い地肌がのぞいている。ふたりのとどまっている右側に、細い流れの溝があり、その上に一またぎの土橋がかかり、奥に、石畳の道がのびていた。道の両側には竹を編んだ光悦垣（こうえつがき）が飾っている。

その石畳の道を、こちらへむけて一人の尼僧が歩いてくる。なおみがいち早くその影をみつけて、尼僧のくる方に背をむけてかがんでいる長沢明に注意したのであった。

長沢明が立上ってふりむいた時、尼僧はもうふたりの方へずいぶん近よっていた。近づいてみると、尼僧はまだ少女めいた初々しい若僧だった。白粉気のない白い頰にうす紅く健康な血の色がすけ、洗いたての貝殻のような清潔な耳に、うぶ毛が金色に光っている。黒い衣をつけ、剃りたてらしいまるいつむりが青々としていた。

若い尼僧はふたりのそばまで進んできて、足をとめた。

「まあ、どないしやはったんどす」

声も顔付を裏切らず、澄んだ少女めいた声だった。

関なおみの膝から破けたストッキングを汚し、その間にも血がにじみ出ているのに目を注ぎ、若い尼僧は眉をひそめた。

「ころばはったんどすか」

「ええ、ぼんやりだから」

「あ、そうや、ちょっと傷口洗うてお薬おつけしまひょ。どうぞおいでやす」

尼僧は、なおみに向かっていい、自分は今来た道へ引きかえしていく。

「さ、おいでやす」

なおみがどうしたものかと、遠慮してその場に迷っていると、尼僧はふりかえってついてくるようにうながした。

「その方がいいよ。バイ菌でも入るといけないから」

長沢明まで口を添えるので、なおみは尼僧の親切にすなおに応じることにした。

「いっしょにいって」

「ああ、いいよ」

ふたりが、尼寺の門へ入ると、尼僧は安心したように足早に先導する。

石畳の道の奥に、箒目もすがすがしく掃き清められた前庭があり、尼寺の玄関は、その奥に、白い障子を見せてひんやりと静まっていた。

「さあ、お上りやす」

尼僧はふたりの客にすすめ、自分は障子をあけると、只今と、奥へ呼びかけ、座敷の方へ小走りに廊下を去っていった。

尼僧がすぐ引きかえしてきて、なおみの手をとらんばかりにして、奥の部屋へ案内した。

長沢明が、どうしたものかとためらっていると、若い尼僧は、片えくぼをつくって人なつっこく長沢明をみあげた。

「お客さんは、すみませんけどそこのお部屋で待っててておくれやす。傷のお手当してすぐもどらはりますさかい」

尼僧の指さす部屋は南に庭をひかえた明るい部屋だった。

関なおみは、尼僧に案内され、廊下をわたり、一室へ通された。三十すぎとみえる尼僧がもうひとりいて、すでに膝の前に油紙を敷き、その上に脱脂綿やオキシフルや繃帯(ほうたい)を並べていた。

「おお、おお、これはおひどい」

年かさの尼僧がなおみの脚をみてすぐいった。

「さあ御遠慮なく、傷を洗うておくれやす」

関なおみは尼たちの親切に甘え、その場で傷口をオキシフルで洗い、軟膏をつけ、白い繃帯を巻きつけた。

「とんだお世話をおかけいたしまして」

「なんの、これくらいのこと。でもまあ、これで一時しのぎにはなりますやろ」

いつのまにか若い尼僧がお盆に茶道具をのせてあらわれた。

「お茶なら、あちらのお客さんにも御一緒に」

年かさの尼僧がいう。

尼僧たちといっしょに、長沢明の待っている部屋に行くと、なおみは入口で

「まあ、きれい」

と、声をあげてしまった。

明るいその座敷には、壁ぎわに雛壇（ひなだん）がしつらえてあって、赤い毛氈（もうせん）を敷いた段の上にはびっしり雛人形が並べられていた。

それは、民家でみるような規模ではなく、まさに壁いっぱいという大きさの雛壇だった。

「素晴らしいものだよ。おかげでちっとも退屈しなかった」

長沢明が雛壇の前からふりかえっていう。

「どう、痛まない」

「ええ、おかげでさっぱりしましたわ」

関なおみは答えながら、自分も雛壇の前に吸いよせられていった。

内裏雛や官女や囃子（はやし）などの人形の他に、どきっとするような古い立派な御所人形がいくつも並べられている。下段はまた、金蒔絵（きんまきえ）のついた雛の道具が所せましと並べてある。

小さな盥（たらい）や、茶道具や、めがねや、耳かきまで細々と揃っている。豆粒のような碁石を揃えた蒔絵の碁盤もあれば、百人一首のかるたまで揃っているのだ。

なおみは、感嘆して、そのいじらしい雛道具のすべてにみとれていた。

「さすがに門跡寺はちがいますね」

長沢明が、なおみにとも尼たちにとも聞える口調でつぶやいた。なおみはこの寺が門跡寺だとはじめて気づいて、なるほどと、あらためて尼僧や雛たちを見直した。

「昔の門跡さんは四つ、五つのかわいい盛りで、わけもしらずに門跡さんにさせられていましたやろ。そういういたいけな門跡さんは、お江戸からもはるばる渡ってこられたものどした。そういうお方のお荷物の中に、必ず、こんな雛人形の一式や、御所人形の数々がお供したということです。長い道中の御退屈しのぎに、こんなお人形がどれほど、幼い門跡さんをお慰めしたかしれません」

年かさの尼僧が、ひくいが美しい声でしみじみと話しだす。若い尼僧は、さっきから、だまって客にお茶をいれていた。

「まあごらんなして、ほれ、この長持(ながもち)の中にも、夜具まできちんと入っておりますよ」

尼僧はいいながら、自分で雛壇の上に並べた長持の蓋を持ちあげた。

目でまぬかれて関なおみは長持の中を覗きこんだ。その中には緞子(どんす)の蒲団と、夜具が、きちんと折りたたまれて入っていた。すべて小さくままごとめいている。

「ごらんなさいまし、可愛らしいでしょう」

尼は細い指でそれらの夜具をつまみ出し拡げてみせた。すると底から長枕が一つあらわれてきた。それも緞子でつくられていたが、抱き人形のようにそれは長くて持ちごたえがありそうだった。

生涯不犯の門跡が、四つの童女から八十歳の尼僧になるまで、毎年こうして春の季節には雛を飾り、どんな想いで、これらのふたり寝の用意の幅広の蒲団や長枕を出してみたかと、思いやるだけでも、なおみは胸がせつなくなった。

あの門跡寺が、嵯峨野のどのあたりにあったのか、関なおみには記憶がない。長沢明と歩いた頃は、いつでも彼女は相手まかせですっかり自分をゆだねてしまっているので、気がついたらもうそこに立っていたという形だった。途中の道は、長沢明と歩いているという安らぎだけで、そこに何があったかも覚えていないことが多い。心にとどまる花や樹や、石仏なども、それらが突然、記憶の中に浮び上るので、その前後の道はかき消えているのだった。

あの門跡寺も、白い土塀と、光悦垣にはさまれた石畳の道とがいきなり記憶からよみがえってきて、そこへたどりついた道は彼女の中に何の記憶もとどめていないのであった。

あの寺の土塀も写してみよう。それから、あのおびただしい雛人形も撮っておきたい。尼寺の雛という題で、菊池恭子なら、また一章つくりあげるかもしれないではないか。

関なおみは、車窓に飛び去っていく田園や町を見ながら、心がなごやかにゆるんでくるのを感じていた。

長沢明に訊けば、あの寺を思いだしてくれるだろう。

風景は飛びさるような速さで置き去りにされていくのに、人の目というものは一瞬にずいぶん、色々なものを視てしまうものだと思う。レンズではとても敵わないと、関なおみは、今はじめてそのことに気がついたことに愕いている。

屋根の青い新しい小ぢんまりした家の庭で洗濯物をほしていた人妻らしい若い女がいちごのアップリケをしたエプロンをしていたことや、畑なかの道で、列車を見上げていた小さな男の子と女の子が、お揃いのセーターを着ていたことなど、なぜ目は一瞬に見てしまうのだろうか。

写真機のレンズというのは、被写体の形や色を正確には捕えても、いちごのアップリケとか、お揃いのセーターとか、そこだけ浮きだすような強さでは写しとらないことになおみは気がついた。

もし、写真が、人間の記憶に刻みつける心眼のように、画面の中に一点、焦点を強くして、そこが浮き出すように撮れたらどうであろう。あの種の、秀れた絵は、どれもみなそういうことをやっている。写真が、絵画に対抗するほど芸術的になるためには、そういうことが出来なければならないのではないか。

関なおみは、胸が急に高鳴ってきて息が苦しくなった。ちょうど昔、長沢明に逢いにいく時、こんな心の高なりと切なさがあったと思いだす。

「古都旅愁」の写真を、今気づいたようなことをとり入れて、視点をかえて撮ってみたらどうだろう。

車窓に、いつのまにか比良の山脈が写ってきた。今度来る時は返事を聞かせてくれるね、といった長沢明の声が耳にはっきりよみがえってくる。

一度断ちきったつもりの恋がふたたびよみがえってきたことを、どう扱っていいのか、関なおみはまだ心を決めかねていた。

長沢明は、もう離婚した妻との間には、何も感情的なもつれも残っていないから、関なおみさえ、その気持になってくれれば、いつでもいっしょに暮していいのではないかという。

「こうやって、何年も経ってまためぐり逢うということは、なみなみでない縁があると思うんだ。その縁を大切にしていいのではないだろうか」

そこまでいわれてなぜ逡巡する気持が残るのか自分でもわからない。四年の間に、無理にも心を恋から引き離すことに努力してきたのでそのくせがついてしまい、ひとり暮しを切りあげて、ふたりで暮すことにおびえがあるようであった。

この前、京都を訪れた最後の日に、長沢明は自分の下宿になおみを誘った。下賀茂の川ぞいの道から少し入った横町に、その家はあった。古風な純京都風のその家は、老人夫婦が守っていて、子供たちはみんな東京や、外国に出てしまっていた。二階二間を、長沢明に貸していることで、淋しさをまぎらわしているような感じがする。

「家庭的にしてくれるのはいいけれど、あんまり親切なあまり、この頃しきりにお嫁さんの世話をしたがるんだよ。だから、ちゃんと見せておいた方が、もうそんな心配しないでいいと思うから」

長沢明は自分の下宿に誘う前そういった。

「ちゃんと見せておくって私のこと?」

「もちろんさ、外に誰がいる」

「じゃ、私をその大家さんに、未来のお嫁さんといって見せておくつもりなの」

「いけないのかい」

長沢明が愕いたようになおみの顔を見直したので、なおみの方がとまどってしまった。

「いけないってことないけど……私たち、そんな話まだしてるわけでもないでしょう」

「そうかなあ、ぼくは、きみが今度電話をくれた瞬間、やっぱり、そうなる運命かと、とっさに悟ってしまったんだけれど……」

「そこまで考えて電話したのではなかったわ」

「きみは、正直な人だよ。ま、いいや、それなら、そのうち、考えを決めてくれよ。こっちはもう、決ってるんだから」

そんな話をした上で、長沢明の下宿を訪れたのだったが、下宿の老姿は、閑なおみを見るなり、小さな丸い顔に親しそうな微笑を浮べ歓待してくれた。お茶やお菓子をうるさくない程度の間あいで二階へ運んでくれ、二人の顔をうちながめて、にこにこして、だまってさがっていく。

「いい人ね」

「うん、あれでとても好き嫌いのはげしい人でね。きみのことは一目で気にいったんだよ。サービスがいいもの」

「どうして」

「好きでない客の時は、階段の下で声をかけて、ぼくに茶やお菓子をとりに行かせるんだ。気にいった相手だと、今みたいにここまで運んでくれる」

あの家は居心地がいいけれど、結婚したらふたりの家を持ちたいとも長沢明はいった。

その日は、彼の二階でもっとこまごまと実質的な結婚生活の相談があった。相談といっても、一方的で、長沢明が希望を述べ、関なおみはただ、うなずいたり、微笑したりして長沢明のいい分を聞いておくだけだった。

「ぼくらはもう若くはないんだから、お互いのこれまでの生活を尊重しあって、仕事は邪魔しないようにしよう。ぼくは、女の人が働くのは賛成だし、ぼくのように偏った学究は、かえって、自分の仕事に歓びを持つことの出来る女の人の方が、べったり頼りきりにされる女よりも好都合みたいなものだ。きみは今まで通り写真の仕事をつづけてもいいし、泊りがけの仕事に出かけてもいい。しかし、子供をひとりだけ産んでほしいんだ。前の女房と別れる時、子供があったらなあと思った。子供のない夫婦なんて、ほんとうに絆が弱いと思ったよ。きみだって、もう子供を産むには急いだ方がいい年齢だろう。ひとり産んでまた仕事をすればいい」

なおみは長沢明の願望を聞いているうちに笑いだした。

「何がおかしい」

「だってあんまり……」

「虫がいいっていうのかい」

「いいえ、愉しいことばっかりの未来図だから……あたし、負け惜しみでなくって、この頃あんまり結婚生活に羨ましさを感じなくなってるんですよ。あなたといっしょに暮せなかったことはかえってよかったのかもしれないと考えたりしてるんです」

「しかし、愛するってことは、いっしょにいたいってことだと思うがねえ、そうは思わないの」

「以前はね、とてもそう思ったわ。この世に男と女がいるのは、いっしょに暮して淋しさを忘れあうための相手をみつけることだと考えてたわ……でも、この頃はそうとばかりは考えていないんです。好きな人といつまでも長く愛しあうためにはいっしょに暮さないことが第一の条件のような気がするんです」

「そんなのデカダンだよ」

「そうかしら。いっしょに暮して何もかも見てしまったら、夢が残らないわ。お互い、誤解して勝手に自分の好きな像を描いているからこそ愛がつづくのではないかしら」

「きみはまだほんとの男と女の愛を知らないんだ。ほんとに愛しあった男と女とでは相手の中の汚いものや醜さまでいとしくなってしまう。いや、醜さや汚さを発見するほど、自分もそれと一体になろうとする」

「信じられないわ」

「だってまだぼくたちは遠慮のない愛し方を一度だってしたことがないもの」

「遠慮のない愛し方？」

「そうさ」

長沢明の目の中にその時ふいにこれまでなおみの見たことのない荒々しい光りが宿った。獣じみたその目の光り方に、なおみは思わず肘を固くして自分の軀を抱きしめた。

長沢明はそんななおみの方ににじりよって肩を抱いた。荒々しい接吻に襲われて、なおみは防ぎようもなかった。痛いと訴えたい時、もっと激しい痛さを伴って、なおみの舌は男の舌にからめられすくいあげられた。涙がなおみのまなじりをつたったが、長沢明は人が変ったような乱暴さで容赦しない。今度は長沢明の舌に咽喉をふさがれて、なおみは本当に息がつまるかと思い、夢中であえいだ。

ようやく自由になった口でなおみはいった。

「こんなところで……いやよ」

長沢明はなおみの言葉など、全く耳に入らない様子でなおみをその場に押し倒した。

気がついた時、長沢明の方が立って、階段ぎわの襖を閉め直していた。

なおみはちぎれたスリップの肩紐を指でつまみ、ブラジャーのホックのとんだのを目で探した。

「ひどいことになったな、針はあるんだけど」

長沢明が、かすれた声でつぶやく。

「いいわ、何とかなります」

なおみの声も自分の声でないようにかすれていた。水がのみたいと思う。長沢明が、まるでなおみの心のつぶやきを聞きとったようにすぐ、さっき、階下の老夫人が持ってきてくれた土瓶の冷くなった茶をついでなおみに渡した。なおみは恥も外聞もない性急さでこくこくと音をたててそれをのみほした。長沢明も同じような音をたてさめた茶をのんでいる。のみ終って思わず顔をみあわせた時、ふたりともふっと笑った。

「悪かったね、乱暴して」

長沢明がいつもの彼にもどった調子でつぶやいた。なおみはかっと頬が熱くなるのを感じた。

「痛いかい」

「いやだわ」

なおみは、赤く血のにじんだ耳にさわりそうに手をのばしにきた長沢明の腕を払った。

その手をすばやく捕えて、長沢明がなおみの指をくわえこんだ。一本一本、愛撫されていくうちに、なおみの全身がふたたびうるおってきた。ふたりは目を見あわせた。なおみは今度は恥しさに耐えて、その目をしっかりと見開いて男の目をのぞきこんだ。

さっき、遠慮のない愛し方と、長沢明がいった言葉の意味がようやくのみこめてきた。共犯者のような目でふたりはみつめあったまま、ふたたび唇をあわせた。今度は自然になおみの方が、長沢明の口腔をさぐっていた。

階段の下に足音が聞え、老夫人の咳がして言葉がつづいた。

「ちょっと、買物に出かけてきますから、留守番お頼もうします」

「ああ、いってらっしゃい」

長沢明が大きな声で答えた。

やがて玄関の戸をあけたてする音がした。

「いつも、ああして、階下から声をかけるんですか」

「いいや、今日はじめてだよ。聞えたのかな」

なおみが赤くなるのを面白がるように長沢明が答えた。気をきかせたのか、居づらくなったのか、階下の人にわざとらしい留守を頼まれて、二時間余りもふたりはまた自分たちだけの時間を味わいつくした。

なおみは、四年前には味わったことのないような安心感があるのが不思議でならなかった。長沢明にもう妻がいないということが、これほど自分を開放するのだろうか。

四年前にはそんなことは決してしなかったことを別れぎわになって長沢明がした。なおみは本で読んだり、人に聞いたりはしていたが、そんなことはあり得ないように思っていたので、長沢明が何をしようとしているのか、はじめはさとることが出来なかった。あっと思った時は、もうそれを拒みきれない姿勢に互いがからまっていた。頭に血が上って、どうしていいかわからないなおみの口にそれがおしあてられた時、思わず胸がむかつき咽喉まで吐き気があがってきた。しかし次の瞬間には逃れようなく、口がふさがれていて、それは口腔に侵入してきた。

そうなると不思議に全身がやわらぎ、たった今、むかついた嘔吐感などどこかへ消えていた。

醜いとも不潔だとも思わなかった。男と女が許しあうとはこういうことなのかと思う。

改めて長沢明の胸に抱き直された時、なおみは深い吐息をついた。

「可愛いいよ」

長沢明がなおみの髪の中でつぶやいた。

「もう逃げないだろう、逃げたって逃さないよ」

長沢明の声が子守唄のように聞えてくる。

ふっと、長沢明は別れた妻ともこんな愛し方をしていたのかと思いいたると、なおみは胸が灼けつくようになってきた。かつて、彼の妻がまだ長沢明と暮していた時には、こんな嫉妬はなおみの方には全然なかったのだ。

長沢明の妻が、なおみに烈しい嫉妬をするのを聞いて、その頃のなおみは不気味にも不思議にも感じたものだ。今、なおみはそれらのすべての謎がとけたように思った。

彼の妻はこういう愛し方を始終していたからこそ、自分にあれだけの嫉妬をしたのだと思う。

今度京都へ来る時は、はっきり返事をしてくれと繰りかえしいったのは、なおみが東京のアパートをひきあげて、京都で長沢明といっしょに暮すようにということだった。

「結婚がそんなにいやなら、形式的なことはしなくていいんだよ。とにかく、ぼくは、もうここまで来たふたりが、別々に暮してることが無駄に思えてしかたがないんだ」

長沢明の声が京都に列車が近づくにつれ、耳の中によみがえってくる。はたして逢った時、自分はどう答えるだろうか。

「ぼくが四年前きみに何につけひかえ目だったのは、ぼくの方が結婚していたからなんだ。今はもう何の遠慮もない。実は、もしきみが結婚していたとしても、今度はぼくはきみを奪うつもりだったんだよ。きみの亭主と戦っても奪うつもりだったんだ」

辻地蔵

京都駅のプラットホームへ降りたとたん、関なおみは横から声をかけられた。

「あ、関先生、おこしやす、お長うさんどした」

「ああ、悦子さん、しばらく」

竹之家の悦子が、紺に錆び朱を織りこんだ紬の着物に、麻の葉の小紋の羽織を重ねて、白いふっくらした顔をほころばせていた。

「ちょっと、お客さんのお出迎えに上りましたら、先生が降りてきやはったんどす」

「あ、ちょっと、ごめんやす。おこしやしたようどす」

悦子はそういう間も、目は降りる客を見はっている。

躯半分はまだなおみの方にむけたまま、悦子は声をはずませて
「やあさん、おこしやす」

と声をかけた。

「あ、悦ちゃん、来てくれてたのか」

男はボストンバッグひとつの軽装だった。四十のなかばだろうか。どこかで見覚えのある顔だと思いながら、なおみはすぐ目をそらせて、自分が悦子から別れるしおをうかがった。

「矢島先生どす。すすき座の演出家してはります。こちら、写真やってはる関なおみ先生どす」

悦子はあっというまにふたりの男女を引きあわせてしまった。どちらも、職業をはっきり説明しておかなければ相手が知らない程度の著名度なのまで察している。人みしりの強い関なおみは、一瞬迷惑に思ったが、さりげなく頭をさげた。

「おふたりとも、うちのお客さんどすさかい」

悦子は紹介したことを出すぎたととられる場合のいいわけを、きちんとしておいて

「赤帽さん、ほなら、これお二人のを」

とふりむく。さっきから悦子に声をかけられていたらしい年寄の赤帽が、ちゃんと背後にひかえていて

「へえ」

と進み出て、まずなおみの写真機の入った重いケースと、使い馴れたエルメスのボストンバッグを持ちあげた。それから矢島耕吉のボストンバッグに手をのばした。

「車、待ってますさかい、関先生もまず御一緒にお乗りやして」

悦子のすすめるのに、関なおみはためらった。ゆきむらに泊るつもりはないから、悦子と同道するのは迷惑なのだ。

「関先生はどちらでお泊りどすか、京都ホテルどすか」

まるでなおみの心の中を素通しに見ているように悦子がいう。

「ええ、そう」

「ほなら、お先にゆきむらへ矢島先生をお届けしてから、すぐこの車で京都ホテルへまいりますさかい」

「それは悪いよ。さきに関さんをお送りしよう。ぼくの方は何もいそぐ旅ではないし」

矢島がすぐ悦子の言葉を打ち消した。

「は、そうどすか、ほならレディファーストでそうさせてもらいます」

悦子の言葉を今度はなおみがあわてて打ち消す。

「とんでもない。私は、自分でタクシー拾いますから、どうぞ、お構いなく」

声の中に迷惑らしい調子がどうしてもこもってくる。

「いや、お気にしないで下さい。この人とプラットフォームで逢ったのが運のつきなんですよ。ぼくなんか紹介されて御迷惑でしょうがこれも縁だとあきらめたらどうですか」

矢島がからかうような口調でいう。あんまり固辞するのも大人気ないと思って、なおみはどうぞというように頭を下げた。

「えん子が病気だって？」

車に乗ると矢島が悦子に訊いた。

「へえ、えろう地獄耳どすなあ、先生のお耳は」

「そりゃそうさ、ちっとも祇園で金をつかわなくって、ぼくほど祇園の情報に通じてる人間もいないよ」

「ほんなことありますやろか。信じられしまへん」

「じゃ、いってやろうか。最近舞妓がたてつづけに三人も衿替えして、がっくりしてるだろう」

「あれえっ、ほんま。何でそない筒ぬけどすねん」

「しかも二人の舞妓は旦那なしで衿替えした」

「ひえっ、ほんま。どないなってますのやろ」

「だから、堅いで通ってる竹之家のお悦ちゃんも、実は……何うしてるか、ぼくにはわかってる」

「まっ、いやらし」

助手席に坐っていた悦子は思わずふりむいて、手をふり上げた。隣に坐っていたら、矢島は膝くらいつねりあげられているところだろう。

「それは冗談だけど、今の反応のしかたみると、案外、ほんとかもしれないね」

「まっ、ほんまに関先生みたいな真面目なお方がお聞きやしたら、ほんまにしやはりまっせ」

「ほんとと思っていますよ、もちろん」

なおみも軽く口をはさんだ。

「どうどっしゃろ、関先生までが……かなわんなあ、へえ、よろしおす、ほなら、今夜でもゆっくり、竹之家で、うちのええ人のお話聞かしてもらいまひょ」

「ほら、こういう時でも商売は忘れないんだから、この人は。何も竹之家でなくっても、悦ちゃんとなら、デートしてもいいんだよ」

「へえ、おおきに。そやけど、せっかく出来てるええ人に叱られますやろ、遠慮させてもらいますわ」

「それで、えん子の病気はどうなんだい」

「へえ、それが、のみすぎで、肝臓やられましてん、東京の国立劇場で舞の会がありましてなあ、それに出はった晩、倒れはったんどす」

「うん、ぼくも案内もらってたんだけど、ちょうどニューヨークにいってたから」

「熱が三十八度も出たのに、気ばって舞台に立たはったのが悪かったんどすなあ」

「勝気すぎるんだよ」

　矢島がいう。

「へえ、もういうたらきかしまへんお人どすさかい。あの会は、いつでも祇園で一、二の舞の名手が選ばれて出はりますやろ。うちは今日は自分の軀やないのや、祇園を代表してるのやいうて、きかしまへんねん、熱ざましの注射するやら薬のむやらで、どうでも舞台に出るいうて気ばりはるから、皆しょうことなしに、するようさせるしかおへんやろ。そらもう舞台は立派につとめはったんどすえ。そやけど幕が降りたとたん、意識失うてしまいましてなあ」

「あの妓は、あの気性のせいでずいぶん損をしてるねえ、男のことでもいつだってそうだろう」

「へえ、そうどすなあ、みすみす得にならんとわかってて、後へひかしまへんさかい、一たん、意地にならはったら、誰がどういうても自分を貫かはります」

「貢ぎ形だね、えん子は、今時はもう珍しいんじゃないの」

「そうどすなあ」

「関さんは、京都はよくいらっしゃるんですか」

矢島はふいに話題を関なおみにむけてきた。

「はあ、割り合い」

「関先生は、今、京都の写真をずっと撮ったはるんどっせ、本にしやはるんどす」

悦子がいう。

「ほう、でも京都なんか、あんまり撮られすぎていて、撮り様ないんじゃありませんか」

「はい、でも、人間の見方は十人よれば十人それぞれちがいますから。私の京都は、人さまのとはまたちがうものが撮れるんじゃないかと思います」

「なるほど、しかし、それは難しいなあ。人間だって、あんまり整った美人より、個性の強い顔の方がそのまま、絵になるでしょう。京都はいわば、整いすぎた美人みたいな町だからな」

「でも、人間の顔でも若い人より年とった人の顔がずっと味がありますでしょう。京都は何といっても老いた美人ですから」

「ふうん。顔に味があるというわけですか」

なおみがだまっていると、矢島は重ねていった。

「ゆきむらでは泊らないんですか」

「時々お世話になりますけど、私がわがままですから、宿屋で女中さんに親切にされるより、ホテルの部屋で、気ままな方が性に合うんです」

「そうですよ、第一、ゆきむらは高いもの」

「あら、聞き捨てならんこというてはりますね」

悦子が前の席からふりむいて笑いながらいう。

その時、車が京都ホテルについた。

「ぼく、そのうちお誘いしますから、一度夕めしでもつきあって下さい」

「はあ、ありがとうございます」

「きっとですよ」

なおみは車を降り、立ちどまって車の去るのを見送った。

「いい女だねえ」

矢島は車が動きだすとすぐつぶやいた。

「ほんまに」

悦子もすぐ相槌をうった。

「おひとりでっせ」

「え？　まだ独身？」

「へえ、そうきいてます」

「もったいない話だな」

「御自分でお仕事してはったら、もう男はんなど阿呆臭そうならはるのどっしゃろか」

「悦子さんはどうなんだい」

「ええ人お居やしたらいつでも貰うていただきまっせ、こっちは年中売出し中どす」

「うっかりあんたの袖ひくと投げとばされるからね」

「あんなこと、もうあれは昔、昔のことどっせ」

悦子はからから笑った。悦子が二十すぎの頃、客のぬいだ羽織を畳んでいたら、いきなり背後から肩ごしに客の片手がのび、悦子の着物の衿から右乳に手がさしこまれた。悦子が、あっといって、上体をかがませたまま、腰を持ちあげると、弾みをくって、客は悦子の肩ごしにとんぼ返りをうち、投げとばされ、畳の上に大の字にひっくりかえってしまった。しかもそのまま、気絶したのだ。

あわてて、水をふきかけるやら、活をいれるやらして、息を吹きかえしたものの、一時はどうなることかと肝を冷してしまった。

その話を、その晩別の部屋に来ていた柔道の達人に話したら、それは悦子が投げの極意をとっさに体得したのだといったので、たちまち、悦子武勇伝として客たちの間にひろまったのだった。

それ以来、客は悦子の顔をみると

「くどきたいんだけど、投げんといてや」

とからかうのが、一種の挨拶になってしまった。

二度、ああいうことをしろといわれても、悦子はとうてい出来ない。あの客が音もなくふわっと自分の肩を越えて目の前にどすんと落ちた時は、何がおこったのか、とっさには理解出来なかったのだ。

「ほんまに、あのおかげで、さっぱり男はんがくどいてくれはらへんようなりましてん」

悦子はそれを冗談に織りこんでしまっていう。

「それじゃ、独り者の男がひとりと独身の女が二人揃ったわけだ」

矢島がいう。

「何いうてはりますことやら、矢島先生の独身はわがまま独身でっしゃろ、ええことたんとしはるために、奥さんみたいなうるさい人かなわんいうて、ひとりにならはったんどっしゃろ、そんなの、わがまま独身いうんどっせ」

「そんなことあるもんか、女房におつとめが少なすぎて逃げられたんだよ。男のメンツも何もあったもんじゃない」

「嘘、嘘、そんな話、そんな嬉しそうな顔して言うもんどすか」

矢島家は耕吉(こうきち)の父の代からの芙佐の客だった。矢島章作(しょうさく)は、一代で関西の矢島財閥と呼ばれるほどの地位を築いた実業家だったが、最初、芙佐が松之家で迎えた時は、まだ、二流の建築会社の専務にすぎなかった。誰につれられてきたか、矢島章作自身では松之家に遊びにくるような時代ではなかった。そのうち、章作は、次々会社を合併していって、みるみる大会社にのし上っていき、芙佐が松之家から独立して竹之家をはじめた時は、最初から思いきった肩入れをしてくれた客の一人になっていた。

耕吉は、章作が若い時、下宿の娘に生ませた最初の子供だが、章作が、耕吉の母を捨てて結婚したため、中学に入るまでは、陰の子供として育てられていた。中学時代は章作の子供として、本宅へも出入りするようになっていたが、父の意志にそむいて大学は文科を選ぶし、卒業しても父の会社に入ろうとはしない。章作に不肖(ふしょう)の子だとののしられながら、演劇に首をつっこんで、ディレッタントの生活を中年まで押し通してきている。

芙佐は耕吉の生立ちに同情して、耕吉にはよくつくす。竹之家をはじめる頃の恩人の一人の息子だという名目で、下にもおかないもてなしをする。そうすることが表面は、苦い顔をしながら、結局章作の喜ぶことだと識っているのだ。

その章作も数年前になくなって、耕吉は遺産の株でかえってゆっくりした生活が出来るようになっている。

今では京都に来れば、ゆきむらを自分の家のように使っていた。芙佐のはからいで、その折々の女には不自由したこともない。

章作の死と前後して、離婚してからは、外国と日本の半々の暮しをしていた。

「どんな辛い事も、時間がたてば薄らぐものだよ。そういつまでも深刻面は出来ないよ」

矢島耕吉は悦子にむかっていった。

「そうどっしゃろか。ま、そういうことにしておきやす。そやけど、ほんまに油断ならんお方どすなあ。あんな素人はんに目をつけはったりして、竹葉(たけは)ちゃんにいいつけたげまっせ」

「竹葉に何をいっても大丈夫だよ。あれはまだ子供だから」

「何が子供どすもんか、衿替えしはってから、急にお色気が出てきたいうて、もう大変な人気どっせ。そらもうお花もたんと稼がはりまっせ」

「へえ、あれに色気が出てきたって、そいつは聞き捨てならないねえ」

「何がどす」

「ぼくのせいじゃないことは確かだからさ」

「何いうてはりまんねん、お宅やのうて、ほなら、誰が色気つけはったんどす」

「だから、そいつを聞かせてもらいたいね。女将の監督不行届きだといって、とっちめてやりたいから」

「冗談ばかりおいいやす」

「何が冗談なものか、竹葉はぼくとの時はまだ不感症だよ。色気なんか出るものか」

「へえ、ほなら、やあさん、よっぽど下手どすねんなあ」

「下手？」

「そうどっしゃろ、二年も何してて、女をまだ目覚めさせることが出来へんいうのは下手というよりいい様ありまへんやろ」

「これはきつい」

矢島も悦子もはじめから冗談のつもりだから、話は面白おかしくなっていく。

「ちがいますか」

「相手にもよるよ、畠の土が悪けりゃ、いくら耕してもよくはならんさ」

「あんなこというてる」

「そんなら聞くがね、マンダランのルミはどうだい、おちかのまり子はどうだい、竹葉の前の女たち、みんなぼくに感謝してる筈だよ、聞いてごらん」

「へえ、おおきに、もうようい わんわ。手放しで自慢しやはるんやもの」

「ためしてみたら？」

「そら、白状した」

「あほらし、先生にかかったらかなわんわ」

「冗談は別にして、今の人、どうにかならんかね」

「何いうてはりますねん、れっきとしたカメラマンでっせ、素人はんやし、女将さんの大切なお客さんのそのまたお客さんに当るお方どっせ」

「もちろん、買うつもりなんかないさ、自由恋愛ならいいじゃないか」

「どうぞ、せいぜい、がんばっておくれやす」

「冷いんだねえ」

「へえ、どうせ、私は冷血のお魚どす」

「そういわずに、少しは肩持ってくれよ」

「ほんまに自由におやりやしたら……そやけど、あんなええ女ごはんおひとりや思われますか」

「それを聞きたいところさ」

「いいえ、うちもほんまに全然、何もしらへんのどす。そやけど、あのお仲間は、三人おいやすのんどすけど、みなさん自分で働いてはって、おひとりで自由やと、聞いてますねん」

「わかるもんか、男でも女でも結婚なんかしない方が、情事に不自由しないでいられるからね」

「そうどっしゃろか」

「でも、あの顔は性的欲求不満の顔じゃないね。しかし、ちょっと水が涸(か)れてるって感じもする。ミステリーだな、そこが魅力なんだ」

「えろう御執心どすなあ」

「そんな冷淡な顔しないで、少しは手伝ってくれよ」

「どないしたらよろしいんどす？」

「大市のすっぽんでも誘ってみるか」

「あら、そんなら、わたしもいっしょにお供させてほしいわあ」

すっぽんに目のない悦子はすぐ話に乗ってきた。

「もちろん、きみといっしょさ、いつにする」

「そうどすなあ、まず、関先生の御都合伺うてみなあきまへんなあ」

「そうだよ」

「あらっ、もうちゃんと話にのせられてしもうた。ほんまにやあさんは油断もすきもあらへん」

その晩、矢島はゆきむらで照香と逢った。古典的な顔立で姿のいい照香は舞妓の時から目立って美人だったが、整いすぎた顔は、淋しい影がさすことがあった。素直な人柄だけれど才気はある方ではなく、座敷を賑やかにする技術などはない。美しすぎるということは色気にも乏しいといえた。美人のくせにひとりだけに打ちこんでくる客がなかった。

同時にあれほどの美人だから旦那のいない筈はあるまいという勘ぐりもされた。

芙佐が矢島に、照香のことをあたってみたのは、あてにしていた大阪の薬種問屋の隠居が、風邪から肺炎をおこしぽっくり死んでしまったからだった。

矢島は自分が自由だし、男前もよかったので女には不自由しないだけに、金のかかる芸者や舞妓の旦那になるなど考えてもいなかった。

竹葉とは、やんちゃな妹をもったような気持で、サラブレッドで気位の高い竹葉が我がままをいうほど、可愛くてならなかったが、色気は感じない。

「お願い出来まへんどっしゃろか。お父さんにはずいぶんと衿替え旦那になってもらいましたけど」

「衿替え旦那っていうのは、衿替えの金を出すだけなのかい」

「へえ、たいてい、うん、よっしゃ、なったろいうお人は、もうお爺さんどっしゃろ、お金くれはるだけですけど」

「ずいぶん鷹揚(おうよう)な時代もあったんだね」

「そういうことどすなあ、夢みたいどすわ」

そんな話からはじまって、結局矢島が照香の旦那になることになったが、旦那といっても最低の面倒を見るだけで、矢島としては、もっと有力な男が出てくればいつでも肩代りしてもらいたいくらいの気持だった。

「おおきに」

入口で形通り手をついてあらわれた照香を見て、矢島はおうと、声をあげそうになった。

照香は髪を「さっこう」に結い、黒地の裾模様の紋付の着物にだらりの帯を締めていた。この姿は衿替えした後一ヵ月ほどだけする姿だった。

舞妓とも芸者ともちがう「さっこう」時代は短いだけに、この時にはお花が殺到する。

どんな舞妓も、さっこうの姿になると、はっとするほど美しく見える。

照香は美しいだけに黒地の着物がよく似合って、舞妓時代よりも艶な色気がたしかに滲みでていた。眦にさした紅の色が冴えて、薄くあけた口にはお歯ぐろがのぞいていた。

「おめでとう」

矢島は素直に祝いの声が出た。

「へえ、おおきに」

照香は、声は相変らずの子供っぽさで答え、すっと立上って矢島の方へ歩いてきた。

上背があるので、裾をひいて立上ると、圧倒されるようなボリュームがあった。

「見事だねえ」

矢島は感嘆していった。

悦子が気をきかせて、座敷には六曲の金屏風をひろげてある。

「ちょっと照香ちゃん、そこに立って、よう見ておもらいやす」

悦子が声をかける。

照香はすすめられた通り、金屏風の前に立った。さすがに京舞を仕込まれているだけに、すんなり立っただけで、形になっていて、人形のようにあでやかだった。

金地に黒の衣裳が映え、白塗りの顔が、舞妓の時より、ぐっとなまめかしく見える。

矢島は背姿を見せたり、袂を持って斜めの姿をみせたりする照香を、盃を手にしたまま、思わずうっとり眺めた。

照香とはじめてゆきむらで寝た夜のことが思いだされる。

「このごろは、もう、何もかも便利主義になってしもうて、旦那と芸者も、ホテルでちょっとすましてしまい、ホテルに泊る芸者衆が、すけすけルックのネグリジェ持っていかはるとかいう時代になりましたけど、やあさんには今度、こっちから無理いうたんどすもの、万事古式通りにやらしてもらいます。そういうことが、先代さんもとても好きどしたさかい」

芙佐がそう断っただけあって、その晩、照香の来た後に、男衆が、照香の家形の紋を染めぬいた大風呂敷に、新しい仕立下しの長襦袢と、翌日の着がえの着物一式をいれた衣裳箱を包んで運んできた。長襦袢の上にはきずきの四つ切りが一束、ぼってりと載っていた。

「舞妓が旦那とる時は、必ずこうして家形で新しい長襦袢をつくっといたもんどした」

まあ、見ておけと芙佐にいわれて、矢島は照香が着がえる前にその一通りを見せてもらった。えり萬でつくった長襦袢にはこれもえり萬の塩瀬（しおぜ）の衿がつけられている。

照香はその長襦袢の衿をその夜左前に合わせて、ピンクのしごきをしめて矢島の先に入っていた床の中に入ってきた。

矢島が蒲団を持ちあげてやると、照香はちょっと、小首をかしげてつぶやいた。

「こっち、右どすなあ」

矢島は

「え」

とつぶやいて照香のあどけない顔を見上げた。すぐ気がついて笑った。

「右へ入れといわれたのか」

「へえ」

照香は赤くもならず、生真面目にうなずく。

横になった照香を抱こうとして、矢島ははじめて、照香の長襦袢が左前に合わさっていることに気づいた。矢島の右手がのびると、左前の照香の胸は何の抵抗もなく受け入れることになる。しごきに指をかけると、それは結ばずはさみあわせただけなので、力もいれないのに、待ちかねたようにすっととけてしまう。すると、左前の長襦袢はそれが合図のように自然に下前になった右側が、ぱらりと胸をすべり落ち、照香の白い軀は、むきたての葱(ねぎ)のようななめらかさと白さで、矢島の胸の中に落ちるのであった。

矢島は思わず、咽喉でうなった。ずいぶんホステスや、素人女と遊んだが、ここまで心づかいをして床に入った女はいなかった。

照香は処女だった。そこまでは教えこまれてないのか、照香の受け入れ方は人形でも抱いているようで、何の感興(かんきょう)もわかなかったが、どう扱われてもひたすら耐えようとする表情がその顔にあらわれていて、さすがにあわれになった。

それでもきずきの紙が何のために用意されているのかは教えられているらしく黙々

と始末をする。

矢島は長襦袢をぬがせてしまった時、なぜ左前に着せられたのか、意味は知っているのかと訊いてみたが、照香はきょとんとした表情で、頼りなく首を左右に振った。

矢島は、いつまでもこの豪華な人形の面倒が見られるとも思わなかったので、万事芙佐にまかせて、内輪にしてもらった。旦那をとって、それを披露する場合、まず井上流の家元の許と、直接世話になったお茶屋だけには挨拶をする。それが続くと見通しのついた旦那なら、出入りのお茶屋全部にも披露するが、先ゆき、あまり当にならない場合は、家元と、話をまとめたお茶屋だけでおさめておく。それでも、だれがどんな旦那はんとらはったということは、たいてい二、三日で知れわたってしまった。

矢島は照香のさっこうの晴姿を眺めて、この妓は舞妓より芸者になってからの方が人気が出るだろうと思った。芙佐とはそれとなく話がついているので、もっと有力な旦那があらわれたら、いつでも肩代りしてもらうつもりでいる。

また入口に芸者と舞妓が手をついてあらわれた。

「加代子（かよこ）姐さんに地方お頼みして、照香ちゃんに黒髪舞うてもらいます」

悦子が万事まかされているという自信と落着きでいう。加代子は四十になるかならずだが、小豆（あずき）色の座敷着が、ふっくらした頬をあでやかに浮き上らせ、美しい二重瞼の大きな目が、年増の色気をみなぎらせて、やや大きすぎる口もとが、かえっていどむような欲情を男にそそっているようにみえる。加代子ほどの名器はいないという評判だと、いつか、芙佐から聞かされていたのを思いだし、矢島は改めて端然と屏風の横に坐った加代子を見つめていた。

加代子は矢島の視線を感じたのか、膝に倒した三味線の糸をぴんと指先ではじき、調子をあわせながら、ちらっと流し目に矢島の方を見た。

矢島は思わず背中がぞくっとするという表現をとっさに思い浮べていた。なるほどこんな流し目の出来るのも訓練かもしれないと思う。

矢島の記憶では、照香は舞はさして筋のいい方ではなかったと思う。それでも厳しい井上流の訓練を受けて、厭味のないきちょうめんな手や足の動きだけは正確に覚えこんでいた。

照香が加代子の方に向いて「お頼もうします」と、深い礼をした。加代子の冴えたばち先から腸にしみいるような絃の音がはじき出されてきた。

「黒髪のむすぼれたる思いには、とけて寝た夜の枕とて、ひとりぬる夜の仇枕……」

加代子の渋い声が三味線にのると、照香が金屏風を背にしてゆるゆると舞いだした。どこか能の足さばきに似たところのある京舞は、座敷舞として発達しただけに、畳一畳でも舞えるような押えた動きが美しい。どの一瞬ごとの動作を切りとってみても、すべて絵になる美しい型におさまっている。矢島は人間が文楽の人形のように自分の意志というものを奪われた上で、あらゆる感情を最も洗練された型として定め、型と型の連続であらゆる人間の感情を表現しようとする地唄舞、殊に最も人形に近い京舞が好きであった。

客と同じ座敷の平面に立って舞うため、その動きはよほど抑制しないと、裾さばきひとつで、客の膳の物を払い落したり埃をかけかねない。そんな中で舞うのだから、舞う女の動きは手や足の動きのわずかなものでも計算されつくしていた。矢島はよく、真近でこうした妓たちの京舞を観る度、女が人間ではなく人形ではないかと一瞬、目をしばたたく時があった。京舞では目の表情も禁じられていて、女舞に流し目は燭台と燭台との間だけ、視線の動きを許されているが、それ以上は白眼が出て、見苦しいとされている。目が動かないため、白塗りの妓の顔はいっそう人形めいてくる。無表情で美しさが保てるのは照香のような美人にかぎりそうなものだが、舞妓たちは、どんなに座敷で可憐な妓も、口のうまい妓も、可哀そうなほど不器量な妓も、一たん、屏風の前に立ち、舞いはじめると、どきっとするほど面変りして、最も美しく見えるのであった。

これが井上八千代の鍛えこんだ芸の力なのだろうと、矢島はいつも心を引きしめられた。

照香の舞はうまくないのに、やはり立上って舞いはじめた瞬間、照香の顔が美しい上にもきびしさをつけた凜とした美貌にひきしまった。そんな顔や甘えのない切りとったような体の動きにはおよそなまめかしさなど期待出来ないのに、型は次々、はっとさせられるような、艶なものを示していく。照香がすっと横に寝るように足を投げ出した時がそうだった。だらりの帯は恰好よく背に流れ、長い着物の裾につつまれた足が形よく横にのびたと思ったら、裾をかえして、くるりとむきをかえる。その拍子にだらりの帯も揺れ、照香の背までぬいた衿足がなまめかしく矢島の目に迫ってくる。

よく京舞にある型だが、こんななまめいた女の寝姿を見せる舞も少ないのではないかと、矢島はいつでも目をはじかれたようにそれを見るのだった。照香は軀のわりに手の大きな女だが、京舞のつや物では長襦袢の袖に指をかけ、そのかげでのばして、手が全く見えないようにしているから、手の大きさが全く気にならない。

さっこうの黒い着物の時、黒髪を舞うのがきまりのようになっているのは、舞妓と芸者の境目にいるこの不安定な感じの妓が、思いきってなまめいた舞を舞うところに魅力があるのかもしれない。

「さっこうとはどういう字を書くんだい」

矢島が、舞の終った時、悦子に訊いた。

「へえ、たしか、先斗町の先という字に笄いう字を書くのやいうて教えられてますけど」

悦子はもう何度か客にたずねられているらしくおうむがえしに答えた。

照香が、加代子に丁寧に手をつかえ
「姐さんおおきに」

と挨拶している。矢島は祇園のこういう躾は好きだった。

照香と加代子が矢島の傍にきた時、矢島は加代子に
「御苦労さん」

と声をかけ、照香には
「まずおめでとう」

といってやった。

それまで口もきかず、おとなしくひかえていた小柄な舞妓の方に矢島が目をあてたのをす速く見て、悦子が、

「はる香ちゃんです。出たばっかりどすねん、照香ちゃんの妹分どす。よろしゅうお頼もうします」

といった。はる香と呼ばれる舞妓は、下唇だけ口紅をつけ、つんもりとがったような上唇は白粉で塗りつぶしているので、笑うと、下唇の両端だけが吊りあがり、あどけなさがいっそうます。難のある上唇のかげから八重歯がにょっきり出るのが、かえってあどけなく、思わず笑いかえしたい可憐な笑顔になる。

「お頼もうします」

はる香はいいながら帯の間から、小さな小指ほどの長さと幅の名刺をとりだして、矢島の前にさしだす。

その時、襖の向うから
「やあ、やあさん。長いことどしたなあ」

賑やかな声をあげて入ってきたのは芙佐だった。

「ようお越しやす」

改まって、お辞儀をしておいて、すぐ浮きあがるような足どりで矢島の前に坐る。

「もう大分御機嫌じゃないか」

「へえ、今日JCの宴会があってお手伝いにいってたもんどすから、ちょっといただいてます」

「まあ、いっぱいどうだい」

矢島が盃を洗って渡すと、芙佐は
「へえ、おおきに」

と押しいただき、はる香がお酌する酒を一息にすうっとのみほした。

「相変らず、うまそうにのむね」

「へえ、もう、もうちかごろはこの道ひとつになりましたさかい」

「さあ、そいつはどうかな」

「ほなら、みなに聞いとおみやす。なあ、悦子さん」

「さあ、どうどっしゃろか、プライバシイは侵害せんことにしてますさかい」

「まあ、どうやろ、この裏切者」

「照香ちゃん、やあさんに黒髪みておもらいやしたか」

「ああ、今みせてもらった。照香がすっかり色っぽくなってびっくりしているところだよ」

「へえ、もうさっこうになったとたん、舞妓ちゃんに色気が出ます。不思議なくらいどすなあ」

いつのまにか芙佐といれかわって階下へ下りていた悦子が、また入口に手をついて芙佐を呼んだ。芙佐が立っていって何か耳うちされ帰ってくると矢島にいう。

「やあさん、照香ちゃん、どないしまひょ、さっこうの時どすさかい、お花がいっぱいついてきますねん」

「ああ、いっといで、見てもらっておいた方がいいんだろう」

「へえ、おおきに、ほなら照香ちゃん、いかしておもらいやす」

「へえ、ほなら、すんまへん、おおきに」

照香はそれでもちょっと卓の下で矢島の手を握り、立っていった。

「お歯ぐろ、大丈夫か」

「へえ」

照香が口をつぼめて笑う。今のお歯ぐろは歯の上に張りつけてあるので、いつでもとることが出来る。外人などはさっこうの舞妓の笑ったとたん、気味悪がって気絶しそうな声をあげて、とびあがった者があったと、ひとつ話になっていた。真赤な唇の中から突然、黒光りのする歯があらわれるのは妖怪じみていて不気味なのであろう。やがて、こんな張りつけ歯ぐろもなくなっていくだろうと矢島は思う。

その時、はる香が卓のかげで両掌をあわせ、ちょっと目を閉じて、何かに祈っているような形をするのを矢島はみつけた。

「おや、何を拝んでるの」

「いやあ、恥し、どないしょう」

両掌で袂を持ち顔をあてて身をねじる。充分なまめかしさが滲みでていた。

「今確かに手をあわせて拝んでただろう」

「へえ、すんまへん、かんにんどっせ」

「何もあやまることないよ。何のまじない？」

「へえ、あの、うち、居眠りせえしまへんようにと拝んでたんどす」

「居眠り？」

「へえ、今朝五時起きして、飛行機で東京へ行ってテレビに出してもろうて、帰って、すぐお座敷どしたやろ、そいで眠うて、さっきから居眠りしそうで……居眠りしませんようにいうて、お地蔵さんに拝んでたんどす」

誰もが声をあげて笑った。そういうあどけない話をするのに全くふさわしい顔付のはる香だった。

「お地蔵さん、信心してるの」

「へえ、うち、四国の田舎（いなか）を出る時、おばあちゃんが、お地蔵さんがお前の守り本尊やから信心せなあかんえ、いうて教えてくれましてん」

「若いのに感心じゃないか」

「うち、田舎の畠の中の辻地蔵さんの前に捨子されてた子やいいます」

矢島と芙佐は思わず顔をみあわせた。

「ほんまかあ、その話」

芙佐が早くも涙ぐんで訊く。

「へえ、おばあちゃんがそない教えてくれました」

一座の者が、ほうと息をついたとたん、はる香は、きゃっといって両掌を打った。

「ああうれし、みな、うまいことだまされはった」

「何や、嘘なの、この子何いうてはるねん」

「は、はは、は」

はる香は八重歯を袂で押え、身をねじって笑いつづけた。

十三夜

竹之家を切りあげ、ゆきむらに落着いてから、矢島は部屋へウイスキーを運ばして、芙佐とまたのみ直した。

芙佐は血圧が上ったとかいいながら、相手があればいくらでものむ。

いつか矢島が、そんなにのんで商売にさしつかえないように酔わないでいるのは難しかろうというと、芙佐はうなずいていった。

「へえ、そら、やっぱり、これでも酔い倒れへんよう、気はつこうてます。先生お酒に出来るだけ酔わんようするのみ方しってはりますか」

「そんな馬鹿な、酒のんで酔わないようにするなんて阿呆らしいじゃないか、そんなことしらないよ」

「そら、そうどす。そやけど、つきあいで、どうしてものまなあかん時、たとえば御自分が接待役の時はお酔いやしたらお困りどっしゃろ」

「そらそうだね」

「その時の要心お教えしときまひょか。お酒はなるたけ浅い盃の方が酔いしまへんねん」

「浅い盃？」

「へえ、まあ、ウイスキーのオンザロックや水割なら別に差はありまへんけど、日本酒の時は覿面でっせ。深いお猪口をこうしてぐっと仰向いてのみまっしゃろ、首筋をのばして、これをくりかえす事が、一番酔いをうながすんやそうどす。浅いお皿みたいな盃で、すっと、唇で吸いこむように呑むなら、首も顎も、ほら全然動かしまへんどっしゃろ。こうしてのむと酔いがぐんと遅うますねん。へえ、もう、うちはせんど試して実験ずみどすさかい、まちがいおへんのどっせ」

「ふうん、そうかね。そんな珍説聞きはじめや」

「何いうてはりまんねん。ほんまのほんまどっせ、嘘いうなら、一ぺん試しておみやす」

その時、女中が階段口から芙佐に電話だとつげた。

「どなたや」

「へえ、久味子さんどす」

「あっ、久味子はんか、あったのかしらん、電話廻しとおみよし」

芙佐は矢島にちょっと会釈して床の間わきの電話をとった。この家は電話のカバーに、お茶の袱紗をかけてある。それも真新しい色の鮮やかなものでなく、年代のついた古風な紫や、うぐいす茶なのがゆかしかった。

「もしもし……はい、あたしどす。えっ、やっぱり出てきはったんか、はあ、そらよかったなあ……へえ、そうか……ふん、そうか……やっぱり、きくやろ……ああ、まあ、これにこりてせいぜい気いおつけやす。へえ、御丁寧におおきに、へえ、おやすみやす、さいなら」

芙佐は電話を切ると、矢島の前の席へかえって、ああ、よかったと、両手で胸をなでおろすしぐさをした。

「何だい、誰か蒸発でもしてたのかい」

「へえ、蒸発？　まあ、どうどっしゃろ、やっぱり芝居書かはるお方は想像が劇的どすなあ」

「からかうない」

芙佐はにこにこして、すっかり上機嫌だった。

「久味子って、芸者の久味子かい？」

「へえ、あの下ぶくれの観音さんみたいな顔した美人どす」

「ああ、覚えてるよ拳のめっぽう強い妓だ」

「そうそう」

「たしか子供がいるんだったね」

「あれえ、よう覚えてはりますなあ、大阪の海産物問屋の旦那さんの子供どす」

「あの久味子がどうしたって？」

「へえ、それがなあ」

芙佐は、一杯ウイスキーをきゅっとあおってから説明した。

久味子が昨日の午後真青になって芙佐の所にとんできた。

「女将さん、どないしょう、うち、死なななららんわあ」

芙佐の顔を見るなり、わっと泣きだしてしまった。

「何いうてはります。そないあっさり死んでもろてどないなります。まあ落着いて、わけを話しとおみやす」

久味子が泣く泣くいうのを聞くと、旦那に貰ったエメラルドの指輪をなくしたというのである。その指輪は久味子が旦那の子供を一昨年産んだ時、記念に買ってもらったもので、もちろん、ふたりを結ばせた芙佐がその時も仲に入って証人になっている。

「あの指輪をなくさはったって？」

芙佐も思わず高い声を出した。

「へえ、どない探しても見つかりまへんねん、もううちじゅう、そらもう心当りはみな探してみたんどす。うち、どないしょう」

久味子は話しながらもう泣きだしている。

芙佐も見ているそのエメラルドは、数百万円できかない筈の値段だった。

「あんた、あれつけて、どこぞで泊らはったか」

芙佐の問いの意味が一瞬わかりかねて、久味子はきょとんとしたが、すぐ赤くなって首を振った。

「女将さん、そんなこと、する筈ないやないの、うち、潔白どっせ」

潔白といういい方がその場合、大げさに聞えないほどふたりとも気が上ずっていた。エメラルドをはめて、他の男とどこかに泊り、風呂に入る時にぬき忘れたのではないかと、芙佐はとっさに考えたのだ。

久味子の説明をもう一度聞き直してから芙佐は久味子にいった。

「こうなったら、もう最後やなあ、まじないするより手はないやろなあ」

「まじない？」

「へえ、あのなあ、うちもつい半月ほど前小切手一枚見失うてなあ、五十万円のや。もうどない探したかしれへん、竹之家やのうてうちの家の方やったけど、うっかり人に聞けしまへんやろ、聞かれた方は、疑われた思うて気持悪うしますわなあ、それで、最後にまじないで出てきましたんや」

「ほんまどすか、早う女将さん、教えて」

「あんたとこのなあ、部屋の鴨居に鋏を置いて、失物が出ますようにいうて拝むんどす」

「へえ、鋏どすか」

久味子は指をじゃん拳の鋏の形にして訊いた。

「へえ、そうどす。まあ、試してみることやなあ、ほら、よう効きますえ、うちはなあ、それを松之家の女将さんに教わったんどす」

小切手を見失った芙佐は、誰にもいえず、自分ひとりで、二日二晩こそこそ家じゅう探したが見当らない。とうとう万策尽きた時、松之家の女将に聞いたまじないを思い出した。

どうしてあれを忘れていたのだろうと、芙佐は鴨居に鋏をのせ拝んだ。その晩、寝る前になって、芙佐は鏡台の前に坐った。コールドクリームの瓶をとろうと手をのばしたとたん、化粧皿の下からちらとのぞいている紙に指がさわった。芙佐はどきっとして、その紙を化粧皿の下からひきだした。あれほど探していた小切手だった。小切手を持って帰った夜、酔っていたので、つい化粧皿の下にはさみ、しまい直すつもりで、化粧を落しているうち、うっかりそのままになっていたのだった。それから二日、朝晩鏡台の前に坐って、化粧皿の上にいっぱいのっている化粧水やクリームの瓶を扱う時、知らず知らず、小切手が動いて、皿の下にかくれるようになっていたらしい。

「へえ、そんなことってあるのんやろか」

久味子は話を聞いて、ため息をついた。

「ほんまに噓みたいな話やけど、その通りどした」

芙佐からそう教えられて久味子は昨日家へ帰り、そのまじないをしたら、今、指輪が見つかったというのであった。

「どこから出てきたんだい」

矢島は面白がって訊いた。

「へえ、それがなあ、便箋や封筒入れてある机の引出しの、便箋の間から出てきたのやそうどす。そんなところへいれた覚えは全然なかったのやけど、ふっと、そんなことする時が人間にはありますわなあ」

「うん、魔の時みたいな覚えのない一瞬って、たしかにあるね」

「ね、これやから、やっぱり、まじないって信じられますやろ」

「さあ、そいつはどうかね」

矢島は芙佐のいい分が真剣なのでかえってからかうようにいう。

「ほかにも、効き目のあるまじないがたんとありまっせ」

「惚れ薬みたいのがあるなら教えてもらおうか」

「ちょっとちがいますけどなあ、今は、月の生理をかえるお薬が売られてますけど、昔はそんなものありまへんどしたやろ。それで、どうしても、たまの逢う瀬にそれがめぐりの時がありますわなあ。そんな時、よう効くまじないがありましてなあ、芸者も舞妓も、それを姐さんから教えてもろて、ようやってました」

芙佐が松之家にいた頃、芸者たちが台所に入ってきて
「ふうちゃん、ちょっとおくどさんの灰すくうてきて」

という。芙佐が何にするのだろうと、いわれた通り、竈の中から白い灰を手で掬いとっている間に、芸者は帯の間から懐紙にはさんだオブラートをとりだしている。灰をオブラートにつつんだものを三つつくって、その一つを水でのみくだした。

「それ、何のお薬になるんどすか」

芙佐が愕いてたずねると、芸者は笑って
「さあ、何に効くんどっしゃろなあ」

と逃げて話してくれない。

それから、芙佐は、時々、芸者や舞妓が、台所に入ってきて、こっそり灰をのむのを目撃した。そのうち、それは、生理を止らせたり、薄めたりするまじないだということを、誰に聞くともなく聞いて覚えた。

同じ目的のまじないがもうひとつあるのも自然にわかってきた。それはきずきの紙をきゅっとしごいて、厠(かわや)の隅に立てかけて、三日間、それに向かって

「どうぞおくらせておくれやす」とか、「とめておくれやす」とかいって拝むのだった。

芙佐も大人になってから、そんな必要の生じた時、両方ともためしてみたが、気のせいか、薄くなったり、おくれてきたりした。

客にきた婦人科の医者に、いつか座敷で、そのまじないの話をした時、医者は、女の生理は、神経の作用が強くひびくから、そんなこともあり得る筈だという。

「女っていじらしいもんどっしゃろ、そんなことしてまで好いた男はんを満足させようとつとめるところが可愛らしいやおへんか」

芙佐は矢島にいう。

「今でも祇園のお茶屋は竈を使ってる所があるのかい?」

「いいえ、もう、今はどこもみなガス使うてますから、おくどさん使うてる所などあり

まへんやろ、そいでも、昔のままのおくどさんが台所に残ってるおうちはまだありますやろけどなあ」

「まだ祇園町で使われてるまじないってあるのかい」

「さあ、どうどっしゃろ、もう今の若い妓たちは、科学的どすさかい、うちらみたいな阿呆な真似はしいしまへんやろなあ、まじないで想いだしましたけど、まだうちが松之家にいてました頃のことどす。そうどすなあ、松之家にいてから三年くらいたった頃からどっしゃろか。時には何となしにお客の来やはらへんような気のする日がありますわなあ、予約ものうて、八時すぎても電話のちりんとも鳴らへんような日のことどす。そんな時は、おしゃもじを袂にしのばして、こっそり四辻へ出たもんどす」

「四辻って地名?」

「いえ、東西南北に道の通ってる四つ辻のことどす」

「あ、そうか、わかった」

「それで四辻の真中に立って、おしゃもじをとりだして、東西南北にくるくる廻って、どの方向にむかっても三べんずつ、おしゃもじで招く真似しますねん、どうぞお客さんが仰山来てくれはりますよう四辻の神さんお願いしますと、口の中でとなえながら、招きますねん」

芙佐は、右手の手首を招き猫のような形で、ひょいひょいと動かしてみせた。

矢島は思わず声をだして笑った。

「それで効き目はあったのかい」

「へえ、それがもう、不思議なことに、そうやって四辻でおまじないして帰ってきましたら、もう松之家の入口にお客さんの車が横付けになっとりますねん、電話は鳴り通し、次々にお客さんで、お断りせんならんくらい仰山来てくれはるようになるんどっせ、ほんまどす、そらもう不思議どすなあ」

「子供の頃から、女将は商売熱心だったんだねえ」

「へえ、もうその時分は、自分のことやのうて、とにかく松之家大事に思うてた時どしたから、いっしょうけんめいどしたなあ、今思うたら、自分でもいじらしいくらいどっせ」

「今でもそのまじないはやることがあるの」

「今はもうおかげさんで、竹之家もよう繁昌させてもろてますさかい、とんと忘れてました」

「それはそうと、黒川知一郎（くろかわともいちろう）とえん子はその後どうなってる？」

「つづいているようどっせ。そやけど黒川先生はなかなかもてますさかいなあ、どうどっしゃろなあ」

「えん子はもう、あっちは全然切れてしまったのかい」

「あっちって、大村はんのことどすか」

「ああそうさ、ずいぶん入れあげてたんだろう」

「へえ、もう、見かねるほどどしたなあ」

大村義一は、新劇の俳優で、京都公演の時、客につれられて祇園に上り、えん子を識った。えん子のさっこうの時だった。

舞妓の時から舞の筋がいいと評判だったえん子が、さっこうの黒い着物で黒髪を舞うのを見て大村は感嘆してしまった。大村はやせぎすの神経質なタイプの二枚目だったが、目が甘くやさしくて、大村の目に一目見つめられたいという女のファンが多かった。早くから劇団の年上の大村よりははるかにキャリアのある女優と結婚していた。

えん子の方でも大村に一目惚れしてしまった。旦那は丁度二人めを持った時だったが、若いえん子が六十も半ばをこした旦那を好きになる筈はなかった。それまでえん子はまだ自分から燃え上るような想いを男に持ったことはなかったのだ。

歌舞伎や新派は大いに観てきたが、新劇は食わず嫌いであったえん子が、それからは熱心に新劇を観はじめ、京都に来るのはもちろん、大阪や名古屋にまで、大村義一の出る芝居を遠出して観るようになった。

ソフトムードが売り物の大村は、美男子すぎて、むしろ個性的に強烈な容貌や芸が好まれる近頃の演劇界では、年上の妻の方が演技派として、とかく評判になっていた。

舞台の上でも一種のスランプ状態に入ったともいえる時、えん子にめぐりあい、大村はえん子の一途な情熱にほだされるにつれ、恋を深め、その恋に自分の芸の上の活路も見出そうとする気構えがあったらしい。

しかし、映画やテレビのスターとは比べものにならない大村の収入で、祇園のえん子と存分に遊べる筈もなかった。

えん子は大村の払いを自分でするようになり、次第に逢う瀬も切なくなってきた。えん子がいくらサラブレッドで、気がねのない立場とはいえ、目に余るような恋が大目に見られるところではない。

「よろしいか、ようお聞きやす。芸者が旦那の外にいろを持ったかて、そら誰もとがめる者はおまへん、そやけど、芸者がいろにとり上せてしもたら、それはもう嘲(わら)いもんになってしまいまっせ、旦那からしぼって、いろに貢ぐといえば、甲斐性があるよう聞えるかもしれまへんけど、そんな筋の通らん話は通用せえしまへん。旦那の外に、ぜんぜん男を持つなとはいいしまへんけど、もっと、スマートにやっておくれやす。あんたみたいに、大村はんのお茶屋の支払いから、ホテル代、楽屋見舞いと夢中になって、ちっとは世間にみっともないとも思わしまへんか。なあ、悪いことはいいしまへん。ほどほどにしとかんことには、あんたがやがてのことに、祇園町に棲めへんようになりまっせ。あんたもよう覚えてるやろ、もと、うちから出てはったいろ子はんなあ、あの妓は、三味線ひかしたら、一、二といわれたええ芸者で、器量はええし、気だてもよしで、三本の指に入るほど売れてた人どした。それがどうや、旦那がいてはるのに、男衆の清(きよ)はんに惚れてしもて、あのざまや、あんたも、まだ覚えてはりますやろ」

　えん子の姉の吉弥が意見する。えん子も、確かにいろ子と清はんのことは知っていた。えん子がまだ舞妓になるかならぬかの頃であった。男衆と芸者の恋は御法度だったのに、いろ子と清やんが出来てしまった。それはたちまち祇園じゅうに広まってしまい、まず清やんの方が祇園町で働けなくなった。するといろ子も清やんに心中立てして、ふたりで夜逃げをたくらみ、駈落してしまった。

　名古屋から、新潟、青森、根室(ねむろ)まで渡り歩いているという噂が時々伝っていたが、もうふたりの消息がほとんどとだえてからも、大方十年がたっている。九州の博多の駅前で、おでんの屋台を清やんがひいていたとか、浜松で芸者になっているいろ子に逢ったとか、二年に一度くらいの割合で、ちらちら耳をかすめる噂もあったが、確実なものは全くなかった。

「でも、うちは姉ちゃんの考え方とちょっとちがうねん」

えん子はきれいな目をいっそう大きく見開いて、悪びれず吉弥にいう。

「うちは、いろ子姐さんも清やんもえらいなあと感心してます」

「何ちゅうことをいうの、本気であんたそんなこと考えていやはるのか、ふたありのどこがいったいえらいのや」

「恋のためには、清やんは家庭を捨てたし、いろ子姐さんは祇園を捨てはった。ふたありとも生きてた地盤を捨ててまで恋に賭けてみたんやもの、りっぱやと思うわ、うち」

「何がりっぱや、人に後指さされるようなことして。祇園の芸者はなあ、芸の次には名誉を大切にするもんどっせ。あんたもせいぜい人の嘲いもんにならんようしておくれやす」

「いつ、うちが人の嘲いもんになるようなことしてます？」

「ほならいうけどなあ、大村はんに入れあげたりして、まだようよう衿替えさせてもろたばっかりのくせして、一人前のような思い上ったみっともない真似せんといておくれやす。第一、旦那に知れたら、どういうて申し開きするのんや」

「旦那、旦那いうてもらいまへん、うちが好きでなってもろたわけやなし、おかあちゃんと姐ちゃんがよってたかって、無理に押しつけたんやないの」

「黙んなはれ、ようもそんな罰当りな口がきけるもんやな、ちょっとお花稼ぎだすとつけあがって」

吉弥にそれだけの口答えをするくらいだから、えん子は誰のかげ口にも耳をむけず、面とむかった忠告も受けつけない。とうとう旦那に知れて縁を切られて後も、えん子は大村に貢ぎつづけた。

大村はえん子との恋をつづけているうち、運がむいてきたのか、テレビの家庭ドラマの主人公に起用されたのが当って、急に人気が出てきた。

そのうち劇団の分裂騒ぎを利用して、フリーになり、その機会に年上の妻とも離婚してしまった。さてはえん子といよいよ結婚するのかと、祇園でも噂がわきたった頃、大村はテレビで共演した相手役の若い女優と派手な結婚式をあげてしまった。

えん子はその直後、大村と別れた。大村は再婚した後も、えん子との仲は続けていくつもりだったらしいが、えん子のプライドがそれを受けつけなかった。
「その時のえん子さんのまいり様は、そらもう可哀そうで見てられしまへんどした
え、当り前どすわなあ、大根とか、ヒモとか、大村はんの悪口いわれる度、躍起にな
ってかばい通してきてたんどすものなあ」
芙佐はため息まじりに話し終えた。
「男にもいろいろあるさ」
「へえ、そいでも所詮は、本気で恋したら女が損するのとちがいますやろか」
「女将にも覚えがあるのかい」
「いいえ、うちは何でかこれで男運のよろしい方でしてなあ、あんまりひどいめには逢
わんとすぎてきましてん、それより御恩になった方が多うて、足むけて寝るところが
あらしまへん」
「結構な話だ」
「何でどす、突然、黒川先生のこと訊かはりますの」
「いや、銀座で、黒川が最近、あるバーのマダムと派手な噂流してるの聞いたから
ね」
「おかしな話どすけど、女の中には、男はんを不運にするタイプと、運ようするタイ

プとありますなあ、その女に近づいた男はんはみな出世するとか、その女と何した男はんはみな何やしらん運が悪うなってしまわはるとか、そういうのがありますわなあ」

「ああ、それは男にもあるようだね」

「えん子さんは、男を成功さすタイプの女どすねん、えん子さんと出来た人で、運を失うた人って、ほんまにいやはらしまへん。みな、それぞれに、えん子さんとそうなる前よか、ようなってはります。それでいて、えん子さん自身はいつでも貧乏くじひかはる。そういう廻りあわせってあるようどすなあ」

「それはあるかもしれないね」

「うちはそれがえん子さんと反対どすねん」

「男は喰う方かい？」

「へえ、そうどす。何でどっしゃろなあ、こっちはもうせいだしてつとめて、つとめて尽し倒してますのんどっせ、そやのに、必ず、男はんの運が悪うなりますねん。いつのまにやら左前になったり、次々、縁起の悪いことがおこったりしやはりますねん、もうせつのうて、かなわんのどっせ」

「女将の情が強すぎるのさ、男がしぼりつくされてしまうのだろう」

「いえ、そんな冗談ごとやおへん、まじめな話どっせ」

「ふうん、いい話聞いた、女将をくどいてみようと思ってたのだけど、それじゃやめとくよ」

「阿呆らし、お婆さんをからかうもんやおへん」

芙佐は竹之家とは親子二代にわたって馴染みの深い矢島になら、聞いてもらいたいと思う話を、そこでのみこんでしまった。やはり米田（よねだ）の話はひとり胸に収めておくべきだと自分にいいきかせた。

矢島を部屋へ残し、芙佐は自分の部屋に帰った。ゆきむらとは庭づたいの離れの二階家を、芙佐は自分と子供の住居にしている。二階は子供たちが使い、階下を自分が使っているが、三人の娘の二人とも、出てしまったので、今では二階は末娘の稚子だけがいる。

稚子はもうとっくに眠っているらしく、二階はことりとも音がしない。

床の間のある八畳の部屋の真中に、もう女中の手で蒲団が敷きのべられている。

芙佐はよほど酔っていないかぎりは、机の上や、二棹並べた桐の簞笥や、紫檀の飾り棚に空ぶきんをかける。それは、松之家時代からの身にしみついてしまった習慣で、そうすれば心が落着き、一日の垢が清められるような気がするのであった。

帯も着物も自分で畳んだ。それも長い習慣で、人任せにすると気持が悪い。

机を拭こうとして、芙佐はそこに乗っている手紙に気づいた。白い長封筒に、達筆の墨の字が走っている。四国の米田から来たものだった。

先日の無心を快く聞入れてくれてありがたい。おかげで命が延びたというようなことが書いてあった。

芙佐は昔に変らない米田の達筆を眺め、感慨無量だった。

芙佐が松之家から分れ、竹之家を出す時、資金が足りずに迷っていると、今やらないともう何年も遅れてしまう。物事にはチャンスがあるのだ、といい、ぽんと二万円の金を出してくれたのが米田だった。

当時の米田は興行界の大立者（おおだてもの）で、関西はおろか、東京でも、米田の指一本でどんな芝居や映画の企画も覆（くつがえ）させることが出来るといわれていた。あの女優も、あの俳優も、米田の肩入れでスターになれたのだといわれ、その世界では米田天皇と怖れられていた。

芙佐は松之家で知り合ったが、初めての日から米田に目をかけられ、格別可愛がられた。

「おれはもともと美人好みだから、お芙佐にはねぼけても手を出さないから、安心していいよ」

客の前で、芙佐の肩を引き寄せながらいう。

「あれ、そんならつまりまへんなあ、うちは磯のあわびの片思いどすか」

芙佐も冗談を受けて返すと
「お前の下り目が、も少し上って、鼻がもう少し高くて、目もとがもっとしまってたら、手を出すかもしれないね」

「へえ、へえ、けっこうどす。どうせうちは、造作はおたやんでも、ハート美人どすさかい」

芙佐がすましていえば、一座はどっと笑い崩れるのであった。その頃、ハート美人という品名のコンドームが出廻っていて、よく新聞や雑誌の広告に、その名前が出ていたし、ハートに矢の射さった商標も、誰の目にもついていたからだった。

米田はその頃から、祇園でも一、二といわれる美人芸者ばかりを、次々相手にしていた。どれほど金があるのか、底識れないようにいわれていた上、風采も並々ではなかったので、女たちはむしろ、米田にくどかれるのを光栄のように待っていた。

芙佐が、米田からぽんと二万円の金を投げ出され、さあ一日も早く店を開けといわれた時、思わず金を押しいただいて、涙を流した。

「うちがきれいなおなごで、軀でお返し出来るなら、気が楽どすけど、こんな大金をどうやってお返ししてええかわかりまへん」

「あげてしまうといえば、励みにならないから貸すことにするよ。ただし、無利子、無期限でいい。あんたは返せる時が来たら、だまっていても返さずにはいられない人だから、安心して貸しておく」

米田にそういわれるのはあげるといわれたのと同じだと、芙佐はいっそう恐縮して涙が出た。

その金のおかげで芙佐は思いきって竹之家を開いた。

松之家の女将から、竹之家を開くなら出入りはさしとめ、うちのお客は一切とらせない。うちへ出入りする芸者や舞妓は、ひとりも竹之家へは入らせないと、きつい条件をつきつけられたが、芙佐はひたすら、頭をさげ通してそれをうけた。

さて竹之家を開いてみると、芙佐の予想以上に竹之家ははやった。

「何が他所者（よそもの）の女中が、祇園のお茶屋の女将がつとまるものか、一年つづいたら、逆立して祇園を歩いてやる」

「二十をすぎたばかりの小娘で、祇園のお茶屋がつとまるものなら、祇園の伝統とか何とかえらそうなこと、いえへんようなりますわなあ」

そんなかげ口は四方から芙佐の耳に聞えたが、芙佐はだまってそれを聞き流した。

松之家の恩は恩、自分が一生かかっても恩をかえしきれるとは思ってはいないが、旧いお茶屋の中に長年住みついてみたら、そこにある矛盾も不条理も充分にわかってくる。

自分がもしお茶屋をやるなら、あそこはこうして、ああいうところはああ直してと、芙佐の夢はふくらんでいく。

どうせこの世に生れた以上、一生、人に使われて女中で終ってしまう気持にはなれない。祇園に流れついたのが運命なら、思いきって祇園に根をはやし、一生祇園で暮して、祇園の栄枯を自分の栄枯と見きわめて、祇園の土にかえりたいと思う。

芙佐は松之家から、夜逃げのようにして出て竹之家を構えた。

松之家時代に、芙佐が身を粉にして働いていたのを目の当りに見ていた客たちは、こぞって芙佐を後援した。

松之家へ出入りの芸者たちも、竹之家へ自分からやってきて
「女将さん、うちも知らしておくれやす。松之家のおかあさんに遠慮することあらしまへんがな、うちら芸者は、松之家はんに、まるかかえにされてるわけやおへんものなあ、よろしゅうお頼もうします」

という。日頃、芙佐が芸者の身になって、面倒な客との間や、浮気の手伝いや、旦那へのかけ引の相談にも乗ってやっているからだった。

お茶屋がはやるか、はやらないかの最大の原因は、いい客がつくか、いい芸者が呼べるかにかかる。いい客が先か、いい芸者が先かは、鶏と卵の関係で、どっちが先とはいいかねたが、はやるお茶屋には、必ずいい客といい芸者が集っていた。

芙佐はまず、いい客より先に、いい芸者を呼べるように心を配った。

客の心配は不思議なほどしないでよかった。

松之家時代、芙佐に女のことでさんざん面倒をやかせた客たちは米田を筆頭に、奉加帳を廻されると、こぞって大口の寄付をして景気をつけてくれ、松之家に気がねもせずに竹之家へ集ってくる。

「すんまへん、お気持は有難うおすけど、松之家のおかあさんに、松之家のお客さんをおよせするないわれてますさかい」

芙佐が遠慮していえばいうほど、客たちはかえって竹之家に集ってくる。

「いいじゃないか、松之家をやめてしまえばもう松之家の客じゃないわけだから、竹之家にこようが菊之家にいこうがいいわけだろう。大体、自分の家に長年つとめた女中が自力で一人前になって店を出す時、祝うてやるのが人情やないか、どんな町家のお店でも、つとめの年季があけたら、奉公人にはのれん分けしてやるのが道理やで。それを長年、奉公第一に勤めたお芙佐はんがようやく店出ししようという時、やれ客をやらん、芸者はやらんとは何ということや。その話聞いて、もう松之家はいやになったわ」

そんなことをいってくれる客は、芙佐にとっては手を合わせたいように思う。しかし、芙佐はあくまで松之家をたてて、新しい自分の客を開拓しようとした。

新しい客とは、これから祇園へ足をふみいれる層である。これまで祇園を使って商売したり、宴会したりしているのは、もうすべて功成り名とげた大商人や、大会社の重役連中であった。

芙佐は彼等の二世を狙った。

「すんまへんけど、お宅に坊っちゃんがいやはりますやろ、やがて社会に出て、祇園もお使いやすようなお方におなりやすやろ、その坊っちゃんの、祇園の使い初めはどうぞ、うちとこにさせておくれやす。あんばいよう、お茶屋の使い方も、お金の使い方も、女の人のあしらい方もお世話させていただきまっせ。お宅で安心していられるように遊んでもらいまっせ」

芙佐は松之家でなじんだ客にむかっていう。客の家にも芙佐は盆暮れに出かけて客の妻たちに挨拶しておく。もちろん慶弔にぬかるようなことはなく出むいておく。

お茶屋の女将にしては粋がっていない芙佐の、へり下った物腰は、客の妻女たちに先ず優越感と安心感を与える。彼女たちは芙佐が二、三度訪ねるうちにはすっかり芙佐に気を許してしまい。夫の浮気の苦労話などしてしまう。

「そらもう、甲斐性のある旦那さんたちは、何というてもおつきあいで、ついひょんなこともありますもんどす。そやけど奥さん、どない外でお遊びやす旦那さん方でも、おうちのことや奥さんのことを忘れてるということはないもんどっせ。へえ、そらもう、私のようなお商売させてもろてますと、そういうことは手にとるようにわかるもんどす。外のつまみ食いは、どこまでもつまみ食い。奥さんあっての浮気どっせ。世の中で何が強いいうたかて、奥さんいう立場ほど強いもんはおまへんのどっせ」

芙佐のような立場の女が、心をこめた口調でいうと、大ていの主婦たちは、自尊心をくすぐられて、つい、うなずいてしまうのだ。

芙佐はそうやって近づき、心を開いてきた主婦たちの気持を、そらすようなことはなかった。

やがて主婦たちは、祇園ではやっている髪を結うには、どこの髪結がいいとか、祇園の女はどんな洗い粉や、白粉を使っているのかと訊きたがる。

芙佐はこまめに、これが今流行ってるフランスの紙白粉だとか、練香水だとかいって、主婦たちに届けておく。

主婦たちは口では芸者や舞妓を見くだしたような態度をとりながら、化粧品や髪型については、全く無抵抗にそれを受け入れたがる。

芙佐は主婦たちの気持をすっかり自分にひきつけてしまってからいう。

「旦那さんや坊っちゃんが、うちで何ぼう遊んでおくれやしても、御安心しておくれやす。うちは必ずお宅までお送り届けしますさかい」

そのうち、祇園の客の二世たちが、少しずつ竹之家の客になってきた。

「まだ部屋住みやから、月こんだけしか遊ぶ金ないのや。これだけでも祇園で遊べるやろか」

若い二世たちは、親たちより体裁をつくろう必要がないから、あっさりいう。

「へえ、そらもう、何ぼうからでも遊べるようはからいまっせ。お金をむやみに使いたがらはるお客さんは、祇園ではかえって成金さんやろいうて馬鹿にされますのや。何ごとも、ほどということが大切どすわなあ、チップかて、仰山やるのがええにきまってはりますけど、それがまた度をこえたやり方しますと、かえって軽蔑されますわ。そこはやっぱり、御自分で遊びはって自然に、ほどを覚えていかはるしかおへんなあ。そやけど、うちらは、それの御相談役はつとめさせてもらいます。女将何ぼやろか、これくらいで少ないやろか、こないいうて相談してくれはりますと、あ、ぼん、そらちっと多すぎまっさ、もうちっとへらしておあげやすと、こないいうて御忠告することもたんとありまっせ、そういうことをいうてくりかえすうち、すぐお客さんの方が、ほどを覚えてしまはります。予算で遊びはって、次第に祇園を覚えていかはるうちに、たいてい、お茶屋で遊ぶ資金ほしさに、お仕事の外に副業みつけはって、そっちのあがりは、お茶屋に運ぶように、ならはる方がたんといやはりまっせ」

「副業って何だい」

「へえ、内緒で株やらはるとか、お友だちとこっそり、別の会社を内職につくらはるとか……結局、祇園で遊びはるくらいのお人やないと、お仕事の方もきつう発展はおしやらへんのとちがいますやろか」

芙佐の我田引水がまかり通って、竹之家はつぶれるどころか、日と共に堅実に、いい客筋を拡げていった。

竹之家が店開きして以来、順調に成績をあげていったのには、芙佐の並々ならぬ努力のあとがあったのはいうまでもないが、米田の力が大いに与(あずか)っていたことを芙佐は誰よりも認めていた。

米田は、関西で遊ぶ時や、商売にお茶屋を使う時には必ず竹之家を使った。派手に芸者をあげてくれたし、飲食いも盛大にした。

竹之家を使って遊んだ晩は必ず泊りだった。売春防止法のないその当時は、お茶屋は芸者をあげて遊ぶところであると同時に、芸者と寝る場所でもあった。

こぢんまりした竹之家でも、時によれば四組の客が泊る日もある。

風呂は、五右衛門風呂だったが、家では檜の香の匂う湯舟や、ハイカラなタイル張りの湯殿を使っている客たちが、文句もいわず、せまい五右衛門風呂に女と入って喜んでいる。

祇園の朝は遅い。十一時頃どの客も目を覚ますと、次々朝風呂を使い、さっぱりした顔で、芙佐の部屋に集ってくる。長火鉢のまわりにどの部屋の客も集って、芙佐のいれてだすほうじ茶をすすり、十年の知己のように許しきった表情で顔を合わす。初めての客も、芙佐の如才のないとりなしと紹介ですぐ他の客と馴染みあう。

客にはそれぞれ女がついているが、女たちは芸者がほとんどだから、互いに顔をあわせても照れも恥しがりもしない。逢って都合の悪い芸者は、朝、みんなの起きる前にさっさと竹之家を出て帰っているからだ。

紹介されて困るような不粋な客は、女将の部屋にのこのこ集ったりはしない。

米田は竹之家が出来た丁度その頃から、女優の桜井みつると恋愛関係になっていた。桜井みつるは東洋キネマのスターとして売出し中の女優だったが、長崎の丸山の芸者だった祖母がイギリス人の子を産み、そのハーフの娘がまた丸山で芸者に出て、みつるを産んだとかで、彫の深い顔立と、乳色の肌が日本人離れして、見るからにバタ臭い容貌をしていた。軀の線も日本人にしては美しく均整がとれていて、バイヤス裁ちのワンピースなどを肌にくっつくように着ても、ぴったりと胸や腰の豊かさが浮き上ってくる。

化粧もアイシャドウや口紅を思いきって使って、バタ臭くする。芝居はお世辞にもうまいとはいえなかったが、桜井みつるがスクリーンにあらわれただけで、煙ったような長いまつ毛の瞳に魅惑されてしまい、観客は結構、陶酔出来るのだった。

どこからどうあらわれて、桜井みつるが銀幕に躍りだしたか誰もよくわかっていない。さる外国大使の落し胤だとか、いやさる華族が女中に生ませた子だとか、さまざまな噂が出ていたが、どれも信用出来るようなものではなかった。

米田が桜井みつるのパトロンらしいと関係者にわかったのは、むしろ遅い方で、芙佐は桜井みつるもまた米田がどこかで発見してきて強引にスターに仕立てた女だろうと見ていた。

米田が桜井みつるをつれて竹之家へ上るようになった頃は、もうみつるは押しも押されもしない銀幕の大スターだった。みつるをスターの座に押し上げるために、どれほど米田の金と力が費されたかは想像するだけ野暮なように芙佐は思った。

桜井みつるはスクリーンの中では、華美な令嬢や、少しヴァンプがかった酒場の女などによく使われたが、現実では顔立の個性的なのに似ず、舌ったらずのような口調があどけなくて、あまり自分の意見など持たず、男のいいなりになる可愛い女だった。

その頃芙佐などは見たこともないような、派手な絹のネグリジェやナイトガウンを着て、朝、米田といっしょに芙佐の長火鉢の前に集ってくる。他の客が、紹介されるまでもなく、一目で桜井みつると見てとり、愕いた表情をかくしきれないでいても、おっとりした表情で笑いかえし、別にそんな場所で逢ったことを照れるふうでもなかった。

芙佐にも悪びれずになじんできて、二、三度竹之家で泊ると、もう十年の知己のように感じさせる。

「女将さん、ちょっと」

朝、起きてすぐ、まだ、誰も長火鉢の前に集っていない時、芙佐のところへ来て、寝起きの化粧も落ちた顔のまま

「いやんなっちゃった、急に来てしまったのよ、脱脂綿かしてくれない。四日も早いの」

などといったりする。

芙佐は桜井みつる以外の米田の女たちも、ずいぶん世話もしたし、見せられもしてきたが、みつるのどこがそんなに米田をひきつけるのかわからない。みつるに使うほど、米田が湯水のように金を使うのも見たことはなかった。

「よっぽど桜井さんはあそこがよろしいんどすか」

いつかふたりきりの時、芙佐は米田に冗談半分訊いてみた。

「いいや、あいつはね、映画界には絶対内緒だけれど、横浜で外人専門の店に出ていたんだよ。そのせいで、外人仕込というか、外人のためというか、そっちのサービスがうまくてね、それでも、それがいいだけでつづいてるわけでもないさ」

「へえ、ほなら、どんな魅力があるんどす」

「そうだなあ、まあひらたくいったら、あいつ、ここがぱあだろう」

米田は自分の人さし指で頭の上をくるくるっと描いてみせた。

「そんなことおへんわ。おっとりはしてはるけど、ぱあやいうことあらしまへんがな」

「いや、ぱあだよ、何でも反応が人よりまのびしていて遅いんだ。それが男には気が安まるんだな。それにあいつほど、男のいいなりになる女はまあざらにいないんだよ」

「閨（ねや）の中でどすか」

「う？　まあ、そうだろうね」

米田に説明されて、芙佐も何となくうなずけるような気がしてきた。

「映画は細切れの撮影で、一々監督のいいなりになってれば出来るが、舞台はそうはいかない。あいつは舞台女優になりたがってるけど、そいつは、まあだめだね」

「そうどっしゃろか、桜井さんはお顔立が派手やし、彫が深うて遠目が見映えするし、ええ舞台顔や思いますけどなあ」

「それが素人の考えさ、ま、見てごらん、ここまできたのだって、ずいぶん、かげでぼくが細工したんだからね」

米田はそんなふうにいって、どっちかといえば気の廻らない、ぐずなみつるの面倒を見させられるのが、結構嬉しくてならないように見えた。

桜井みつるの指に、来る度新しい指輪が輝いているのを見て芙佐は目をみはっていた。二カラットのダイヤや、大粒のスターサファイヤや、芙佐でも思わず欲しくて唾がたまりそうなほど濃いエメラルドなどが、次々桜色のマニキュアをした美しいみつるの指をいやが上にも輝かしていた。

芙佐は、女など珍しくもない筈の米田がこれほど打ち込むのを見て、何か異常なものを感じていた。

そのうち、米田はみつるのために、東京にすばらしい家を建ててやったという。まさか米田が妻を離縁するようなことはしないだろうが、これではみつるに子供を産ませかねないと、芙佐は人ごとながら案じてきた。これまでの米田は浮気は割切っていて、決して、芸者や女給に子供を産ませるようなへまなことはしなかったのだ。

本宅は芦屋にあったが、芙佐も、二、三度宴会によばれた際、古風な日本髪の似合う米田の妻に逢っている。見るからに上品な、出しゃばらないしとやかな女だった。

そのうち、芙佐が離婚さわぎをおこした時も、他のすべての人は芙佐の我ままだといさめ、あんなおとなしい美男の夫の、どこが不満なのだといったが、米田だけは
「あんたがそこまで考えぬいていることなら、きっとよくよくの決心なのだろう。どうせ、お茶屋の女将なんてものは、まともな家庭を守って、店もうまくやるなんて出来ないことさ。その点、芸術家とも似ているよ。お前さんは女だてらに、仕事に魅入られてしまった女だ。仕事をとるか、家庭をとるかという岐路で、仕事を選んだというのなら、ぼくは止めないよ。そのかわり、もう二度と、人並な家庭など持てないと覚悟しておくことだね」

と、離婚をとめなかった。

やがて、芙佐が孤閨を守りきれず、浮気をはじめた時も、米田は知っていて、知らない顔をして文句をつけなかった。そんな時でも竹之家をひいきにすることは、以前と一向にちがわない。

芙佐の恋人が、宮口と決ってからも、米田の態度は変らなかった。

「あの、いっぺん、逢うてやってくれますか」

芙佐が米田に、宮口のことを持ちだした時、米田はすぐ機嫌よく芙佐の請を受けた。

「ああ、いいよ。女将の恋人の宮口さんというのは、なかなかの男だと、かねがねぼくは尊敬していたのさ」

「へえ、何でどす。今まで一ぺんもお話してやしまへんのに」

「そんなこと聞かなくてもわかってるさ」

「何でどす」

「女将がこの頃めっきりきれいになったからさ」

「何いうてまんねん、ひやかしてばっかり」

「いや、ほんとだよ。顔の造作が変ったわけじゃないけど皮膚が艶々して目が輝いて、妙に軀つきが色っぽくなってきた」

「ほんな阿呆なこと」

「ほんとうさ。一緒に寝はじめて女をきれいにしないような男はだめさ。その点、宮口さんはなかなか甲斐性のある男だと見ているんだよ」

「へえ、おおきに」

芙佐はやっぱり自分の男がほめられて悪い気はしない。つい口もとがゆるんで目尻がいっそう下ってくる。

「よっぽどテクニシャンなんだな」

「いえ、ほんなことあらしまへんのどっせ」

芙佐はつい話に身が入り、肩が乗り出していた。いつか、誰かに宮口の閨房の強さを話したくてたまらなかったが、女にいえる話ではなし、まして客にむかってはいっそう話せるわけのものでもなかった。しかしつい、米田の聞きだし上手にそそのかされて、自分がどこまで喋っているのか気づかないうち、際どい打ちあけ話をさせられている。

「そんなら浮世絵並か」

「あほな、こっちがこわれてしまいますがな」

「じゃ、どうなんだい」

「へえ……」

芙佐はちょっとためらったが、声をひくめて、米田にいった。

「話には聞いてましたけど、うち、はじめてあんなことしてもらいましてん」

「あんなことって何だい」

米田はさあらぬ態でわざと白々しい表情をする。芙佐はもう、それを言わずにはいられない心境になっているのが手にとるようにわかる。

「ぬかずぬかろくでんねん」

「えっ」

米田はきょとんとして訊き直した。

「もういっぺんいって見てくれよ。お経みたいでわからん」

芙佐は長火鉢の灰に火箸で書いてみた。

「へえ、抜かず抜か六と書くんどっしゃろか」

「へええ、そいつはまた豪勢だね」

「米田さんかて、そんなこと平気どっしゃろ」

「どうして、どうして、宮口さんに秘法を教わりたいものだ」

「あんなことというてはる」

米田にのせられて、つい、とんでもないことをいってしまったと芙佐は真赤になった。

宮口とめぐりあい、男女の性というものは、どこまで深い道がついているのかわからないとつくづく知らされた頃の芙佐だったので、その当時は昼間でも、ふと宮口との夜のことをうっとりと反芻(はんすう)している自分に気がつくのだった。

そんな話もあって、米田は機嫌よく宮口と逢ってくれた。

宮口の招待という形で、芙佐は大市を場所に選んだ。米田と桜井みつるが大のすっぽん好きだったからだ。宮口もきらいな方ではない。

「勝手に、まるにさしていただきましたけどよろしおすやろか」

京都ではすっぽんのことを「まる」という。芙佐は一応米田にそう伝えて意向をただした。

「ああ、結構だよ」

何でも、本格的なものが好きな米田は、すっぽんといえば、すっぽんだけで、鍋の中に野菜ひとかけらもいれない大市の料理を好んでいた。

お茶屋というものは、夜芸者を呼んで遊んでもらうだけでなく、馴染みになれば、客から人を接待する料理屋の相談やら、土産の相談まで受ける。すぐきはどこがいいけれど、千枚漬ならどこの店がいいなど、自分の経験で教えることもあれば、どこそこの料理屋は高いばっかりで味はもうひとつだとか、あそこの店は急に拡張して家に大造作を加えたから、その分を料理の代金に折りこんで急に高くてまずくなったなど、情報はしいれておかなければならない。

芙佐は自分の金で料理屋にいくようなことはまあほとんどなかった。しかし客のお伴で、大ていの高級料理屋の味は知っている。

米田はよく、芙佐に訊いて、桜井みつるをつれて食べ歩いた。

竹之家で米田たちと落合い、仕事先から廻っている筈の宮口とは別に大市へ出かけていく。

昔のしもたやのようなさりげない構えの古風な家に、ただ「大市」と書いた軒行燈(のきあんどん)しか出ていない。入るとすぐ広い玄関の土間で、奥に調理場があり、客は拭きぬかれた敷台から玄関の間へ上る。八畳の部屋を二つ通りぬけると一またぎの渡り廊下で、客用の座敷の小部屋がある。坪庭が部屋と部屋の間にはさまっているので、他の座敷とは隔離されていて落着くのだった。

かくべつの愛想もないかわり、いつ行っても同じさっぱりした態度で迎えられるのを米田が特に好んでいた。

芙佐たちが車で乗りつけると、小娘の女中が
「もうおつきになってられます」

と宮口の来ていることをつげた。東京や大阪からの著名人の客に見馴れているため、そんな小娘の女中でも、桜井みつるを見ても動じたふりや、表情を変えるようなことはなかった。

女中に案内されて部屋へ入ると、宮口が、低い卓を前にして喫っていた煙草をあわてもみ消して座蒲団をすべり迎えた。

初対面の挨拶を型通りすませたものの、米田も宮口もさんざん芙佐の口を通じて互いのことは聞かされあっているので、初対面のような気がしない。

すっぽんの鍋が運ばれる前に、ビールと酒を注文する。鮒ずし二切れのつきだしは、四季を通じて変らない。卓は鍋を置いて丁度客ののばす手が頃合いになるように特に脚が短くしてあるようだ。

米田も宮口も酒の強い方なので、すぐ口がなめらかになり会話は弾んでいく。互いの仕事が全く違う世界なのも、かえって男同士の気分をくつろげているふうであった。

まだ宮口の仕事が何をやってもうまくいっている時期だし、米田の方は誰の目にも人生の最盛期と映る華やかな仕事ぶりの時であったから、話題は陽気で活気にあふれていた。

男同士が仕事の話をしている間、芙佐とみつるは、黙々と口を動かせていた。

「よく食うねえ」

突然、米田が、あきれたようにみつるにいった。

「あらっ、ひどいわ」

桜井みつるはオレンジ色に塗った形のいい唇をとがらせた。芙佐も首をすくめて笑った。

「大丈夫かい女将、宮口さんにすっぽんの生血のませたり、こんなにすっぽんたべさせたりしてぬか六が、ぬか八や十になってもいいのかねえ」

米田が面白がっていう。

「ほんなあほな」

芙佐が照れて真赤になって、袖で顔を掩(おお)ってしまう。

「えっ、そんなことお話してるのか」

「ああ、もう、大変な御自慢でねえ、宮口さんの精力絶倫ぶりを女将に聞かされて、ぼくなんか劣等感に捕われて坊主にでもなりたいくらいだよ」

調子に乗って米田がいうのでみつるなどは箸をとめて笑いだしている。芙佐の話は一から十まで米田の口からみつるには伝っているらしい。

鍋の底があらわになった頃、襖の外に女中が来ていて、おかわりの鍋を運んでくる。まるでどこかで覗いているようにそのタイミングが合うのに、いつでも米田は感嘆する。

鍋は浅い素焼の土鍋だったが、すっぽんの油を吸いこんで狐色に照り光っている。一時に何百も注文して造らせても、三分の一くらいは使えないものが出てくると、いつかこの店の主人が話していた。

桜井みつるが特にすっぽん鍋の最後の雑炊が好きなので、そのたべっぷりを見るだけで米田は幸福そうに目を細めるのだった。

「宮口さんはどうです？　男の中には女が物を食うのを見ると百年の恋もさめるという趣味のがいますね。私はね、惚れた女が旺盛な食欲をみせて、自分の前でうんとたべているのを見るのが好きでしてね。女が安心してものを食ってる表情は無心でいいですよ。そんな安心した表情をさせているのが自分だと思う気持はちょっといいもんじゃないですか」

「ええ、私もね、どっちかといえばとりすました女よりも、男の顔をみるとふっと気がゆるんであの時おならをもらすような女が可愛いですね」

「おいおい女将はおならをするのかい」

「かなわんわあ、そんなこと、お話やおへんか」

その日をきっかけに二組は時々落合い、食事するようになった。四人でたべたぼたん鍋や大根鍋や、普茶（ふちゃ）料理の味と場所が芙佐の記憶に走馬燈のように駈けめぐっていく。

あの隆盛を極めた米田や宮口に凋落の日があるなど、あの頃夢にも想像出来ただろうか。

芙佐は次々に記憶の底から浮び上ってくる楽しかった頃の場面にいつのまにか瞼の中がうるんでいた。

米田の方が宮口より先に没落した。

興行界の複雑な事情は、芙佐にはわからなかったが、米田が、興行以外の仕事に手を出したのが悪かったのだとか、いやそれは米田ではなく、米田の父がやったことで、その失敗の尻ぬぐいが米田ひとりの肩にかかったのだとか、興行界には切っても切れないやくざの組織といざこざがおこり、それが米田失脚の最も重大な原因だったとか、噂は実にさまざまであったが、それの何れも、どれが真偽か芙佐などにはわからなかった。

米田の支払いが、次第にとどこおるようになった頃、芙佐が宮口にそれをつげたことがある。

「事業には山があるものだよ。さすがの米田さんも今、事業の谷間に入ったのとちがうか。そういう時は今までの御恩もあることだし、そっとしておいて、出来るだけ役にたつよう竹之家を使ってもらうのが恩返しの一つだと思うよ」

宮口にそういわれて芙佐は嬉しかった。芙佐自身もこれまでになった竹之家の出発以来をふりかえると、米田がいなくてはとうていここまで来られなかっただろうと思うのだ。

今では宮口が米田以上に竹之家をもりたててくれるのだから、その宮口が、そんな商売にならない客は断ってしまえといわれても芙佐は一言もないところだった。宮口の情の厚さに芙佐は改めて宮口に惚れ直すようなところがあった。

それ以来、芙佐は米田に竹之家の請求書など出したことがない。

そのうち、米田が竹之家へほとんどあらわれなくなり、人の噂では満州へ行ったとか、いや、北京（ペキン）へ行ったのだということであったが、そのうち戦争が激しくなって、祇園も休業になる頃には、もう行方もしかとはわからなくなっていた。

一度、芙佐が宝塚（たからづか）の米田邸を見舞ってみた時には、宏壮な米田邸の門はしっかりと閉され、表札はおろされていた。近所で聞いても
「さあ、売らはったようですけど……」

というばかりでさっぱり要領を得なかった。

芙佐は米田に借りた二万円は三年で三万にして返済してあった。

「おかげさまで、ようようお返し出来るほどになれましたさかい。お返しして御恩が終るものやとは夢にも思うてはしまへん。そやけど、とにかくお返し出来るところを見ていただきとうございます」芙佐がそういって米田の前に手をつかえ、元金二万円に一万円の札を添えてさしだした時、いつもは豪気な米田が目をうるませてそれを受けとった。

「女将、貸したつもりではなくて、あんたの心意気を祝ったつもりの金だったけれど、それじゃ貰っておくよ。私もいろいろ仕事の手ちがいがあってねえ、これも実は思いがけない助けになる金なんだよ」

往年の米田の口からはとうてい聞く筈もないような言葉だった。今から思えば、あの頃もう米田は事業にひびが入りはじめていたのだろう。

桜井みつるは、米田が竹之家に出入りしなくなってからもやはりスクリーンに笑顔を見せていたが、そのうち、あれほど高かった人気も次第に尻すぼまりになっていった。

美貌だけが取柄で、およそ芸の勘が鈍いのに、米田の力で無理にスターに押し上げられたから、米田が背後にいなくなると木から落ちた猿になったのだとか、いや、彼女は顔がバタ臭いから、国粋主義の軍国時代には、歓迎されなくなったのだとか、噂はとりどりであったが、人気の落ちたことにはかわりはなかった。

　そのうち、やはり美貌で、芝居は大してうまくない二枚目の男優との浮名が流れてきたりするようになった。

　派手なネグリジェを着て、ひろくあけた胸元に黒々とキスマークをつけ、平気で丹前姿の米田とふたり、芙佐の部屋の長火鉢の前で朝粥をたべた頃のみつるを思いだし、芙佐はそんな噂の聞えてくる度、米田のために腹を立てたり悲しがったりした。

　そのうち、桜井みつるが噂の男優と結婚し、米田の買ってあたえた家に仲良く住み、女の子まで生れたという噂も伝ってきた。もうそうなってはみつるに米田の消息を訊くのも野暮なような気がして芙佐はひかえていたのだ。

　二十数年ぶりの米田の手紙を手にして芙佐はせきよせてくる感慨の整理にしばらく瞑目した。

　ようやく封を切ると、見覚えのある肉太の米田の堂々とした文字が目に飛びこんできた。

「冠省　長の御無音に打過ぎ何から書いてよいやら当惑します。蔭乍ら、竹之家の隆昌は四国の山の中にも風の便りに伝ってきて、心より慶賀の念に耐えません。これもみなあなたの人並ならぬ努力と根性のたまものとお慶びします。さて、一度ぜひとも拝眉の上で御願い致したき儀があり、御多忙中御迷惑とは重々お察ししていますが、昔のよしみに甘え、お願い申し上げる次第です。この手紙を御入手される頃を見計い、お電話さし入れます故、何分のお返事お聞かせ願いたく、宜しくお願い申し上げます。それもこれも茫々の歳月の出来事語りたきこと山々なれど、まずは拝眉の上でと擱筆します。取りあえず御願いのみ

早々頓首」

芙佐は、はたと胸に顎を埋めて考えこんでしまった。

とっさに金のことだと心が走る。これまでも芙佐は何度か人に金の無心を受けたことがあるが、たいてい似たような文面で一まず打診してきて、逢えば、本題を切りだされたものであった。

そういう手紙を受けとった時、先ず浮ぶ困ったという気持と重い不快な予感は生れず、芙佐はなつかしさと、同じくらいの不安だけが心にひろがるのを感じた。この頃、手紙はたいてい稚子に代筆させるのだが、芙佐はその場で便箋をひろげ、ペンを握りしめた。

米田が二十数年ぶりで祇園の竹之家に姿を見せたのは、それから二十日ばかりすぎてからであった。

昔いた女中はもうとうに暇をとっており、米田を見識っている者は芙佐以外にひとりもいない。

悦子には、芙佐はそれとなく話してあったから、勘のいい悦子がすぐ玄関で気づき、丁重に奥の座敷へ通した。

「女将さんは今、ちょっと髪結いにいってますけど、もうすぐ帰らはることになってます。今、電話いれますから、ちょっとお待ち願います」

悦子は米田を床の間を背に坐らしてから丁寧に手をついていった。

「いや、いいんですよ。ぼくの方が、電話で約束した時間より三十分も早く着いてしまったのだから……あんまり、この部屋が変らないので感慨無量だねえ」

米田はゆっくり首を廻して天井から襖から床の間の掛物や花入れを眺め廻す。

「そうどすか」

「あんたはいつからここにいるの」

「へえ、もう十年余りいさせてもろてます」

「そうですか。ぼくはねえ、この部屋で何度も泊ったことがあるんだよ。この一蝶(いっちょう)の椿(つばき)は見覚えがあるし、あの六歌仙(ろっかせん)の屏風も、昔、やはりよく見たものだねえ」

米田が声を詰まらせる。さすがに悦子に向かって、その二つとも自分の全盛時代、芙佐に贈ったものだとは口に出さない。

「へえ、女将さんが今朝これを出して来られて、ふだんは大切にしまってありますけど、今日お見えになるお客さんから、昔頂戴したものだから飾るようにと、申しつかって飾らせていただいたとこです」

「ああ、やっぱりね、ここの女将さんはそういう心やりのある人なんだよ、昔から」

米田は目の中が熱くなったのを悦子にさとられまいとしてあわてて湯呑みに手をのばした。

悦子が下ってから、改めて米田は部屋を見廻した。

「お茶屋の部屋の飾りつけは、ごてごてしないことだよ。軸物や置物はちゃちなものはさけて、数は少なくても筋の通ったものを使うことだ。どんな客が来ても恥しくないようにさりげない飾りが第一だ」

昔、自分が心得顔にさとしたのを、その後も芙佐は忠実に守っているらしい。米田は英(はなぶさ)一蝶の椿の紅いの色にしみじみ見入りながら、畷手(なわて)の道具屋でこれを見つけて、すぐ芙佐に贈った粉雪の降った夜が昨日のように想い出されてきた。あの頃、これがいくらしただろうか。今なら、三十万は下るまい。米田は今日、芙佐に切りだす話が急に重苦しく胸にせまってきた。酒でも一杯あおりたいなと思った瞬間、襖が開き、悦子が盆に、ホワイトホースの角瓶と氷入れをのせて持ってきた。

昔、自分が好きだったウイスキーを覚えていて、そこまで気をつかってくれる芙佐の情に、またもや米田は胸が熱くなってきた。

芙佐が結いたての髪に薄化粧を匂わせて駈けこむようにして座敷に入ってきたのは、それからほどなくであった。

「ひゃあ、米田さん、お長うさんどす。おなつかしおすなあ。ようこそおこしやす」

芙佐はそれでも襖ぎわで坐り、手だけはついて、型通りの挨拶をした。

「ほんとに、久しぶりで……」

米田は思わず坐り直した。芙佐はすぐ卓にかけよって
「何どすねん、水くさい。お楽にしておくれやす」

と、まず米田の膝を崩させておいて、改めて、座をすべり、今度はきちんと両手に顔をすりつけるようにして挨拶した。

「おかげさんで、今日まで無事に店も傾けず繁昌させていただいてます。これもみな、もとはといえば米田さんのおかげどす。一日も忘れたことおへん。ほんまどっせ。ほら、こうして米田さんの写真をうちのおとうちゃんの写真といっしょにいつでもここに持ってますねん」

袋帯の間からとりだした紙入れに、白紙でつつんだものが入っている。それを開けてみせると、宮口と自分の写真といっしょに、米田と桜井みつるが頰をすりよせあった写真が、半ばセピア色に変色して出てきた。

「ほら、覚えてはりますか」

「ああ、こういうのがあったかねえ。私の手許には全然こういうのはないからねえ、すっかり忘れきっていたよ」

「でも、ほら、この桜井さんのお洋服覚えがおありどっしゃろ」

黒地のデシンに大きな白の水玉のとんだその服は神戸の元町の舶来品の店で買ったものだった。芙佐もいっしょに神戸へ遊びにいった時のことだ。

「ああ、思いだしたよ、そういわれれば、神戸だったねえ」

「へえ、三の宮でお肉のステーキたべましたやろ、昨日のことのようどすけどなあ」

「宮口さんはどうしてられるんですか」

「へえ、それがもう、話せば長いことになりまして一口にいわれしまへんねん。とにかく今、蒸発したっきりどすねん」

「蒸発？　あの宮口さんが？」

「へえ、人間てわかりまへんなあ、ほんまに。でも、とにかく、今日はゆっくりしておくれやしてよろしいんでっしゃろ」

芙佐はいいながら、すりよって、米田のグラスをみたしてやった。

「いや、それがねえ、こっちも何から話していいかわからないが、とにかく、色々大変で……今夜の船にどうしても乗らなきゃならなくて」

「船？　飛行機はあきまへんのどすか」

「夜のはないんだよ」

芙佐はうなずいて考えこんだ。米田のみなりは一目見て、これが昔あれほどダンディとして鳴らした米田と同一人物かと思うほどどうらぶれきっている。今の米田は飛行機代も考えるほど懐がつまっているのだろうと察しられる。芙佐は顔をあげて一気にいった。

「どうぞ、何でも、お気やすういうとくれやす。私で出来ることどしたら、何とでも御恩返しさしていただきます」

「女将、一生に一度だけのお願いです。迷惑は承知で、二百万円貸してもらいたいのだが」

「二百万……どすか」

芙佐はゆっくりつぶやく間に頭は火花を散らすように計算が駈けめぐった。三十年にちかい昔、米田からぽんと投げだされた二万円の小切手が目の先にちらついてくる。それを三万円にして返しにいった時の札束の感触も掌によみがえってくる。三十年前の一万円が今、いくらにつくのんやろ、二百万円、二百万円……少ない額ではない。あの頃、一万円は素人の庶民にとっては一財産だった。二万円あれば祇園の真中でお茶屋が一軒出せたのだ。今、二百万円の金で家の一軒も買えはしない。あの頃の二万円の値打は今の一千万円にも当るのかもしれない。米田の恩を思えば当然この場でさしだすべき金だ。御恩は死んでも忘れはしまへんと、泣いてあの時、米田に手をついて、額を畳にすりつけて礼をいった心からすれば、今、二百万円の無心をされて即座に札束の耳を揃えてさしだすのが当然だ。

しかし……と、芙佐は思う。あの時の借金は三万円にして一応返済ずみなのだ。それはもちろん、米田はあの後も竹之家にとっては最高にランクする客筋で、どれほど金を使ってくれたかしれない。それはそれとして、こっちだって、ずいぶん米田の女のことでは、出来ない無理も通したことだ。終りの一年くらいは、米田のつけは全部帳消しにして、金はもらった覚えはない。あれだって御恩返しをしたつもりだったのだ。芙佐の想いは尚駈けめぐる。

金にゆとりが出来てからは、借金の申し込みはうんざりするほどあった。覚えもない親類があらわれたり、仕事仲間だったり、お客筋からだったりもした。芙佐は何度も踏み倒されるうち、客のひとりに教えられた。

「女将、金を貸してくれといわれたら、決して貸してはあかん」

「そんなことというたかて、うちは気が弱いさかい断りきれしまへんねん」

「貸した金はかえらぬものと思った方がいい。金を貸したばかりに、親兄弟の縁も切れるし、親友も失う」

「へえ、そうかて、みすみすそんな縁の深いものが困るのを見捨てるわけにもいかしまへんやろ」

「その時はな、申しこまれた半分の金を呉れてしまうのだ。もちろん、その金額にもよるが、たいてい借金にこられるくらいの金は女将に出せる金額に決っている。ちょっとむごいようにも思うが、その方が後腐れが残らない。向うは、扶かるし、感謝するし、こっちは恨まれない。借金というのは、借りた時は、有難がって三拝九拝するが、返す時は何となく損をしているような気がして、返す方じゃ、うらめしい気持がつきまとうものなのだ。金を貸して恨まれるくらい阿呆なことはないだろう。まあ、だまされたと思って、私のいうようにやってごらん」

芙佐はその後、試しに客に教えられた通りにしてみた。返してもらわなくていい、しかし、今は用立て出来る金はこれだけしかないから、これはあげておくという時は、惜しい気もしたが、結果はたしかにその方がよかった。

半分なら、役に立たないからいらないといったためしはなかった。申し込んだ半分の金でも、いざというと、押しいただいてもってかえる。返してもらわなくてもいいといってもその時は、皆、決って

「とんでもない。出来たら必ずお返しに来ます。ではお借りしていきます」

という。しかし返してきた例はなかった。返せる時が来たら、くれるといった言葉を思いだすのだろうと芙佐は苦笑した。しかしこっちは一度やると心をきめたので、返されなくても惜しくもないし、返さないのが腹に立つこともない。なるほど、このやり方が、精神衛生にもいいし、親しい間柄も失わないと悟れるようになった。それなら、米田の借金の申しこみにもそうすべきか。

「とんでもない」

芙佐の心の中で、強く叫ぶ声が聞える。

米田の恩に対して何という忘恩の考えだろう。竹之家の今日あるのは、あの時、米田の投げだしてくれた二万円のおかげではなかったか。

とっさの思案を固めると、芙佐はさっぱりした顔になっていった。

「もちろん、お急ぎどっしゃろなあ」

「申しわけないが……」

「今日というては間に合いまへんけど、いつまでなら待っとくれやすか。外ならぬ米田さんのことどすし、こんな時に御恩の万分の一でもお返し出来んことには人間がすたります。今日すぐには五十万円くらいはお渡し出来ますけどあとの百五十万円は一週間ほど待っとくれやすやろか」

「女将、この通りだ」

米田は、顔の前ではたと掌を合わせた。

「よしとくれやす。米田さんにそんなことされると、うちの身の置き所がおへん。今夜は泊って、ゆっくり今後のことも相談させとくれやす」

「いや、そういっちゃ何だが、実は明日までにどうしても帰らないと困ることがあって」

「そうどすか、ほな、ちょっとお待ちやして」

芙佐は、米田を残して、台所の方へ入ると、押入れの手さげ金庫をあけ、昨日受けとったばかりの客の五十万円の小切手を封筒に入れ、もとの座敷へ帰った。

「これお改めになっとくれやす。松島建築の小切手どすさかい、間違いおへん。あとのお金は、私がお送りするなりお届けするなりします」

「重々わがままいうけど、銀行渡りにするといろいろ面倒なので現金の方がいいんだけれど」

「へえ、ようわかってます。そやからこれは私がお届けした方がええやろ思いまして」

「私がいただきに来てもいいのだけれど、かえって、女将に、今のうちの暮しも見てもらった方がいいかとも思うし」

米田のす速い気の廻し方に、ようやく昔の切れ物としての米田の面目がかえってきた。芙佐は稚子の定期預金が今月末で満期になるのが二百万円あるのをさっきから計算していたのだ。

貸すのやのうてさしあげる気や。芙佐は自分にいい聞かせながら、さりげなくいった。

「うちの方が御伺いさせていただきまひょ、飛行機なら、伊丹から十五、六分で四国でっしゃろ」

米田は芙佐が金を持参するという申し出を受けいれると、初めて自分の仕事について話しだした。

芙佐に逢わなかった長い歳月、山を掘ったり、温泉を掘ったりしたが、どれもみな失敗つづきで、米田の築いた財産はおろか、妻の持ち家や宝石まですっかり手放してしまいすっからかんになった。

家もなくなって、米田の母方の四国の田舎へ一家中で引き移ったのが、もう十年も前のことになる。そこで親類のやっていた材木屋の手伝いをして細々暮してきたというのであった。今度米田は新しい製材機を発明して、特許も下り、愈々その売り出しにかかるところだが、そのため、資金が必要だというのであった。もちろん、資金の金額は二百万くらいの金ではない。出来るだけ工面した挙句、最後に二百万がどうしても足りなくなったから、芙佐を思いついたという。

「自分でいうのも自慢めくけれど、私の発明した機械はもう注文がいっぱい来てるんですよ。ある大手の会社が二ところも権利の買収に来てるんです。権利を売ってしまえば楽になるけれど、男として、せっかくここまでがんばってきたものをみすみす他人にいい汁吸わせるのはたまらないしね。死んでもこの仕事を自分でやりたいんですよ。今、カナダからも注文が来ていてねえ、これは絶対、当るんです」

米田は話すうちに、ようやく昔の米田の艶やかな表情が、目の中によみがえってきた。

「何やわからしまへんけど、米田さんがそこまで思いこんではるお仕事どすもの、がんばっとくれやす。うちのとうちゃんに聞かせたらどない喜びますやろに」

「宮口さんは？　どうしてますか」

「へえ、おおきに、それがなあ、もう情ないことどすけど、ずっと行方も知れしまへんねん」

「ほう」

「大方、十年になりますけど……やっぱり事業に失敗しましてなあ、ええ時も悪い時もいっしょに苦楽を共にするのが惚れおうた男と女の道やと思いますのに、あの人はああいうきつい気の人どすさかい、みじめな姿は見せとうないいいましてなあ、急に居んようになってしまはったんどす」

「そうですか、それは知らなかった」

「何でも南米に行ったということは聞いてるんどすけど……」

「いや、私のように、幽霊がよみがえる例もあることだ、女将、あの人はきっと現われますよ。きっと来る。待っていてやりなさい」

「へえ、おおきに……そないいうてもらうと涙が出てきます」

芙佐は袖口で目を押えた。稚子の結婚式には、どうかして宮口を探し出し出席してもらいたいというのが芙佐の悲願だった。そうだ米田を今扶けておくことは、宮口にめぐりあわせてもらうための功徳(くどく)になるのかもしれないと、芙佐は自分を慰めた。

|著者| 瀬戸内寂聴　1922年、徳島県生まれ。東京女子大学卒。'57年「女子大生・曲愛玲」で新潮社同人雑誌賞、'61年『田村俊子』で田村俊子賞、'63年『夏の終り』で女流文学賞を受賞。'73年に平泉・中尊寺で得度、法名・寂聴となる（旧名・晴美）。'92年『花に問え』で谷崎潤一郎賞、'96年『白道』で芸術選奨文部大臣賞、2001年『場所』で野間文芸賞、'11年『風景』で泉鏡花文学賞を受賞。'98年『源氏物語』現代語訳を完訳。'06年、文化勲章受章。また、95歳で書き上げた長篇小説『いのち』が大きな話題になった。近著に『あなただけじゃないんです』『青い花　瀬戸内寂聴少女小説集』『花のいのち』『愛することば あなたへ』『命あれば』『97歳の悩み相談 17歳の特別教室』『寂聴 九十七歳の遺言』など。ほかに、秘書・瀬尾まなほ氏との共著『命の限り、笑って生きたい』がある。

新装版（しんそうばん）　京（きょう）まんだら（上）

瀬戸内寂聴（せとうちじゃくちょう）
© Jakucho Setouchi 2019

講談社文庫

定価はカバーに
表示してあります

2019年11月14日第1刷発行

発行者——渡瀬昌彦
発行所——株式会社　講談社
東京都文京区音羽2-12-21　〒112-8001
電話　出版（03）5395-3510
　　　販売（03）5395-5817
　　　業務（03）5395-3615

Printed in Japan

デザイン—菊地信義
本文データ制作—講談社デジタル製作
印刷———豊国印刷株式会社
製本———株式会社国宝社

落丁本・乱丁本は購入書店名を明記のうえ、小社業務あてにお送りください。送料は小社負担にてお取替えします。なお、この本の内容についてのお問い合わせは講談社文庫あてにお願いいたします。

本書のコピー、スキャン、デジタル化等の無断複製は著作権法上での例外を除き禁じられています。本書を代行業者等の第三者に依頼してスキャンやデジタル化することはたとえ個人や家庭内の利用でも著作権法違反です。

ISBN978-4-06-517798-3

講談社文庫刊行の辞

二十一世紀の到来を目睫に望みながら、われわれはいま、人類史上かつて例を見ない巨大な転換期をむかえようとしている。

世界も、日本も、激動の予兆に対する期待とおののきを内に蔵して、未知の時代に歩み入ろうとしている。このときにあたり、創業の人野間清治の「ナショナル・エデュケイター」への志を現代に甦らせようと意図して、われわれはここに古今の文芸作品はいうまでもなく、ひろく人文・社会・自然の諸科学から東西の名著を網羅する、新しい綜合文庫の発刊を決意した。

激動の転換期はまた断絶の時代である。われわれは戦後二十五年間の出版文化のありかたへの深い反省をこめて、この断絶の時代にあえて人間的な持続を求めようとする。いたずらに浮薄な商業主義のあだ花を追い求めることなく、長期にわたって良書に生命をあたえようとつとめるところにしか、今後の出版文化の真の繁栄はあり得ないと信じるからである。

同時にわれわれはこの綜合文庫の刊行を通じて、人文・社会・自然の諸科学が、結局人間の学にほかならないことを立証しようと願っている。かつて知識とは、「汝自身を知る」ことにつきていた。現代社会の瑣末な情報の氾濫のなかから、力強い知識の源泉を掘り起し、技術文明のただなかに、生きた人間の姿を復活させること。それこそわれわれの切なる希求である。

われわれは権威に盲従せず、俗流に媚びることなく、渾然一体となって日本の「草の根」をかたちづくる若く新しい世代の人々に、心をこめてこの新しい綜合文庫をおくり届けたい。それは知識の泉であるとともに感受性のふるさとであり、もっとも有機的に組織され、社会に開かれた万人のための大学をめざしている。大方の支援と協力を衷心より切望してやまない。

一九七一年七月

野間省一

講談社文庫 最新刊

瀬木比呂志
黒い巨塔
〈最高裁判所〉
最高裁中枢を知る元エリート裁判官による本格権力小説。今、初めて暴かれる最高裁の闇！

高田崇史
QED
〈～flumen～月夜見〉
日本人は古来、月を不吉なものとしてきたのか？ 京都、月を祀る神社で起こる連続殺人。

清武英利
しんがり
〈山一證券 最後の12人〉
四大証券の一角が破綻！ 清算と真相究明に奮闘した社員達。ノンフィクション賞受賞作。

三島由紀夫
TBSヴィンテージクラシックス 編
告白 三島由紀夫未公開インタビュー
自決九ヵ月前の幻の肉声。放送禁止扱い音源から世紀の大発見！ マスコミ・各界騒然！

山田正紀
大江戸ミッション・インポッシブル
〈顔役を消せ〉
江戸の闇を二分する泥棒寄合・川衆と天敵陸衆の華麗な殺戮合戦。山田正紀新境地！

いとうせいこう
我々の恋愛
切ない恋愛ドラマに荒唐無稽なユーモアを交えて描く、時代の転換点を生きた恋人たち。

倉阪鬼一郎
八丁堀の忍（三）
〈遥かなる故郷〉
非道な老中が仕組んだ理不尽な国替え。鬼市は荘内衆の故郷を守ることができるのか⁉

瀬戸内寂聴
新装版 京まんだら（上）（下）
京都の四季を背景に、祇園に生きる女性たちの恋情を曼荼羅のように華やかに織り込んだ名作。

ジェーン・シェミルト
北沢あかね 訳
ナオミ
娘の失踪、探し求める母。愛と悲しみの果て。母娘の愛憎を巡る予想不能衝撃のミステリー。

講談社文庫 最新刊

池井戸 潤
半沢直樹 1 〈オレたちバブル入行組〉
やられたら、倍返し！ 説明不要の大ヒットドラマ原作。痛快リベンジ劇の原点はここに！

池井戸 潤
半沢直樹 2 〈オレたち花のバブル組〉
君は実によくやった。でもな——本当の窮地は大ピンチを凌いだ後に。半沢、まさかの!?

林 真理子
大原御幸（おおはらごこう）〈帯に生きた家族の物語〉
着物黄金時代の京都。帯で栄華を極めた男と父に心酔する娘を描く、濃厚なる家族の物語。

中山七里
悪徳の輪舞曲（ロンド）
ドラマ化で話題独占、「御子柴弁護士」シリーズ最新刊。これぞ、最凶のどんでん返し！

宮部みゆき、辻村深月、薬丸 岳、東山彰良、宮内悠介
宮辻薬東宮
超人気作家の五人が、二年の歳月をかけて〝つないだ〟リレーミステリーアンソロジー。

浜口倫太郎
AI崩壊
AIに健康管理を委ねる2030年の日本。突然暴走したAIはついに命の選別を始める。

円居 挽
原作 福本伸行
カイジ ファイナルゲーム 小説版
虚と実。実と偽。やっちゃいけないギャンブルの数々。シリーズ初の映画ノベライズが誕生！

椹野道流
新装版 **壺中の天**（こちゅうのてん） 鬼籍通覧
搬送途中の女性の遺体が消えた。謎の後に残るのは狂気のみ。法医学教室青春ミステリー。

諸田玲子
森家の討ち入り
赤穂（あこう）四十七士には、隣国・津山（つやま）森家に縁深き三人の浪士がいた。新たな忠臣蔵の傑作！

講談社文芸文庫

塚本邦雄

茂吉秀歌『赤光』百首

解説＝島内景二

近代短歌の巨星・斎藤茂吉の第一歌集『赤光』より百首を精選。アララギ派とは一線を画して蛮勇をふるい、歌本来の魅力を縦横に論じた前衛歌人・批評家の真骨頂。

つE11
978-4-06-517874-4

渡辺一夫

ヒューマニズム考　人間であること

解説＝野崎 歓　年譜＝布袋敏博

わA2
978-4-06-517755-6

フランス・ルネサンス文学の泰斗が、ユマニスト（ヒューマニスト）――エラスムス、ラブレー、モンテーニュらを通して、人間らしさの意味と時代を見る眼を問う名著。

塩田武士 罪の声
芝村凉也 鬼溜まりの闇〈素浪人半四郎百鬼夜行(一)〉
芝村凉也 鬼心の刺客〈素浪人半四郎百鬼夜行(二)〉
芝村凉也 蛇変化の淫〈素浪人半四郎百鬼夜行(三)〉
芝村凉也 狐嫁の列〈素浪人半四郎百鬼夜行(零)〉
芝村凉也 怨鬼の執〈素浪人半四郎百鬼夜行(四)〉
芝村凉也 夢告の訣れ〈素浪人半四郎百鬼夜行(五)〉
芝村凉也 孤闘の寂〈素浪人半四郎百鬼夜行(六)〉
芝村凉也 邂逅の紅蓮〈素浪人半四郎百鬼夜行(七)〉
芝村凉也 終焉の百鬼行〈素浪人半四郎百鬼夜行(八)〉
芝村凉也 追憶の翰〈素浪人半四郎百鬼夜行 拾遺〉
真藤順丈 畦と銃
芝　豪 朝鮮戦争(上)(下)
信濃毎日新聞取材班 不妊治療と出生前診断〈温かな手で〉
柴崎竜人 三軒茶屋星座館1〈冬のオリオン〉
柴崎竜人 三軒茶屋星座館2〈夏のキグナス〉
柴崎竜人 三軒茶屋星座館3〈春のカリスト〉
柴崎竜人 三軒茶屋星座館4〈秋のアンドロメダ〉

城平　京 虚構推理
周木　律 眼球堂の殺人〈～The Book～〉
周木　律 双孔堂の殺人〈～Double Torus～〉
周木　律 五覚堂の殺人〈～Burning Ship～〉
周木　律 伽藍堂の殺人〈～Banach-Tarski Paradox～〉
周木　律 教会堂の殺人〈～Game Theory～〉
周木　律 鏡面堂の殺人〈～Theory of Relativity～〉
周木　律 大聖堂の殺人〈～The Books～〉
下村敦史 闇に香る嘘
下村敦史 生還者
下村敦史 叛徒
下村敦史 失踪者
杉本苑子 孤愁の岸(上)(下)
九把刀 阿井幸作／泉京鹿 訳 あの頃、君を追いかけた
鈴木光司 神々のプロムナード
鈴木英治 大江戸監察医
杉本章子 お狂言師歌吉うきよ暦
杉本章子 大奥二人道成寺〈お狂言師歌吉うきよ暦〉
杉本章子 精姫様一条〈お狂言師歌吉うきよ暦〉

杉山文野 ダブルハッピネス
諏訪哲史 アサッテの人
諏訪哲史 ロンバルディア遠景
末浦広海 捜査官
須藤靖貴 抱きしめたい
須藤靖貴 池波正太郎を歩く
須藤靖貴 どまんなか(1)
須藤靖貴 どまんなか(2)
須藤靖貴 どまんなか(3)
須藤靖貴 おれ、力士になる
鈴木仁志 司法占領
菅野雪虫 天山の巫女ソニン(1) 黄金の燕
菅野雪虫 天山の巫女ソニン(2) 海の孔雀
菅野雪虫 天山の巫女ソニン(3) 朱鳥の星
菅野雪虫 天山の巫女ソニン(4) 夢の白鷺
菅野雪虫 天山の巫女ソニン(5) 大地の翼
鈴木大介 ギャングース・ファイル〈家のない少年たち〉
鈴木みき 日帰り登山のススメ〈あした、山へ行こう!〉
瀬戸内晴美 京まんだら(上)(下)

講談社文庫 目録

瀬戸内寂聴 新寂庵説法 愛なくば
瀬戸内寂聴 人が好き［私の履歴書］
瀬戸内寂聴 白 道
瀬戸内寂聴 寂聴相談室 人生道しるべ
瀬戸内寂聴 瀬戸内寂聴の源氏物語
瀬戸内寂聴 愛する能力
瀬戸内寂聴 藤 壺
瀬戸内寂聴 生きることは愛すること
瀬戸内寂聴 寂聴と読む源氏物語
瀬戸内寂聴 月の輪草子
瀬戸内寂聴 新装版 寂庵説法
瀬戸内寂聴 死に支度
瀬戸内寂聴 新装版 蜜と毒
瀬戸内寂聴 新装版 花怨
瀬戸内寂聴 新装版 祇園女御(上)(下)
瀬戸内寂聴 新装版 かの子撩乱
瀬戸内寂聴・訳 源氏物語 巻一
瀬戸内寂聴・訳 源氏物語 巻二
瀬戸内寂聴・訳 源氏物語 巻三
瀬戸内寂聴・訳 源氏物語 巻四
瀬戸内寂聴・訳 源氏物語 巻五
瀬戸内寂聴・訳 源氏物語 巻六
瀬戸内寂聴・訳 源氏物語 巻七
瀬戸内寂聴・訳 源氏物語 巻八
瀬戸内寂聴・訳 源氏物語 巻九
瀬戸内寂聴・訳 源氏物語 巻十
関川夏央 子規、最後の八年
先崎 学 先崎学の実況！盤外戦
妹尾河童 少年H(上)(下)
妹尾河童 河童が覗いたインド
妹尾河童 河童が覗いたヨーロッパ
妹尾河童 河童が覗いたニッポン
妹尾河童 野坂昭如 少年Hと少年A
瀬尾まいこ 幸福な食卓
関原健夫 がん六回 人生全快
瀬川晶司 泣き虫しょったんの奇跡 完全版〈サラリーマンから将棋のプロへ〉
瀬名秀明 月と太陽
仙川 環 幸福の劇薬〈医者探偵・宇賀神晃〉
瀬那和章 今日も君は、約束の旅に出る
曽野綾子 透明な歳月の光
曽野綾子 新装版 無名碑(上)(下)
三浦朱門 曽野綾子 夫婦のルール
蘇部健一 六枚のとんかつ
蘇部健一 六とん2
蘇部健一 届かぬ想い
曽根圭介 沈底魚
曽根圭介 本ボシ
曽根圭介 藁にもすがる獣たち
曽根圭介 TATSUMAKI〈特命捜査対策室7係〉
zopp ソングス・アンド・リリックス
田辺聖子 川柳でんでん太鼓
田辺聖子 おかあさん疲れたよ(上)(下)
田辺聖子 ひねくれ一茶
田辺聖子 愛の幻滅(上)(下)
田辺聖子 うたかた
田辺聖子 春情蛸の足
田辺聖子 蝶花嬉遊図

田辺聖子 言い寄る
田辺聖子 私的生活
田辺聖子 苺をつぶしながら
田辺聖子 不機嫌な恋人
田辺聖子 女の日時計
谷川俊太郎訳 和田誠絵 マザー・グース 全四冊
立花隆 中核VS革マル(上)(下)
立花隆 日本共産党の研究 全三冊
立花隆 青春漂流
立花隆 生、死、神秘体験
滝口康彦 粟田口の狂女〈レジェンド歴史時代小説〉
高杉良 労働貴族
高杉良 広報室沈黙す(上)(下)
高杉良 炎の経営者(上)(下)
高杉良 小説日本興業銀行 全五冊
高杉良 社長の器
高杉良 その人事に異議あり〈女性広報主任のジレンマ〉
高杉良 人事権！
高杉良 小説消費者金融〈クレジット社会の罠〉

高杉良 小説新巨大証券(上)(下)
高杉良 局長罷免―小説通産省
高杉良 首魁の宴〈政官財腐敗の構図〉
高杉良 指名解雇
高杉良 燃ゆるとき
高杉良 挑戦つきることなし〈小説ヤマト運輸〉
高杉良 銀行大合併〈短編小説全集(上)〉
高杉良 エリートの反乱〈短編小説全集(中)〉
高杉良 金融腐蝕列島(上)(下)
高杉良 銀行大統合〈小説みずほFG〉
高杉良 勇気凜々
高杉良 混沌 新・金融腐蝕列島(上)(下)
高杉良 乱気流(上)(下)
高杉良 小説会社再建
高杉良 小説ザ・ゼネコン
高杉良 新装版懲戒解雇
高杉良 新装版大逆転！〈小説 三菱・第一銀行合併事件〉
高杉良 新装版バンダルの塔
高杉良 新・燃ゆるとき

高杉良 管理職の本分
高杉良 破戒者たち〈小説・新銀行崩壊〉
高杉良 第四権力〈巨大メディアの罪〉
高杉良 巨大外資銀行
高杉良 最強の経営者〈アサヒビールを再生させた男〉
高杉良 リベンジ〈巨大外資銀行〉
高杉良 新装版会社蘇生
竹本健治 新装版匣の中の失楽
竹本健治 囲碁殺人事件
竹本健治 将棋殺人事件
竹本健治 トランプ殺人事件
竹本健治 狂い壁狂い窓
竹本健治 涙香迷宮
竹本健治 新装版ウロボロスの偽書(上)(下)
竹本健治 ウロボロスの基礎論(上)(下)
竹本健治 ウロボロスの純正音律(上)(下)
高橋源一郎 日本文学盛衰史
高橋源一郎 山田詠美 顰蹙文学カフェ
高橋克彦 写楽殺人事件

講談社文庫　目録

高橋克彦　総門谷
高橋克彦　北斎殺人事件
高橋克彦　北斎の罪
高橋克彦　総門谷R 鵺(ぬえ)篇
高橋克彦　星封陣
高橋克彦　炎(ほむら)立つ 壱 北の埋み火
高橋克彦　炎立つ 弐 燃える北天
高橋克彦　炎立つ 参 空への炎
高橋克彦　炎立つ 四 冥き稲妻
高橋克彦　炎立つ 伍 光彩楽土〈全五巻〉
高橋克彦　白妖鬼
高橋克彦　降魔王
高橋克彦　火怨〈北の燿星アテルイ〉(上)(下)
高橋克彦　時宗 壱 乱星
高橋克彦　時宗 弐 連星
高橋克彦　時宗 参 震星
高橋克彦　時宗 四 戦星〈全四巻〉
高橋克彦　天を衝く (1)~(3)
高橋克彦　ゴッホ殺人事件(上)(下)

高橋克彦　高橋克彦自選短編集〈1 ミステリー編〉
高橋克彦　高橋克彦自選短編集〈2 恐怖小説編〉
高橋克彦　高橋克彦自選短編集〈3 時代小説編〉
高橋克彦　風の陣 一 立志篇
高橋克彦　風の陣 二 大望篇
高橋克彦　風の陣 三 天命篇
高橋克彦　風の陣 四 風雲篇
高橋克彦　風の陣 五 裂心篇
高樹のぶ子　オライオン飛行
田中芳樹　創竜伝1〈超能力四兄弟(ドラゴン)〉
田中芳樹　創竜伝2〈摩天楼の四兄弟(ドラゴン)〉
田中芳樹　創竜伝3〈逆襲の四兄弟(ドラゴン)〉
田中芳樹　創竜伝4〈四兄弟(ドラゴン)脱出行〉
田中芳樹　創竜伝5〈蜃気楼都市(ミラージュ・シティ)〉
田中芳樹　創竜伝6〈染血の夢(ブラッディ・ドリーム)〉
田中芳樹　創竜伝7〈黄土のドラゴン〉
田中芳樹　創竜伝8〈仙境のドラゴン〉
田中芳樹　創竜伝9〈妖世紀のドラゴン〉
田中芳樹　創竜伝10〈大英帝国最後の日〉

田中芳樹　創竜伝11〈銀月王伝奇〉
田中芳樹　創竜伝12〈竜王風雲録〉
田中芳樹　創竜伝13〈噴火列島〉
田中芳樹　魔天楼〈薬師寺涼子の怪奇事件簿〉
田中芳樹　東京ナイトメア〈薬師寺涼子の怪奇事件簿〉
田中芳樹　巴里(パリ)・妖都変〈薬師寺涼子の怪奇事件簿〉
田中芳樹　クレオパトラの葬送〈薬師寺涼子の怪奇事件簿〉
田中芳樹　黒蜘蛛島(ブラックスパイダー・アイランド)〈薬師寺涼子の怪奇事件簿〉
田中芳樹　夜光曲〈薬師寺涼子の怪奇事件簿〉
田中芳樹　魔境の女王陛下〈薬師寺涼子の怪奇事件簿〉
田中芳樹　タイタニア1〈疾風篇〉
田中芳樹　タイタニア2〈暴風篇〉
田中芳樹　タイタニア3〈旋風篇〉
田中芳樹　タイタニア4〈烈風篇〉
田中芳樹　タイタニア5〈凄風篇〉
田中芳樹　ラインの虜囚
田中芳樹 幸田露伴 原作　運命〈二人の皇帝〉
田中芳樹 土屋守　「イギリス病」のすすめ
田中芳樹ほか 文 皇名月 画・文　中国帝王図

田中芳樹 赤城毅　中欧怪奇紀行
田中芳樹 編訳　岳飛伝（一）〈青雲篇〉
田中芳樹 編訳　岳飛伝（二）〈烽火篇〉
田中芳樹 編訳　岳飛伝（三）〈風塵篇〉
田中芳樹 編訳　岳飛伝（四）〈悲曲篇〉
田中芳樹 編訳　岳飛伝（五）〈凱歌篇〉
高田文夫　誰も書けなかった「笑芸論」〈森繁久彌からビートたけしまで〉
高田文夫　TOKYO芸能帖〈1981年のビートたけし〉
谷村志穂　黒髪
高村薫　李歐（りおう）
高村薫　マークスの山（上）（下）
高村薫　照柿（上）（下）
多和田葉子　犬婿入り
多和田葉子　尼僧とキューピッドの弓
多和田葉子　献灯使
高田崇史　QED〈百人一首の呪〉
高田崇史　QED〈六歌仙の暗号〉
高田崇史　QED〈ベイカー街の問題〉
高田崇史　QED〈東照宮の怨〉
高田崇史　QED〈式の密室〉
高田崇史　QED〈竹取伝説〉
高田崇史　QED〈龍馬暗殺〉
高田崇史　QED ～ventus～〈鎌倉の闇〉
高田崇史　QED〈鬼の城伝説〉
高田崇史　QED ～ventus～〈熊野の残照〉
高田崇史　QED〈神器封殺〉
高田崇史　QED ～ventus～〈御霊将門〉
高田崇史　QED ～flumen～〈九段坂の春〉
高田崇史　QED〈諏訪の神霊〉
高田崇史　QED〈出雲神伝説〉
高田崇史　QED〈伊勢の曙光〉
高田崇史　QED ～flumen～〈ホームズの真実〉
高田崇史　毒草師〈QED Another Story〉
高田崇史　試験に出るパズル〈千葉千波の事件日記〉
高田崇史　試験に敗けない密室〈千葉千波の事件日記〉
高田崇史　試験に出ないパズル〈千葉千波の事件日記〉
高田崇史　パズル自由自在〈千葉千波の事件日記〉
高田崇史　化けて出る〈千葉千波の怪奇日記〉
高田崇史　麿の酩酊事件簿〈花に舞〉
高田崇史　麿の酩酊事件簿〈月に酔〉
高田崇史　クリスマス緊急指令〈～きよしこの夜、事件は起こる！～〉
高田崇史　カンナ　飛鳥の光臨
高田崇史　カンナ　天草の神兵
高田崇史　カンナ　吉野の暗闘
高田崇史　カンナ　奥州の覇者
高田崇史　カンナ　戸隠の殺皆
高田崇史　カンナ　鎌倉の血陣
高田崇史　カンナ　天満の葬列
高田崇史　カンナ　出雲の顕在
高田崇史　カンナ　京都の霊前
高田崇史　鬼神伝　鬼の巻
高田崇史　鬼神伝　神の巻
高田崇史　鬼神伝　龍の巻
高田崇史　軍神の血脈〈楠木正成秘伝〉
高田崇史　神の時空（とき）　鎌倉の地龍
高田崇史　神の時空　倭（やまと）の水霊
高田崇史　神の時空　貴船の沢鬼

講談社文庫 目録

講談社文庫　目録

講談社文庫　目録

中島らも　空からぎろちん
中島らも　僕にはわからない
中島らも　中島らものたまらん人々
中島らも　エキゾティカ
中島らも　あの娘は石ころ
中島らも　ロ　カ
中島らも 編著　なにわのアホぢから
中島らもほか　輝きの一瞬〈短くて心に残る30編〉
中島らも チチ松村　らもチチ わたしの半生〈青春篇〉〈中年篇〉
鳴海　章　フェイスブレイカー
鳴海　章　謀略航路
鳴海　章　全能兵器AiCO
中嶋博行　違法弁護
中嶋博行　司法戦争
中嶋博行　第一級殺人弁護
中嶋博行　ホカベン ボクたちの正義
中嶋博行　新装版 検察捜査
中嶋博行　新検察捜査
中村天風　運命を拓く〈天風瞑想録〉

中山康樹　ジョン・レノンから始まるロック名盤
永井　隆　ドキュメント 敗れざるサラリーマンたち
中島誠之助　ニセモノ師たち
梨屋アリエ　でりばりぃAge
梨屋アリエ　ピアニッシシモ
中原まこと　笑うなら日曜の午後に
中島京子　FUTON
中島京子　イトウの恋
中島京子　均ちゃんの失踪
中島京子　エルニーニョ
中島京子　妻が椎茸だったころ
奈須きのこ　空の境界(上)(中)(下)
中村彰彦　幕末維新史の定説を斬る
中村彰彦　乱世の名将 治世の名臣
長野まゆみ　簞笥のなか
長野まゆみ　となりの姉妹
長野まゆみ　レモンタルト
長野まゆみ　チマチマ記
長野まゆみ　冥途あり

長野まゆみ　45°〈ここだけの話〉
長嶋　有　夕子ちゃんの近道
長嶋　有　佐渡の三人
永嶋恵美　擬態
永井　均 内田かずひろ 絵　子どものための哲学対話
なかにし礼　戦場のニーナ
なかにし礼　生きる力〈心でがんに克つ〉
中村文則　最後の命
中村文則　悪と仮面のルール
中田整一　トレイシー〈日本兵捕虜秘密尋問所〉
中田整一 編/解説　真珠湾攻撃総隊長の回想〈淵田美津雄自叙伝〉
中村江里子　女四世代、ひとつ屋根の下
中野美代子　カスティリオーネの庭
中野孝次　すらすら読める方丈記
中野孝次　すらすら読める徒然草
中山七里　贖罪の奏鳴曲
中山七里　追憶の夜想曲
中山七里　恩讐の鎮魂曲
長島有里枝　背中の記憶

2019年9月15日現在